Tras la puerta

Freida McFadden

Tras la puerta

Traducción de
Carlos Abreu Fetter

Título original: *The Locked Door*

Primera edición: mayo de 2025

ISBN: 979-8-89098-384-8

Impreso en Colombia - *Printed in Colombia*

25 26 27 28   10 9 8 7 6 5 4 3 2

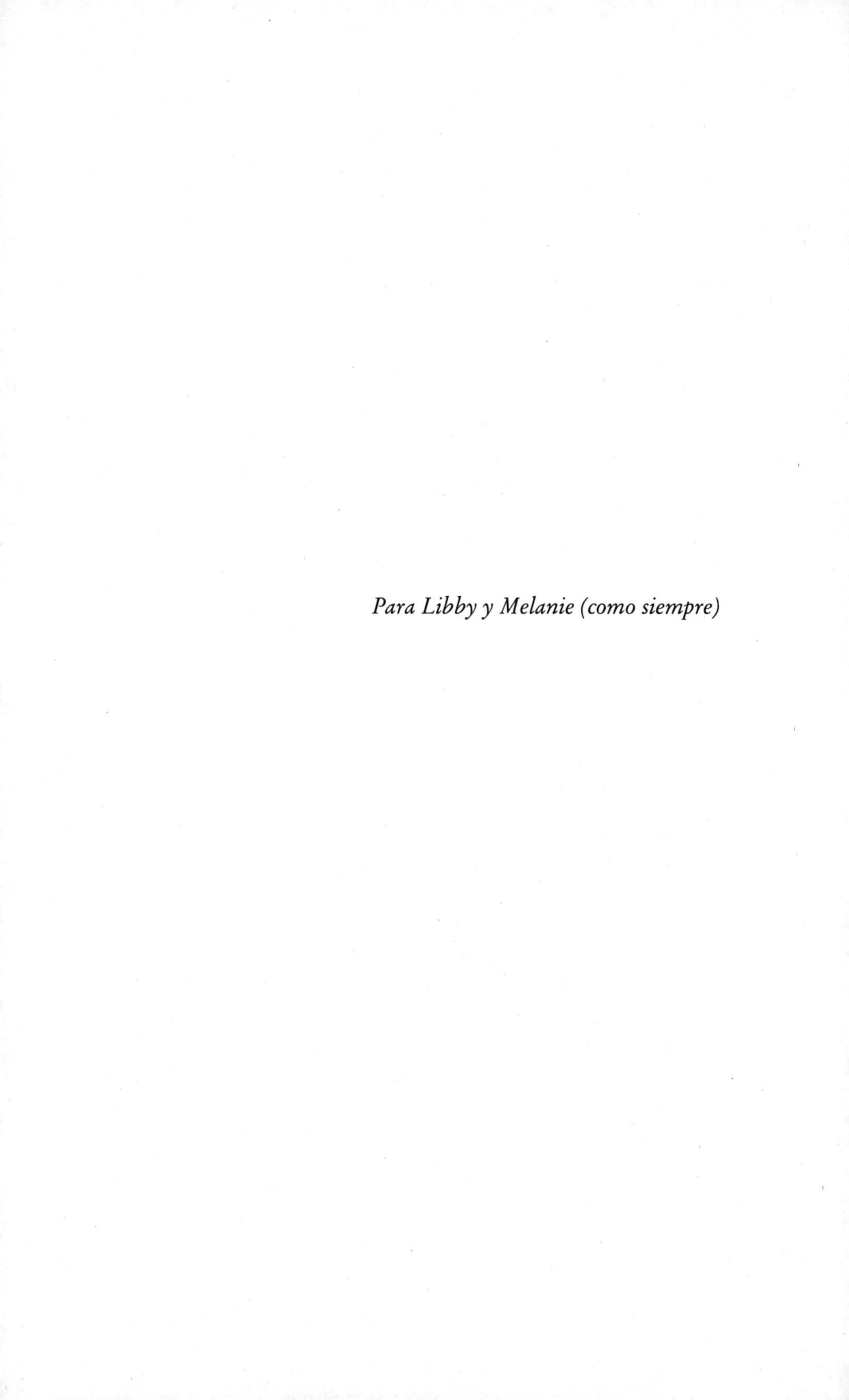

Para Libby y Melanie (como siempre)

PRÓLOGO

Hoy hace veintiséis años, un hombre llamado Aaron Nierling fue detenido en su casa de Oregón.

La mayoría de la gente lo consideraba un ciudadano de bien. Tenía un trabajo estable y era un esposo y un padre entregado. Nunca en la vida le habían puesto una multa de aparcamiento y, desde luego, jamás había tenido roces con la ley.

Sin embargo, a raíz de un soplo anónimo, la policía descubrió los restos de Mandy Johansson, de veinticinco años, tras la puerta cerrada con llave del taller que Aaron Nierling tenía en el sótano.

Los huesos conservados de diecisiete víctimas más, cuya desaparición se había denunciado a lo largo de la última década, también fueron encontrados en un baúl del sótano. En el transcurso de la investigación, se implicó a Nierling en por lo menos otros diez asesinatos cometidos más de veinte años atrás, pero no se hallaron pruebas forenses que lo confirmaran.

Nierling, que aceptó un acuerdo de culpabilidad para librarse de la pena de muerte, cumple en la actualidad dieciocho cadenas perpetuas consecutivas en una penitenciaría de máxima seguridad. Su esposa, acusada de complicidad en los crímenes, se suicidó en la cárcel antes de que se celebrara el juicio.

Algunos artículos de prensa describían a Aaron Nierling como un genio que se las había arreglado para dar esquinazo a la policía y al FBI durante más de dos décadas, hasta su captura. Es un hombre de un carisma y un encanto excepcionales, un psicópata narcisista que con toda probabilidad asesinó a por lo menos treinta mujeres sin el menor asomo de remordimiento. Es un demente. Un monstruo.

Y también es mi padre.

1

Alguien me observa.

Lo noto. Aunque es ilógico pensar que es posible percibir la mirada de otra persona en el cogote, por alguna razón eso es justo lo que siento ahora mismo. Es un hormigueo que me nace en el cuero cabelludo y desciende poco a poco hasta la base del cuello antes de escurrirse por la columna.

He venido sola a este bar. Me gusta estar sola; me ha gustado toda la vida. Siempre que puedo, elijo mi propia compañía. Incluso cuando voy a un restaurante y me encuentro en medio del murmullo de las conversaciones de otras personas, prefiero estar sentada sin nadie más.

Tengo delante mi bebida favorita: un old fashioned. En las noches en que no me apetece irme directamente a casa, vengo a Christopher's. Es un garito oscuro, ideal para pasar desapercibida, con las superficies de la barra impregnadas de olor a tabaco. Además, suele haber poca gente, y los camareros no están nada mal. A veces me retiro a un reservado, pero esta noche estoy sentada a la barra, con los ojos clavados en mi copa, contemplando cómo el cubito solitario se derrite mientras el hormigueo en el cogote se intensifica.

Al fondo, oigo vagamente el ruido del televisor a todo volumen. Casi siempre tienen puesto algún partido, pero esta noche están dando un concurso. El rostro del presentador ocupa toda la pantalla mientras lee la pregunta en una tarjeta que sostiene ante sí.

«¿Qué amigo de Charles de Gaulle fue primer ministro de Francia durante buena parte de la década de 1960?».

Me giro de golpe para pillar in fraganti a quien sea que me esté observando. No hay suerte. Tengo algunas personas detrás, pero ninguna de ellas me mira, al menos en este preciso instante.

Lo más probable es que me esté preocupando sin motivo. Debe de ser un hombre que está pensando en invitarme a una copa, o algún compañero de trabajo que me ha reconocido.

No tiene por qué tratarse de alguien que sabe quién soy en realidad. Eso nunca pasa. Seguramente estoy paranoica porque se cumplen veintiséis años del día en que me cambió la vida por completo.

El día que descubrieron lo que había en nuestro sótano.

—¿Todo bien, Doc? —El barman está inclinado hacia mí, con los musculosos antebrazos apoyados en la superficie ligeramente pegajosa de la encimera. Es nuevo; solo lo he visto un puñado de veces. Parece un poco mayor que el anterior, de unos treinta y cinco años, como yo.

Me tiro del cuello del pijama sanitario verde. El barman me puso el mote de «Doc» por la ropa. De hecho, no se equivoca: estoy especializada en cirugía general. Como soy mujer, la mayoría de la gente que me ve con el uniforme me toma por una enfermera, pero él adivinó que era médica.

Si mi padre lo supiera, sin duda se sentiría orgulloso. No sé si es capaz de experimentar muchos sentimientos o emociones, pero el orgullo desde luego es uno de ellos; eso quedó claro durante el juicio. Él mismo había querido ser cirujano, pero no alcanzó las notas necesarias para ingresar en la facultad. A lo mejor, si lo hubiera conseguido, no habría acabado haciendo lo que hizo.

—Sí, bien. —Deslizo el dedo por el borde de mi vaso—. Todo bien.

Arquea la ceja.

—¿Qué me dices del cóctel? ¿Qué tal me ha salido?

—Está bueno.

Me he quedado corta. Le ha salido perfecto. Lo he visto colocar el terrón en el fondo del vaso en vez de vaciar un sobrecito de azúcar en la bebida, como hacen otros bármanes. Ha añadido la cantidad justa de angostura, y no ha hecho falta que le indique que no le ponga agua de soda.

—Si te digo la verdad —comenta—, no me esperaba que fueras a pedirme un old fashioned. No pareces ese tipo de persona.

—Hum —digo, mostrando el menor interés posible para que se vaya y me deje en paz. No debería haberme sentado aquí, aunque lo cierto es que los camareros de este lugar no suelen ser tan parlanchines.

Me desarma con una sonrisa.

—Creía que pedirías un cosmopolitan, un spritzer de limón o algo por el estilo.

Me muerdo la mejilla por dentro para no responder. Me encantan los old fashioned. Es mi bebida preferida desde que tenía veintiún años, o quizá desde un poco antes, si he de ser sincera. Son turbios, fuertes, un poco dulces y un poco amargos. Bebo un sorbo mientras mi irritación por su insistencia en charlar conmigo se evapora.

—En fin —dice lanzándome una última mirada—. Si se te ofrece algo más, me avisas.

Miro cómo se aleja. Durante una fracción de segundo, me doy el capricho de admirar los afinados músculos que se le marcan bajo la camiseta. Desprende un atractivo poco amenazador, con el cabello castaño claro y unos ojos marrones de mirada tierna. Tiene una sombra en las mejillas que no llega a la categoría de barba. Por su falta de rasgos distintivos, es esa clase de tío que costaría identificar en una rueda de reconocimiento. Un poco como mi padre.

Cuento con los dedos los meses que hace que no me llevo a un hombre a casa. Luego me pongo a contar los años. De hecho, es posible que estemos hablando más bien de décadas. He perdido la cuenta, lo que resulta bastante inquietante de por sí.

Sin embargo, no estoy interesada en enrollarme con el barman buenorro ni con nadie. Hace mucho, decidí que las relaciones ya no formarían parte de mi vida. Durante un tiempo, esta decisión me deprimía, pero ya tengo asumido que es lo mejor.

Cojo mi vaso de nuevo y hago girar el líquido en su interior. Aún noto el cosquilleo en la nuca, como si alguien me observara, pero tal vez no sea verdad. A lo mejor todo está en mi cabeza.

Veintiséis años. No puedo creer que haya pasado tanto tiempo.

El presentador del concurso de la tele interrumpe mis pensamientos y hace que aparte la vista de mi bebida.

«¿Cómo se llamaba el asesino en serie conocido como el Manitas?».

El barman se vuelve un momento hacia la pantalla.

—Aaron Nierling —dice sin pensarlo dos veces.

Esta noche han hecho una pregunta sobre mi padre en un concurso televisivo. Quizá se deba a que es el aniversario de su detención, pero lo más probable es que se trate de una casualidad. Da igual cuántos años pasen; la gente jamás olvidará lo que hizo. Me pregunto si estará viendo el programa. Le gustaban los concursos. ¿Le dejarán ver la tele ahí dentro? No tengo claro qué está permitido en la cárcel y qué no. No he hablado con él desde que la policía se lo llevó.

Y eso que me escribe una carta cada semana.

Ahuyento de mi mente los pensamientos sobre mi padre mientras bebo mi cóctel con tragos cortos, dejando que me inunde esa sensación agradable y cálida. El barman, en la otra punta de la barra, está pasando un trapo por la encimera, contrayendo los músculos bajo la camiseta. Hace una breve pausa para mirarme... y me guiña el ojo.

Hum. Tal vez mi abstinencia autoimpuesta no sea tan buena idea. ¿En qué me perjudicaría pasarlo bien una noche, vestirme con algo que no fuera el pijama quirúrgico o soltarme el pelo en vez de llevarlo recogido en un moño tan apretado que arranca gritos de dolor a mis folículos capilares?

—¿Doctora Davis? ¿Es usted?

En cuanto oigo la voz a mi espalda, la sensación agradable y cálida provocada por el whisky se esfuma. El instinto no me ha fallado: alguien me estaba mirando. Ojalá me hubiera equivocado por una vez. Solo quería un poco de tranquilidad esta noche.

Durante dos segundos largos, acaricio la posibilidad de no girarme, de fingir que no soy la doctora Nora Davis, sino otra mujer con uniforme sanitario verde que casualmente se parece mucho a la doctora Davis.

Al menos no me ha llamado Nora Nierling. Hace mucho, mucho tiempo que nadie me llama así. Y procuraré que eso no cambie.

El hombre que está de pie detrás de mí es un cincuentón bajo y fornido. Lo identifico enseguida como un paciente. Aunque no me viene a la memoria su nombre, me acuerdo de todo lo demás. Ingresó en el hospital con fiebre y dolor abdominal. Se le diagnosticó una colecistitis, infección de la vesícula biliar. Intentamos realizar una extracción laparoscópica con la ayuda de cámaras, pero a media intervención tuve que pasar a cirugía abierta. Por eso sé que, si le levantara la camisa por encima del voluminoso vientre, vería una cicatriz oblicua en el cuadrante superior derecho del abdomen. Una cicatriz ya madura, sin duda.

—¡Doctora Davis! —El hombre me dedica una gran sonrisa de dientes amarillos, algunos de ellos podridos—. La estaba mirando desde allí y no estaba seguro, pero… Ya veo que sí que es usted. Vaya, no me esperaba encontrármela en un sitio así.

«¿Qué hace una chica maja como tú en un lugar como este?». Por lo menos no ha hecho comentarios sobre mi old fashioned.

—Ya, bueno… —murmuro.

Ojalá me dijera cómo se llama. Me siento en clara desventaja. Tengo una memoria excelente para muchas cosas —podría dibujar con los ojos cerrados todos los vasos sanguíneos que irrigan la cavidad abdominal—, pero los nombres de la gente no son una de ellas. Por más que escarbo en las profundidades de mi cerebro, no me viene nada.

—¡Oye, jefe! —le grita el hombre al barman—. ¡La copa de la doctora Davis corre de mi cuenta! ¡Esta mujer me salvó la vida!

—No hace falta —balbuceo, pero es demasiado tarde. El paciente sin nombre ya se está poniendo cómodo en un taburete junto a mí, a pesar de que mi cara sin maquillar y el uniforme que me queda casi como un saco de patatas no invitan precisamente a hacerme compañía.

—¡Ella me hizo esto! —anuncia, alzándose el faldón de la camisa. Bajo el vello oscuro y apelmazado que le cubre el abdomen, se alcanza a entrever la tenue señal del corte que le practiqué. Coincide con todo lo que recuerdo—. ¿A que es un trabajo de primera?

Esbozo una sonrisa.

—Es usted una auténtica heroína, doctora Davis —dice—. Yo es que estaba muy enfermo, ¿sabéis? Y...

A continuación, se pone a contarle a todo aquel que esté lo bastante cerca para oírlo la historia de cómo le salvé la vida. Creo que esto es discutible. Sí, yo le extirpé la vesícula infectada, pero podría alegarse que tal vez también lo habría curado un tratamiento con antibióticos intravenosos y un drenaje guiado por radiología intervencionista. No es necesariamente cierto que yo le salvara la vida.

Sin embargo, cualquiera convence a este hombre de lo contrario. Además, es cierto que llevé a cabo la operación con éxito, que él se recuperó del todo y que se le ve bastante sano, salvo por la dentadura.

—Impresionante —comenta el barman cuando el paciente anónimo concluye el relato de mi hazaña. Una sonrisa socarrona le baila en los labios—. Eres una fenómena, Doc.

—Sí, bueno... —Apuro el vaso de old fashioned—. Es mi trabajo.

Me levanto del taburete con piernas vacilantes. A un observador externo le daría la impresión de que he bebido demasiado para conducir. Pero la razón por la que me tambaleo no tiene nada que ver con el alcohol.

Hoy hace veintiséis años. A veces me parece que fue ayer.

—Me voy a ir —digo, dirigiéndole una sonrisa cortés a mi expaciente—. Gracias por la copa.

—Ah. —Al hombre se le pone la cara larga, como si esperara que me quedara otra hora para hablar de su vesícula infectada—. ¿De verdad se marcha?

—Sí, lo siento.

—Pero... —Echa un vistazo a mi vaso vacío y tamborilea en la barra con los dedos rechonchos—. Quería invitarla a otra copa. Y tal vez también a cenar. Ya sabe, como muestra de agradecimiento.

De pronto me viene a la mente otro detalle sobre este hombre. Cuando me dio las gracias durante su visita de seguimiento, me posó la mano en la rodilla y me dio un apretón antes de que me apartara. «Ha realizado usted un excelente trabajo, doctora Davis». Con razón no me acuerdo de su puñetero nombre.

—No es necesario —digo—. Ya me pagó su compañía de seguros.

Se rasca el cuello, una pequeña zona enrojecida a causa de la irritación por el afeitado. Intenta resucitar su sonrisa.

—Vamos, doctora Davis... Nora. Una mujer guapa como tú no debería estar sola en un bar.

La sonrisa cortés se desvanece de mis labios.

—Estoy bien, muchas gracias.

—Venga. —Me guiña el ojo. Me fijo en que uno de sus incisivos podridos es de un color marrón oscuro, casi negro—. Será divertido. Te mereces pasar una noche agradable.

—Sí, me lo merezco. —Me cuelgo el bolso del hombro—. Por eso me voy a casa.

—Piénsatelo bien. —Intenta agarrarme del brazo, pero me suelto con un movimiento brusco—. Lo pasarías bien conmigo, Nora.

—Lo dudo mucho.

Todo rastro de afecto desaparece de su rostro. Me mira con los ojos entrecerrados.

—Ah, ya lo pillo. Eres demasiado buena para charlar cinco minutos con uno de tus pacientes.

Mis dedos aferran con fuerza la correa del bolso. Vaya, qué rápido se ha ido de madre la cosa. Tengo que decirle a Harper que se asegure de que este hombre no vuelva a pisar el consultorio. Ah, no, no puedo. Sigo sin saber cómo se llama.

—Perdona. —La voz severa del barman interrumpe nuestra discusión—. Doc, ¿te está molestando este señor?

Henry Callahan. El nombre acude a mi memoria con la fuerza de una patada en la boca. Exhalo un suspiro de alivio.

Callahan se vuelve hacia el barman y toma nota de su estatura, así como de sus bíceps y los músculos de sus antebrazos. Frunce el ceño.

—No, ya me iba.

—Mejor.

Callahan me propina un empujón en el hombro al pasar por mi lado mientras trastabilla hacia la puerta. Me pregunto cuántas copas se habrá tomado antes de abordarme. Seguramente demasiadas. A saber si por la mañana se acordará siquiera de todo esto.

Henry Callahan. Se lo diré a Harper mañana a primera hora. Ese hombre ya no es bienvenido en mi consulta.

Echo otra ojeada a mi vaso vacío. Por lo visto Henry no me ha invitado a esa copa, después de todo. Llevo la mano a mi bolso para sacar la cartera, pero el barman niega con la cabeza.

—Invita la casa —dice.

—Quiero pagarla —contesto, adelantando el mentón.

—Pues yo quiero invitar a la mujer que le salvó la vida a un tío.

El barman posa en mí los ojos marrones de mirada tierna. Su expresión me resulta extrañamente familiar. ¿Lo he visto antes en algún sitio?

Escudriño sus facciones, de un atractivo genérico, intentando recordar de qué me suena. No puede tratarse de un paciente; es mucho más joven que la mayoría de las personas a las que atiendo, y se me quedan grabados todos los que pasan por mi quirófano, como Henry Callahan, aunque me haya costado un poco acordarme de su nombre.

«¿Nos conocemos?». Tengo la pregunta en la punta de la lengua, pero no se la hago. Debo de estar confundida. Ha sido una noche extraña, como mínimo, y nada me apetece más que irme a casa.

—Está bien —digo al fin—. Gracias por la copa.

Ladea la cabeza.

—¿Te vas tranquila? ¿Quieres que te acompañe hasta tu coche?

—No te preocupes —respondo.

Vuelvo la vista hacia el aparcamiento del bar. Mi coche está bajo una farola, a solo un tiro de piedra de aquí. Veo a Henry Callahan subir a su vehículo, un Dodge azul pequeño con una abolladura enorme en el parachoques trasero. Se me relajan los hombros mientras observo cómo arranca y se aleja.

Aunque el hormigueo en el cogote se me ha pasado, ha cedido el paso a una ligera sensación de malestar. Me esfuerzo por aplacarla. No estoy preocupada por Henry Callahan. Después de todo lo que he visto en la vida, pocas cosas me afectan.

Aun así, me quedo unos minutos más en el bar, solo para asegurarme de que no va a volver.

2

Mi coche es un Toyota Camry verde oscuro, un vehículo práctico, de un color poco llamativo, sin un solo arañazo o muesca. El doctor Philip Corey, mi socio del consultorio, se compró un Tesla rojo el año pasado. Cuando me referí a él como su «crisis de la mediana edad con ruedas», se limitó a guiñarme un ojo. Le encanta salir a la autopista con ese Tesla y pisarle a fondo. Subir a un coche conducido por Philip es jugarse la vida.

Yo no atravieso una crisis de la mediana edad. Solo necesitaba un vehículo seguro para desplazarme del punto A al punto B de la manera más discreta posible.

Reina un silencio casi absoluto en el aparcamiento de Christopher's cuando me acomodo tras el volante de mi Camry. En cuanto enciendo el motor, la música clásica inunda la cabina. Se trata del *Nocturno en do sostenido menor* de Chopin. Antes tocaba el piano y me aprendí esta pieza para interpretarla en un concierto en el instituto. Tengo la sensación de que ha pasado una eternidad. Hace por lo menos una década que no pongo un dedo sobre una tecla de piano.

Cuando enfilo la calle, todo está tranquilo, como es habitual las noches de entre semana. Acelero poco a poco y, como de costumbre, me dirijo hacia casa por carreteras secundarias.

Cuando llevo conduciendo un par de minutos, veo unos faros por el retrovisor.

No es necesariamente algo malo. Sí, tengo un coche detrás. ¿Y qué? Pero el caso es que normalmente soy la única que circula por aquí a estas horas. Casi siempre estamos solo las estrellas y yo. Y a veces la luna, según la época del mes.

Además, el coche se me está acercando demasiado. Supero en por lo menos quince kilómetros por hora el límite de velocidad de esta pequeña carretera, y los faros deben de estar a menos de dos coches de distancia. Si freno en seco, seguro que me da por detrás.

Sospecho que me está siguiendo, pero solo hay un modo de comprobarlo.

La carretera se bifurca un poco más adelante. Pongo el intermitente izquierdo. Cuando llego a la bifurcación, empiezo a girar a la izquierda, pero en el último momento doy un volantazo a la derecha.

No despego los ojos del retrovisor. Observo que los faros que tengo detrás comienzan a desplazarse a la izquierda antes de girar de golpe hacia el ramal izquierdo de la bifurcación mientras yo me alejo por la derecha. De repente, el otro coche derrapa hasta detenerse. Después de dar marcha atrás, tuerce a la derecha en la bifurcación.

Inspiro con brusquedad, apretando el volante con las manos. Confirmado: el otro vehículo me está siguiendo. Ese hijo de puta quiere algo de mí.

Mientras medito mi siguiente paso, me pasa por la cabeza un pensamiento fugaz. Es algo que suelo preguntarme cuando me encuentro en una situación difícil: «¿Qué haría mi padre?».

Siempre me asalta esa reflexión, por más que intento evitarlo. No quiero saber cómo reaccionaría mi padre. Y, desde luego, no quiero hacer lo mismo que haría él. Después de todo, está cumpliendo dieciocho cadenas perpetuas. No es precisamente algo a lo que yo aspire.

Tengo el teléfono en el bolsillo, conectado por bluetooth. Debería llamar a la policía, darles mi ubicación y decirles que me viene siguiendo un coche. Pero tampoco hago eso.

En la siguiente esquina, por lo general doblo a la derecha para ir a casa. Ahora, en cambio, tuerzo a la izquierda. El coche que tengo detrás gira también. El resplandor de los faros inunda la cabina conforme el otro vehículo gana terreno poco a poco. Ya ni siquiera intenta disimular el hecho de que me está siguiendo. La distancia de dos coches se ha reducido a uno solo. Viene pegado a mí.

Hasta que diviso más adelante mi destino: la comisaría local.

Entro en el aparcamiento del edificio. Mantengo los ojos fijos en el retrovisor para ver si el conductor tiene las narices de seguirme hasta el estacionamiento de la comisaría. Sin embargo, los faros desaparecen de mi espejo, tal como me imaginaba. Cuando aparco, veo que el coche que me seguía pasa de largo.

Es un Dodge azul con el parachoques trasero abollado.

Me quedo diez minutos en el aparcamiento de la comisaría, vigilando la carretera para asegurarme de que el coche sospechoso no regrese. Tampoco es que me sienta muy a gusto aquí. Recuerdo mi primera visita a una comisaría. Tenía diez años. Habían detenido a mi padre. La policía me hizo un montón de preguntas.

«Nora, ¿desde cuándo tiene tu padre un taller en el sótano?».

«Nora, ¿tu madre bajaba ahí alguna vez?».

«Nora, ¿hay otros escondites secretos en tu casa?».

Tal vez otra mujer habría entrado en la comisaría, pedido que la escoltaran a casa y denunciado a Henry Callahan por seguirla. Pero a mí no me serviría de nada. Además, la mera idea de poner un pie en una comisaría me produce náuseas. Después de todo lo que tuve que soportar entonces, no quiero volver a pisar uno de esos lugares en la vida.

Al fin y al cabo, una simple comprobación de antecedentes les revelaría exactamente quién soy. Y eso prefiero evitarlo.

Transcurridos los diez minutos, estoy bastante convencida de que Callahan se ha ido de verdad. En efecto, cuando salgo de nuevo a la carretera, la encuentro tan tranquila y vacía como de costumbre. Tardo quince minutos más en llegar a mi acogedora casa de dos plantas en Mountain View. Aunque, según los de la inmobiliaria, era ideal para una familia pequeña, yo vivo ahí sola. Hubo un tiempo en el que creí que tal vez no sería siempre así, pero, en retrospectiva, queda claro que me equivocaba.

Hay dos dormitorios en el piso de arriba. Uso el segundo como despacho y a veces como cuarto de invitados. La lavadora y la secadora están en el sótano. Cuando Philip me hizo una visita poco después de que comprara la casa, arrugó la nariz y comentó que podía permitirme algo mejor. Sí, podía, pero estoy bien aquí. ¿Qué diablos iba a hacer yo con un casoplón de cinco dormitorios para mí sola? No es que vaya a tener alguna vez hijos para llenar esas habitaciones.

Accedo por la entrada del garaje. La puerta se cierra detrás de mí con un golpe retumbante y, cuando el eco se apaga, me rodea un silencio sepulcral. Me quedo ahí de pie, con las llaves en la mano derecha.

—¡Cariño, ya estoy en casa! —grito.

Tiene gracia porque, bueno, vivo sola.

Permanezco inmóvil unos instantes, escuchando como resuenan mis palabras en aquel espacio. A veces me da mal rollo llegar a una casa vacía. Si alguien se hubiera colado y estuviera aquí, esperándome, ¿quién se enteraría?

Por otro lado, es un barrio seguro. No suelo preocuparme por estas cosas.

Me muero de hambre. Si no hubiera tenido que lidiar con el intento de Henry Callahan de darme un susto, me habría pasado por el In-N-Out Burger de camino a casa, como parte de mi empeño por palmarla de un infarto antes de cumplir los cincuenta. Pero he perdido la oportunidad, así que me dirijo a la cocina a ver qué hay en el congelador. Necesito comer algo que absorba parte del whisky. Y luego tal vez más whisky, para que absorba parte de la comida.

No, realmente no debería. Es tarde, y tengo que levantarme de madrugada para operar por la mañana. Por lo general, no necesito muchas horas de sueño, pero empiezan a pesarme los párpados.

Cuando abro el armario de la cocina, oigo un golpe sordo. Y luego otro.

Alguien intenta entrar por la puerta de atrás.

¡Bum!

Me he quedado por lo menos diez minutos esperando frente a la comisaría. Henry Callahan se había largado. No me ha seguido hasta aquí; de eso estoy segura. He estado mirando todo el rato por el retrovisor y no había ningún vehículo detrás de mí. Lo habría visto, aunque tuviera las luces apagadas. Soy muy observadora.

Vuelvo los ojos hacia la ventana, pero al otro lado no vislumbro más que oscuridad. Ahí no hay nadie.

Como ya he dicho, vivo en una zona muy segura. Todos mis vecinos son profesionales con un futuro prometedor y en su mayoría con una familia recién formada. En realidad, nada de eso me consta, pues no he tenido ocasión de conocer a ninguno. No me sé el nombre de nadie que viva en un radio de un kilómetro de mi casa, aunque supongo que reconocería a algunos de vista.

Me imagino lo que dirían si me pasara algo. «Parecía buena persona. Era muy reservada. No se metía con nadie». Lo que se dice siempre.

¡Bum!

Me acerco de nuevo al armario de encima del fregadero, lo abro de un tirón y saco el objeto que buscaba antes de dirigirme de vuelta hacia la puerta trasera. Tras echar una última ojeada a la ventana para confirmar que no hay nadie fuera, giro el pestillo de la puerta trasera y la abro de golpe.

Oigo unos maullidos de inmediato. Tengo a mis pies una gata negra que restriega la cabecita peluda contra la pernera de mi pantalón. Luego alza la vista hacia mí, esperanzada.

—Ya va, ya va —digo.

Abro con un chasquido la lata de comida húmeda que he sacado del armario y la vacío en el pequeño bol que dejo siempre frente a la puerta de atrás. La gata no es mía. Vive en la calle. Seguramente debería llamar a una protectora, pero, en vez de ello, he comprado un paquete de latas de alimento para gatos. Y ahora, al parecer, soy la responsable de alimentar al bicho.

Contemplo cómo engulle a lengüetazos sesenta centavos de pollo triturado. Cada vez que le pongo comida, me muestra una gratitud exagerada. Tal vez incluso más que Callahan por haberle salvado la vida.

Mi padre no habría hecho esto. No habría alimentado a una gata callejera. Tampoco le ha salvado la vida a nadie.

Tras ver comer al animal durante unos segundos más, cierro la puerta trasera y echo el pestillo.

Diez minutos después, me siento a la mesa de la cocina con una cena precocinada y mi ordenador portátil. Accedo al sistema de historiales médicos electrónicos de nuestro consultorio. Echo un vistazo a algunos resultados de laboratorio, pero casi sin darme cuenta acabo buscando la información clínica de Henry Callahan.

Todo es tal como lo recuerdo: presentaba una colecistitis que requería la extracción de la vesícula. Se le realizó una operación laparoscópica que derivó en colecistectomía abierta. No se produjeron complicaciones postoperatorias. La recuperación fue normal.

A continuación, hago clic en la pestaña de datos del paciente. En ella aparece la información sobre el seguro médico de Callahan. Su contacto principal es su hermano, lo que significa que no está casado y seguramente vive solo. Y, justo debajo de los números de teléfono, consta su dirección.

Vive en San José, en un barrio poco recomendable. Al parecer, el domicilio corresponde a una casa. Y no está muy lejos de aquí.

Podría plantarme ahí en veinte minutos.

Hum.

Sacudiendo la cabeza, cierro el portátil de golpe. Cojo mi vaso de agua y tomo un trago largo. Preferiría otro old fashioned, pero tendré que conformarme con esto.

El montón de correo que he recogido en la puerta principal está ahora cuidadosamente apilado en medio de la mesa. Aparto a un lado el ordenador y me pongo a revisar las cartas. Las dos primeras son facturas; me parece increíble que sigan mandándomelas, a pesar de que las pago todas online. La siguiente es para pedirme una donación a un partido político. Sí, claro, ahora mismo. Luego hay un catálogo de una panadería con una oferta de bollería variada.

La última carta es de mi padre.

Inspiro con brusquedad al ver las palabras escritas en el dorso del sobre con tinta negra y letra regular. Siempre ha tenido una caligrafía muy bonita. Todas las letras, apretadas y compactas, tienen exactamente la misma altura, como si las hubiera medido con regla, y presiona el bolígrafo contra el papel con tanta fuerza que sin duda deja marcas en la hoja que hay debajo. Me pregunto si el cartero se habrá fijado en el nombre del remitente. Si lo ha visto, habrá creído que se trataba de una broma. Por suerte, la carta va dirigida a Nora Davis. Hace casi veintiséis años que dejé de ser Nora Nierling.

Lleva escribiéndome una carta por semana desde el día de su arresto. Durante un tiempo, no supe nada de ellas, porque mi abuela las tiraba a la basura. Sin embargo, cuando me fui a la universidad, empezaron a llegarme directamente.

¿Qué me contará en ellas? ¿Qué demonios querrá decirme?

Me pregunto si piensa en mí, si se preocupa por mí. Mi madre me cuidaba cuando era pequeña, pero hace mucho que me dejó. Ya nadie piensa en mí ni se preocupa por mí de verdad. Bueno, a lo mejor Philip se preocupa un poco porque, si me pasara algo, ¿quién atendería a sus pacientes cuando se fuera de vacaciones? Pero no se trata de una preocupación auténtica.

Me quedo un buen rato mirando la carta, como cada semana.

Y, como cada semana, la rompo por la mitad, y luego otra vez, antes de tirar los pedazos a la papelera.

«Feliz aniversario, papá».

3

Veintiséis años antes

El pastel huele que alimenta cuando lo sacamos del horno. Es de vainilla, mi favorito. Y mi madre lo ha preparado de forma totalmente casera con harina, azúcar, levadura en polvo, vainilla y huevos. Me ha enseñado a mezclar por separado los ingredientes húmedos y los secos, y luego los hemos juntado. Yo le he echado una mano porque me lo ha pedido, pero no me gusta hacer pasteles con mamá. Por mí podríamos haber usado un preparado para hornear. O haber comprado un pastel de vainilla en el súper.

Mamá deja el molde de bizcocho en la encimera y se quita las manoplas rosas. Hay dos moldes, porque va a hacer un pastel en capas. Es lo que yo le he pedido: un pastel de vainilla en capas con glaseado de queso crema.

—¿Echamos el glaseado ya? —pregunto.

Mamá pone los brazos en jarras. Es la mamá prototípica. Cada vez que en un libro aparece una madre, por lo general es calcada a la mía. Todas las tardes nos prepara la cena, se asegura de que yo termine los deberes y limpia la casa de arriba abajo sin ayuda.

(Se supone que yo soy responsable de mi habitación, pero, cuando me da pereza ordenarla, ella lo hace por mí). Cada vez que algún vecino se pone enfermo, ella va a su casa a cuidarlo y le lleva un táper de sopa de pollo con fideos o incluso un estofado.

—Nora —dice—, ya sabes que hay que dejar enfriar el bizcocho antes de añadir el glaseado, porque, si no, se derrite.

—Bueno —replico yo, pensativa—. Entonces podríamos poner una segunda capa.

Esto le provoca una sonrisa. Mamá sonríe mucho. Siempre que sonríe, le salen hoyuelos y su papada parece más grande. Cuando se casó con mi padre, estaba delgada —casi esquelética—, pero ya no. Me gusta más como es ahora. ¿Quién iba a querer abrazar un esqueleto? Pero mi padre no para de repetirle que debería intentar perder peso. Se lo dice a todas horas.

—Ten paciencia —me pide ella.

Por lo general, soy muy paciente. Incluso cuando los compañeros de clase hacen el tonto, yo me quedo sentada, muy quieta, y obedezco a la maestra. Pero hoy es mi cumpleaños y el pastel huele de maravilla, así que arranco la tapa del envase de plástico de glaseado de queso y meto el dedo en aquella cremosa delicia blanca. Mamá me mira con desaprobación, pero no me riñe. A fin de cuentas, somos las únicas que vamos a probar el glaseado.

¡Mmm! Glaseado de queso crema.

—¿Seguro que no quieres invitar a ninguna de tus amigas esta tarde? —me pregunta—. Todavía estás a tiempo.

—No, no hace falta.

—Pero si es tu cumpleaños, cielo.

No necesito que me lo recuerde. Ya lo sé. Hoy cumplo once años. El año que viene empezaré la secundaria. Me muero de ganas.

Mamá arruga el entrecejo.

—Tienes amigas, ¿verdad, Nora?

—Sí.

No miento. Es cierto que tengo amigas. Hay unas niñas con las que juego en el recreo todos los días. Pero nunca he tenido una amiga íntima. Hay chicas que se llaman por teléfono todas las noches y se quedan hablando hasta las tantas. Yo no tengo amistades así. Ni tampoco amistades a las que quiera invitar a celebrar mi undécimo cumpleaños.

¿Qué tiene eso de malo?

Cojo un poco más de glaseado con el dedo, y mamá pone mala cara. Sabía que era solo cuestión de tiempo que me ordenara dejarlo.

—Sube a cambiarte —me dice—. Cuando bajes, el bizcocho ya estará frío.

Suelto un quejido.

—¿Por qué tengo que cambiarme? Solo estaremos tú y yo.

—Es tu cumpleaños, una ocasión especial. ¿No quieres ponerte guapa?

Me encojo de hombros.

—¿Cuándo llega papá?

—Estará en casa dentro de una hora. Pasará a comprarte un regalo por el camino.

Cruzo los dedos de las manos y los pies para que sea otro hámster, pero seguramente no, porque, según mamá, tenemos mala suerte con los hámsteres. Pero sé que será algo chulo. Los regalos de papá son lo más.

Mamá cruza los brazos sobre el pecho.

—Anda, sube, Nora. No vamos a glasear el pastel hasta que estés presentable.

Vale. Dejo el envase de glaseado en la encimera para subir a cambiarme. Camino de las escaleras, paso junto a la puerta del sótano. Algunos de mis amigos del cole tienen sótanos arreglados, donde juegan con la consola o montan fiestas, pero el nuestro es el taller de papá.

Hace unos años, le dio fuerte por la carpintería y decidió usar el sótano para eso. Así que ahora se pasa las horas ahí abajo, haciendo sillas y mesas y cosas así. Pero no se le da muy bien. El mes pasado salió del taller con una silla que había construido y le había quedado bastante cutre. Por ejemplo, tenía todas las patas desiguales. No era una silla que invitara a sentarse en ella. Parecía que se iba a venir abajo. Pero mamá decía que teníamos que apoyarlo, así que fingí que me gustaba.

Pensé que sería divertido ayudar a papá en el taller. Aunque no me pirra la carpintería, me gusta estar con él. Pero dice que es un tiempo que se dedica a sí mismo y que lo ayuda a relajarse. No sé por qué no puede relajarse estando conmigo, pero allá él.

Hay un olor que flota en el aire alrededor de la puerta del sótano. Al principio no sabía qué era, pero luego papá me compró un frasco de bruma corporal de lavanda por Navidad y entonces me di cuenta de que ese era el olor que notaba. Cada vez que paso cerca de la puerta, puedo sentirlo con fuerza, como si toda la parte de nuestra casa situada debajo del suelo estuviera impregnada de lavanda.

Pongo la mano en el pomo de la puerta del sótano. Nunca he visto el taller. Él siempre la cierra con llave porque dice que bajar ahí es peligroso. Le he prometido tener cuidado, pero él insiste.

Intento mover el pomo. No gira. La puerta está cerrada con llave, como siempre.

—¡Aaron! —lo saluda mamá desde la cocina, en voz muy alta—. ¡Qué pronto has venido hoy!

El corazón me da un vuelco en el pecho y, olvidándome de cambiarme de ropa —la que llevo puesta ya vale, de todos modos—, regreso corriendo adonde está mamá. Encuentro a papá en medio de la cocina, con su abrigo grande y acolchado, todo despeinado después de haberse quitado el gorro. Entre los padres de mis amigas no hay ninguno más guapo que él. Es alto, con un espeso cabello castaño oscuro, casi negro, y unos dientes blancos y bonitos, y a todas las maestras les entra la risa tonta cuando lo ven.

Trabaja como flebotomista. Lo sé porque una vez nos pidieron una redacción sobre lo que hacen nuestros padres. Como mi madre es ama de casa, decidí escribir sobre él. Más que nada, lo que hace es sacarle sangre a la gente para que se la analicen. Es una profesión muy importante. Y bastante difícil de escribir. FLEBOTOMISTA. Yo de primeras lo habría escrito con uve, pero en realidad va con be.

El caso es que es muy bueno en lo que hace. Cuenta que a veces tiene que camelarse a la gente para que se deje pinchar, pero al final siempre consigue que digan que sí. Lo malo es que, entre el trabajo y todo el tiempo que pasa en ese estúpido sótano, casi nunca lo veo.

—¡Feliz cumpleaños, renacuaja! —dice papá.

Me sonríe de oreja a oreja, pero no hace amago de abrazarme. No es muy de abrazos. Por mí mejor, porque tampoco me gusta mucho abrazar a la gente. Mamá ya me tiene un poco harta con sus intentos de achucharme.

—¿Qué me has traído? —pregunto, ansiosa.

—¡Nora! —me reprende mamá.

Pero papá solo se ríe.

—Déjala, es su cumpleaños. —Entonces se saca de detrás de la espalda una jaula. Dentro hay un animalito blanco—. ¡Tachán!

Se me escapa un chillido.

—¡Un ratón!

Mamá se pone muy pálida.

—Aaron, creía que habíamos quedado en que…

—Tranquila, mujer. —Deja la jaula sobre la mesa de la cocina—. Esta vez tendrá más cuidado, ¿a que sí, Nora?

Me agacho y sonrío al ratón, que corretea por la pequeña jaula. Choca contra una de las paredes de rejilla, pero no tiene otro sitio adonde ir.

Feliz cumpleaños, Nora.

4

Ahora

Mi primera visita de la tarde está programada para la una y media. Tengo poco tiempo para llegar al consultorio desde el hospital, donde me he pasado toda la mañana operando. Mi almuerzo consiste en un burrito que me he comprado en el puesto ambulante que suele situarse frente a la entrada de urgencias. Me veo obligada a comérmelo mientras conduzco.

Pero eso no tiene nada de excepcional. Tomo casi todas mis comidas en el coche. Creo que no sería capaz de encontrar el camino desde el hospital hasta mi consulta sin un burrito en una mano y el volante en la otra. Bebo unos tragos de mi botella de agua cada vez que paro en un semáforo.

Dejo el coche en el aparcamiento que está frente a nuestro edificio de oficinas a la una treinta y cinco. Paso del ascensor y subo corriendo los dos tramos de escaleras hasta el consultorio que comparto con Philip. La placa dorada de la puerta dice: «Corey y Davis, médicos asociados». Su nombre figura antes que el mío. Sus principales argumentos son que lleva más tiempo ejerciendo que yo, y que, de este modo, los apellidos quedan en orden alfabético. Eso se lo acepto.

Llego a la segunda planta echando el hígado por la boca. He dejado que mi condición física se deteriore hasta un extremo peligroso durante la última década. Debería grabarme en la cabeza que ya no soy una veinteañera. Como siga zampando burritos mientras conduzco, a lo mejor acabo sufriendo un infarto prematuro.

Por otro lado, en mi familia no son frecuentes los casos de enfermedades coronarias.

Casi he recuperado el aliento cuando irrumpo en el consultorio. La sala de espera está vacía, y Harper está sentada a su escritorio, tecleando en el ordenador. Al oírme entrar alza la vista y me dedica una sonrisa cordial.

—¡Buenas tardes, doctora Davis! —gorjea. Le he dicho por lo menos mil veces que me llame Nora, pero se empeña en dirigirse a mí como doctora Davis. Supongo que es una muestra de respeto—. Su primer paciente la espera en la sala de reconocimiento.

—Ah. —Tomo una gran bocanada de aire. Definitivamente necesito volver a ponerme en forma—. ¿Quién es?

—Arnold Kellogg.

Tuerzo el gesto. Es la primera visita postoperatoria del señor Kellogg después de su reparación de hernia, y sé que estará molesto por la espera. Consulto mi reloj. He llegado siete minutos tarde. No es para tanto.

—Le he dicho que ha tenido usted una emergencia en el hospital —continúa Harper—, así que se mostrará comprensivo.

Exhalo, aliviada.

—Gracias, Harper. Eres la mejor.

Se le sonrosan las mejillas, como siempre que le hago un cumplido. Harper tiene veintipocos años, y me cabreé mucho cuando Philip la contrató. Había una lista de casi cincuenta candidatas, pero él tuvo que elegir a la más joven y guapa, claro. Fue culpa mía por dejar que él se encargara de la selección. No sé qué se me pasó por la cabeza. Cuando vi llegar a Harper con sus piernas largas, su brillante cabellera oscura y sus grandes ojos azules, me entraron ganas de pegarle una buena colleja a Philip.

Pero, en líneas generales, el hombre se ha comportado. Quizá sea en parte gracias al sermón de veinte minutos que le solté sobre el acoso sexual, aunque tuve que administrárselo en dosis de dos minutos entre visita y visita de los pacientes.

Y luego resultó que Harper es una maravilla. Aunque valoro a Bridget, nuestra secretaria anterior, que dejó el trabajo cuando tuvo un hijo, Harper la supera. Es muy organizada, de una amabilidad admirable y lista como el hambre. Se ha licenciado en literatura inglesa hace poco y aún no tiene muy claro qué hacer con el título, así que a menudo nos quedamos hasta altas horas de la noche hablando de su futuro en el consultorio o en el restaurante mexicano que está a cinco minutos en coche, delante de unos margaritas.

—¿Otra vez llegando tarde a su consulta, doctora Davis?

Alzo la cabeza de golpe y veo a Philip de pie ante mí, con los brazos cruzados sobre el pecho y una sonrisa socarrona dibujada en el apuesto rostro. Es el tipo de médico del que se enamoran todas las pacientes. No querría saber nada de él si no fuera un cirujano excepcional. Me conoció siendo jefe de residentes cuando yo estudiaba medicina y, una vez que me gradué, me propuso que fuera socia de su consultorio. Una importante clínica quirúrgica estaba interesada en contratarme, pero Philip me hizo una oferta muy tentadora, y me atraía la perspectiva de ser mi propia jefa. Así que aquí estoy.

—Mi última operación se ha alargado un poco —digo.

Philip chasquea la lengua.

—Nora, ¿cuándo aprenderás a trabajar de forma más eficiente, como yo?

Alzo los ojos al techo.

—¿Eficiente o chapucera?

Despliega una gran sonrisa.

—Lo que tú quieras, pero yo al menos nunca hago esperar a mis pacientes. —Le guiña el ojo a Harper—. Tampoco hago esperar a las señoritas.

Lo fulmino con la mirada mientras Harper vuelve a centrarse en su trabajo. Dicho sea en su honor, nunca ha correspondido a los flirteos de Philip. Tiene una relación formal y, en nuestra última conversación, me dijo que su novio le estaba lanzando indirectas sobre comprarle un anillo. Así que demuestra ser muy inteligente al mantener a Philip a raya.

Ya he hecho esperar demasiado a Arnold Kellogg, de modo que me excuso y entro en la sala de reconocimiento. Sheila, nuestra enfermera, ya le ha tomado las constantes vitales y está colgando su historia clínica en la puerta cuando me acerco a la sala. Aunque toda la información se introduce en el ordenador, me gusta tenerla a mano en papel. Cuando voy al médico, nada me irrita más que ver cómo mantiene los ojos pegados a la pantalla mientras le hablo.

—No va a ser sencillo, Nora —me advierte Sheila. Tiene sesenta y pico años, la piel color chocolate, el cabello cano y unos brazos gruesos como troncos. Es fantástica; ojalá tuviéramos a cinco como ella—. No está muy contento que digamos por el retraso.

—Gracias, Sheila. —Cojo la historia clínica y echo un vistazo a las constantes vitales de Kellogg. Está todo correcto—. Tendré que desplegar mi encanto.

Sheila se ríe por la nariz.

—Sé que tú puedes.

Respiro hondo, con la mano en el pomo. Siento cómo la sonrisa falsa se dibuja en mi rostro, pero no se nota que es falsa; parece de verdad. Es la misma sonrisa con que Aaron Nierling engatusaba a las chicas para que subieran a su coche. Mi padre tenía mucho carisma y sabía desplegar su encanto cuando quería. Yo también.

Cuando abro la puerta de la sala de reconocimiento, el señor Kellogg, de setenta y tres años, y su esposa están sentados uno al lado del otro. Él tiene una expresión ceñuda, no solo en la cara, sino en todo el cuerpo. La expresión ceñuda se extiende a su ralo pelo encanecido, su barriga flácida y su espalda encorvada. No sabía que tal cosa fuera posible hasta que lo he visto con mis propios ojos.

—¡Señor Kellogg! —exclamo como si fuera un gran amigo con el que perdí el contacto hace años—. Se le ve estupendo. ¿Cómo le va?

Alza la vista hacia mi sonriente semblante. Se debate por dentro. Quiere expresarme su enfado por haberlo hecho esperar, pero no se lo estoy poniendo fácil.

Sin darle oportunidad de decir nada, agarro el taburete que tengo en la consulta y me siento. Siempre atiendo a mis pacientes sentada. Creo que Philip no se ha sentado ni una vez en los últimos quince años (tal vez ni siquiera para comer), pero en la sala de reconocimiento yo siempre procuro hacerlo. Y ahora, delante del señor Kellogg, me inclino hacia él como si lo que tenga que decirme me pareciera lo más importante del mundo.

—¿Cómo se encuentra? —le insisto.

Al fin, noto que su resistencia se desmorona.

—Estoy bien, doctora.

Ensancho la sonrisa, y él sonríe también, de mala gana. Supongo que debería estarle agradecida a mi padre por este don, la capacidad de activar mi encanto. Y puedo desactivarlo con la misma facilidad.

—Nos han dicho que tenía una urgencia —tercia la señora Kellogg—. ¿Ha ido todo bien?

Giro la cabeza para dirigirme a la esposa de mi paciente. Me considero muy observadora en lo que se refiere al cuerpo humano, y habría sido muy difícil pasar por alto la tenue mancha morada con matices amarillentos que la señora Kellogg tiene bajo el ojo izquierdo. Me deja tan a cuadros que la sonrisa se me borra de la cara y no soy capaz de responder a su pregunta.

—¡No puede darte esa información! —le espeta el señor Kellogg—. ¿No ves que sería una violación de la confidencialidad, Diane? Piensa un poco.

—Ah. —La señora Kellogg baja la mirada—. Perdón.

—No me pidas perdón a mí, sino a la doctora Davis.

—Perdón, doctora Davis —dice sin despegar los ojos del suelo.

No dejo de mirar el moretón que tiene debajo del ojo izquierdo. He leído en el historial del señor Kellogg, que es diestro. Y un gancho de derecha bien puede impactar en el ojo izquierdo de la otra persona. Recuerdo que ella estaba presente en la visita preoperatoria, y que en algún momento él le soltó un exabrupto. No me gustó, pero pensé que no era asunto mío.

Sin embargo, ahora tiene un ojo amoratado.

Aunque el señor Kellogg no es muy corpulento, su mujer es muy poquita cosa, así que, pese a que el hombre está débil tras la operación, creo que es posible que él le haya hecho eso. No, rectifico: creo que es lo más probable.

Ojalá lo hubiera sabido antes de la operación, cuando lo tenía anestesiado y abierto en canal sobre la mesa del quirófano. Entonces tal vez se me habría escapado el bisturí y le habría metido un tajo en el intestino. Si hubiera hecho eso, él estaría demasiado ocupado experimentando un universo de dolor como para pegar a su esposa.

Pero no. Yo nunca haría algo así. Jamás.

No soy como mi padre. Doy de comer a gatos callejeros. Salvo vidas.

Tras respirar hondo, le pido al señor Kellogg que se tumbe en la camilla. Se levanta la bata, dejando al descubierto la hilera de grapas que le inserté en el abdomen. La incisión presenta muy buen aspecto. Saco el kit de extracción de grapas y procedo a retirárselas una por una. Tardo menos de dos minutos, pero la última se resiste.

—Más suave, doctora —me pide el señor Kellogg.

Miro a la señora Kellogg, que se retuerce las manos. Le doy un tirón a la grapa, que se suelta de golpe. Una gota de sangre brota de la piel del hombre.

—¡Por Dios, doctora Davis! —chilla—. ¡Eso me ha dolido más que la operación!

—Lo siento —digo. En realidad no lo siento en absoluto.

Mientras el señor Kellogg refunfuña entre dientes sobre mi incompetencia, rebusco unas vendas en el cajón. Abro el paquete para sacar la gasa y, en el envoltorio vacío, escribo una frase con el bolígrafo que llevo en el bolsillo superior del pijama sanitario.

«¿Él la agrede?».

Cuando paso por delante de la mujer camino de la camilla de reconocimiento, le alargo el papel de la forma más discreta posible. Ella lo coge y lee mi pregunta. Acto seguido, levanta los húmedos ojos castaños hacia mí y vacila unos instantes.

Entonces mueve la cabeza de un lado a otro.

¿La creo? No lo sé. Como mínimo, en el transcurso de esta breve visita he visto a su marido maltratarla psicológicamente, así que solo Dios sabe lo que pasa en su casa. Pero ella lo niega, y ni siquiera es paciente mía. Aunque me hierve la sangre, no puedo hacer nada más.

5

Mi último paciente se marcha poco antes de las seis, pero todavía me queda mucho por hacer. Tengo que ponerme al día con un montón de papeleo y devolver llamadas. A veces regreso al hospital para hacer una visita rápida a mis pacientes quirúrgicos al anochecer, pero creo que hoy estoy demasiado cansada. Llamaré a las enfermeras y les pediré un resumen del estado de cada uno.

Mi despacho está situado justo al fondo del consultorio. Aunque Philip se apropió del despacho grande, el mío es de un tamaño decente. A diferencia de él, no tengo un sofá de cuero ni un escritorio de caoba, sino una sencilla mesa de madera que compré por internet y una estantería pequeña en la que guardo apiñados todos los libros de texto que he comprado desde que estaba en la facultad. Hay dos sillas de madera colocadas frente al escritorio por si decido traer aquí a algún paciente, cosa que aún no ha ocurrido.

Philip se asoma a la puerta de mi despacho y sube y baja las cejas. Siempre parece estar a punto de necesitar un corte de pelo, pero consigue tener un aspecto resultón.

—¿Preparándote para irte, Nora?

—Qué va.

Me dirige una sonrisa deslumbrante.

—Trabajas demasiado. Te haría bien salir a divertirte de vez en cuando. Como yo.

Me percato de que se ha cambiado el uniforme sanitario por una camisa de vestir y un pantalón marrón oscuro.

—¿Vas a algún sitio?

Me guiña el ojo.

—Tengo una cita.

—Espero que no sea con Harper.

Philip echa la cabeza hacia atrás y suelta una carcajada.

—¿Después de las dos semanas que te pasaste advirtiéndome de que no me acercara a ella? Ni de coña. Además, ella no para de hablar de ese tal Sonny.

—¿Quién es la afortunada? ¿Vais en serio?

—Sí, claro. —Hace una mueca—. Siempre estoy a la caza de mi próxima exmujer.

Philip se divorció hace unos años, y no fue una separación amistosa. Y con eso me refiero a que un día ella le pinchó los neumáticos del coche en nuestro aparcamiento. No tengo ni idea de cómo están logrando compartir la custodia de su hijo. Ya casi nunca menciona el tema, salvo para comentar que el divorcio lo dejó prácticamente sin blanca. Se lo merecía por lo que le había hecho a su esposa.

—En fin —dice—, el caso es que deberías salir más. Quedar con tíos.

—No, gracias.

—Hablo en serio. —Arquea las cejas—. Creo que desde que te conozco nunca te he visto quedar con nadie.

A lo mejor es cierto, pero no pienso reconocerlo.

—No tenía ni idea de que estuvieras tan al tanto de mi vida personal.

—Es que me parece extraño. Atractivo no te falta.

Se me escapa una tos.

—Vaya, gracias.

—Deberíamos salir este fin de semana —insiste—. Tú y yo. Venga, será divertido. Vamos a un bar, y yo te hago de celestino.

Suelto un resoplido.

—Me parece que la cosa no funciona así.

—No, de verdad, será genial. Se me da muy bien detectar a los babosos.

—¿Porque tú eres uno de ellos?

Se toca la nariz con el dedo.

—Exacto.

—Lo siento, no me interesa.

—¿Por qué? —Me mira entrecerrando los ojos—. En serio, Nora, ¿qué pasa contigo? ¿Cómo es que no haces nada más que trabajar?

—Me gusta trabajar. —Me encojo de hombros—. Y ahora que lo pienso, Philip, creo que mi vida privada me incumbe solo a mí, ¿no estás de acuerdo?

—Vale, como quieras. —Da unos golpecitos con el puño en un lado de la puerta—. En fin, solo quería informarte de que, a pesar de lo mucho que trabajas, sigo por delante.

Me reclino en mi silla de cuero ergonómica.

—¿Qué? Anda ya.

—Es cierto. Lo he comprobado.

Aprieto los dientes.

—Pues compruébalo otra vez. Estoy bastante segura de que voy ganando yo.

Tanto a Philip como a mí nos encanta operar. También nos

encanta competir, así que al final de cada año hacemos un recuento para ver quién ha resuelto más casos quirúrgicos. El vencedor gana, además del derecho a pavonearse, una caja de un vino de los buenos. El año pasado fue la primera vez que salí victoriosa, y estoy decidida a repetir este año.

De hecho, pienso machacarlo. Este año he rajado a muchas más personas que él. Es imposible que vaya ganando.

Alargo el brazo hacia mi taza negra para darme un chute de cafeína. Me va a hacer falta, después del madrugón de esta mañana. En cuanto me llevo la taza a los labios, caigo en la cuenta de que está vacía. Hay posos de café secos alrededor del borde.

—No deberías tomar café a estas horas, ¿sabes? —dice Philip—. No podrás pegar ojo en toda la noche. Si tuvieras vida social, vale, pero seguramente te quedarás dando vueltas en la cama.

—Gracias por el consejo. —Dejo la taza sobre la mesa—. Supongo que sería mucho pedir que metieras una cápsula en la máquina y me trajeras otro café, ¿no?

—Creo que me confundes con Harper —dice en tono burlón—. Pero te haré el favor de llevar esta taza al fregadero para que te olvides de ella. Si hay algo que no necesitas es más cafeína.

Antes de que pueda protestar, Philip agarra la taza de café y se la lleva. Mientras sale del despacho, pienso que tal vez esté en lo cierto. Seguramente he ingerido suficiente cafeína por hoy. Paso demasiadas noches en blanco.

Philip tiene razón en otra cosa: nunca salgo con nadie. Con un poco de esfuerzo, puedo ponerme extraordinariamente guapa. Heredé el atractivo de mi padre, que era lo bastante apuesto para conseguir que las chicas jóvenes bajaran la guardia, pero no tanto como para llamar demasiado la atención. Ese es justo el grado de belleza que tengo yo, pero con el cabello negro azabache recogido hacia atrás y el pijama sanitario que me queda como un saco de patatas, casi nadie se vuelve a mirarme por la calle. Eso es deliberado.

No me conviene iniciar una relación. Siempre me ha costado intimar con los hombres. Y si, a pesar de todo, intimara con alguien, ¿cuál sería el siguiente paso? ¿Casarme? ¿Tener hijos? Y después...

Bueno, todo el mundo sabe lo que vino después para mi padre.

No, es mejor que siga como hasta ahora. Como ya he dicho, prefiero estar sola.

Estoy esperando los resultados de un TAC abdominal realizado a uno de mis pacientes. Se suponía que el hospital iba a enviarlos a nuestra clínica por fax, pero aún no aparecen digitalizados en el ordenador. Echo una ojeada a la sala de reconocimiento con el fin de comprobar si Sheila todavía anda por aquí, pero ya se ha marchado. Me dirijo hacia la recepción para ver si el fax está en la máquina y me sorprende encontrarme con Harper, que está recogiendo sus cosas.

La miro parpadeando.

—¿Sigues aquí?

—Ah. —Con ademán protector, posa la mano izquierda sobre un libro que tiene en su mesa—. Solo estaba leyendo...

Bajo la vista hacia el volumen. Es un grueso libro de texto de biología. El corazón me da un vuelco.

—¡Harper! ¿Te has matriculado en una clase de biología?

Aparecen unos circulitos rosados en sus mejillas.

—Sí, por probar. Aún no estoy cursando un programa de posgrado completo, pero he pensado que podía...

—¡Harper! —Incapaz de contenerme, le rodeo los hombros con los brazos. Los abrazos no son lo mío (de hecho, no soporto las muestras espontáneas de afecto físico, y tuve que hablar de ello con Philip cuando empecé a trabajar aquí), pero me alegro mucho por Harper. Estoy convencida de que nació para la medicina. Lleva un tiempo intentando decidir qué hacer con su vida, y he estado empujándola en esa dirección de forma sutil. Me emociona que haya seguido mi consejo.

—No es para tanto —masculla, aunque con una sonrisa—. No le dé tanta importancia.

—No lo haré —le prometo, aunque sigo entusiasmada por ella—. ¿Qué tema estás viendo ahora en biología?

—Estamos estudiando la reproducción sexual en las plantas —dice—. ¿Sabía que las plantas tienen sexo? Y, aunque no lo crea, es aburridísimo. Un rollo. Nadie leería novelas eróticas sobre plantas.

Me río.

—Pues ya verás cuando llegues a la reproducción de las lombrices. A partir de ahí, la cosa va a peor.

A Harper le salen de pronto los hoyuelos mientras se coloca un mechón de cabello detrás de la oreja. A diferencia de mí, suele llevarlo suelto, y su color oscuro realza el azul de los ojos. Ojos azules y pelo oscuro. No puedo evitar recordar que es la misma combinación que le parecía irresistible a mi padre. La chica que encontraron en nuestra casa, Mandy Johansson, tenía ojos azules y cabello oscuro, al igual que casi todas sus víctimas.

A veces, cuando miro a Harper, veo a Mandy Johansson, y me entran náuseas.

Pero no hay por qué preocuparse. Mi padre está en la cárcel.

—Bueno —dice Harper—, me tengo que ir. He quedado para cenar con Sonny. Vamos a ir a un restaurante elegante. Creo que a lo mejor él… Ya me entiende.

Le brillan los ojos. Cree que Sonny va a proponerle matrimonio.

—¡Ay, Harper! —Me viene el impulso de echarle los brazos al cuello otra vez, lo que sería un comportamiento muy raro por mi parte. Pero es que esta chica me produce este efecto. Aunque nunca tendré hijos, me despierta sentimientos casi maternales—. ¡Qué ilusión! ¡Ya tengo ganas de ver el anillo mañana!

—Cuidado, que eso trae mala suerte —dice con una risita.

Se echa el bolso al hombro y se va a casa para cambiarse para su cena por todo lo alto con Sonny. Me alegro por ella.

Sin embargo, una pequeña parte de mí siente una punzada de envidia. Harper se merece toda la felicidad del mundo, pero siempre me invade esa sensación cuando una persona que conozco encuentra a su media naranja y da el gran paso. A mí nunca me ocurrirá. He triunfado a nivel profesional —he alcanzado todas mis metas— y hace mucho tiempo tomé la determinación de conformarme con eso.

No quiero ser codiciosa. No hay más que ver lo que le ocurrió a mi padre.

6

Veintiséis años antes

Marjorie Baker no le cae bien a nadie en el cole. Entiendo por qué. Hay algo en ella que da grima. Por ejemplo, no habla normal, sino que gimotea. Cada vez que levanta la mano para preguntar algo, te dan ganas de decirle: «¡Cállate, Marjorie!».

Yo nunca se lo diría, pero hay quienes sí lo hacen.

Siempre parece perdida en clase. Hay veces que la señora McGinley está explicando algo y, aunque no es tan difícil, Marjorie no se entera de nada. La veo torciendo la cara, esforzándose por pillar algo. Y entonces todos los demás tenemos que esperar a que Marjorie lo entienda antes de seguir avanzando.

Además, no es guapa. Si lo fuera, se le perdonarían otras cosas. Pero no lo es. Para empezar, sus dientes de delante son demasiado grandes para su boca. Deberían reducírselos como mínimo en un treinta por ciento. Tiene la cara demasiado larga y una frente gigantesca. Además, está un poco deforme, como esos sofás que la gente deja en la calle.

—¿Os habéis fijado en cómo se bambolea Marjorie al andar? —dice Tiffany Kirk hoy, durante el recreo.

Todas dirigimos la vista hacia Marjorie, que está en la otra punta del patio, caminando hacia los escalones del fondo con su libro, como hace todos los días. Tiffany tiene razón, se bambolea bastante.

—¡Ahí va, es verdad! —dice Kari Smith—. ¡Parece un pato!

Las otras chicas se ponen a graznar como patos, en voz tan alta que Marjorie se vuelve hacia nosotras, y entonces nos entra una risa histérica. Bueno, a mí no, pero a las demás sí.

Marjorie ya está acostumbrada. Se pone colorada, pero no dice nada. A veces me gustaría que se defendiera. Marjorie nunca se defiende. Si Tiffany o Kari intentaran hacerme algo así... Pero no lo intentan. Saben que no sería buena idea.

Las chicas se quedan un rato más hablando pestes de Marjorie, pero luego pasamos a temas más interesantes. Lo raro es que yo sigo pensando en ella. La observo al otro lado del patio, leyendo su libro sola porque nadie quiere jugar con ella. No puedo dejar de mirarla.

Por lo general regreso andando del colegio sola, pero hoy, no sé por qué, sigo a Marjorie, aunque se va en dirección contraria a la de mi casa. Me mantengo lo bastante cerca para no perderla de vista, pero lo bastante lejos para que no me pille. Va encerrada en su propio universo. Nunca había visto a una persona prestar tan poca atención al mundo que la rodea. Es peligroso. Quiero decir, alguien podría atacarla y ella no se enteraría hasta que tuviera al agresor a un palmo de la cara. Y entonces sería demasiado tarde.

Después de caminar durante unos cinco minutos, llegamos a un pequeño bosque al que sé que la gente va de excursión. Marjorie lo pasa de largo, pero yo aflojo el paso hasta detenerme.

Echo un vistazo al sendero irregular, que está desierto. No vienen muchos excursionistas, y menos siendo una tarde de entre semana.

Resulta interesante, sin más.

Otros diez minutos después, Marjorie entra por la puerta principal de una casita blanca con una contraventana rota en la planta de arriba. El patio delantero está cubierto de hierbajos. Mis padres jamás permitirían que el nuestro tuviera un aspecto tan descuidado; a papá le daría algo. Es un maniático de la limpieza y el orden. Siempre dice: «El aseo y la virtud van de la mano», pero por lo visto los padres de Marjorie no opinan lo mismo.

En cuanto desaparece en el interior de la casa, me acerco con sigilo y me deslizo por un lado. Me parece que no hay nadie aparte de Marjorie. No hay coches en el camino de acceso.

A lo largo de la pared de la casa crecen dientes de león. Mi padre me explicó una vez que, aunque son amarillos y bonitos, son malas hierbas que pueden cargarse un jardín entero. Aun así, procuro no pisarlos cuando miro por la ventana. Marjorie está sentada en un sofá, en medio del salón. Tiene una bolsa de patatas fritas en la mano y se las lleva a la boca a puñados. Come de forma casi rítmica.

Patata. Masca, masca, masca. Patata. Masca, masca, masca.

La observo durante unos diez minutos hasta que me convenzo de que está sola. Marjorie regresa todas las tardes a una casa vacía.

Me largo antes de que alguien me vea. No quiero que me sorprendan espiando la casa. Papá siempre dice que, si vas a hacer algo malo, por lo menos sé lo bastante listo para evitar que te pillen. Una vez, cuando robé unas galletas de la despensa, me dijo: «Sabías que íbamos a echarlas en falta y a darnos cuenta de que tú las habías cogido. Ha sido un delito estúpido, Nora. La próxima vez, no seas estúpida».

Empiezo a alejarme por donde he venido, en dirección a mi casa. Cuando llego, mi madre, a diferencia de la de Marjorie, está esperándome junto a la puerta, nerviosa.

—¡Nora! —Se lleva las regordetas manos a las caderas—. ¿Dónde te habías metido? ¡Me tenías preocupada!

—He estado trabajando en un proyecto del cole con unos amigos. —Sé por experiencia que mi madre no sabe distinguir cuándo miento. Ya no.

Resopla, exasperada.

—Pues la próxima vez avísame con antelación si vas a llegar tarde, ¿de acuerdo?

—Puede que vuelva a llegar tarde otro día de esta semana —le digo—. Te avisaré.

—Vale. —Se agacha para abrazarme y estamparme un beso en la coronilla. Me retuerzo para soltarme—. ¿Te apetece merendar algo, cielo? Si quieres, te hago unas manzanas troceadas con crema de cacahuete.

Mamá se pasa el día ofreciéndome comida. Parece que solo piensa en cocinar, hornear y preparar cosas para picar. Es como si estuviera obsesionada con eso.

—No, gracias. Subiré a mi habitación a hacer los deberes.

—Muy bien, cariño.

Intenta besarme de nuevo en la cabeza, pero consigo esquivarla. Mientras se encamina de vuelta a la cocina, yo enfilo el pasillo hacia las escaleras y, como siempre, paso junto a la puerta del sótano. Esta semana papá ha estado mucho tiempo metido ahí abajo. Se marchó fuera a pescar todo el fin de semana, y en los últimos días apenas ha salido del sótano. Casi no lo he visto.

Me quedo parada frente a la puerta del sótano, aspirando el familiar olor a lavanda, y de pronto oigo algo.

Miro la puerta con el ceño fruncido. Si papá aún no ha llegado a casa, ¿cómo es que suenan unos ruidos procedentes del sótano? Son unos golpes, muy débiles, pero los oigo con claridad.

Y entonces oigo algo más. Casi parece un grito ahogado.

¿Qué está pasando ahí abajo?

Llevo la mano al pomo. Lo giro con fuerza, pero, como era de esperar, no se abre. La puerta del sótano siempre está cerrada con llave.

—Nora, ¿qué haces?

Al oír la voz severa de mi madre, me aparto de la puerta de un salto, ocultando la mano derecha tras la espalda. Hago todo lo que puedo por no parecer culpable.

—Me..., me ha parecido oír un ruido que venía de ahí abajo —murmuro.

Agita el dedo.

—Sabes que es el espacio de trabajo privado de tu padre. No quiero que intentes bajar.

—Pero es que he oído...

—Debe de haberse caído algo —dice. Ambas nos quedamos quietas un momento, escuchando, pero el ruido ha cesado—. De todos modos, no es asunto tuyo. Creía que tenías deberes.

—Y es verdad.

—Pues entonces sube a hacerlos, ¿estamos?

—Pero... —Fijando la vista en la puerta del sótano, inspiro hondo, y las moléculas de lavanda me inundan los pulmones—. Si se ha caído algo, tal vez deberíamos ir a echar un vistazo. A lo mejor se ha roto.

—Si se ha roto algo, ya se encargará tu padre de ello cuando regrese del trabajo.

—Pero ¿qué está construyendo, a todo esto? —refunfuño.

Mi madre vacila antes de responder.

—Dice que está haciendo una estantería. En cualquier caso, no necesita tu ayuda.

Doy una patada en el suelo, me vuelvo de espaldas a la puerta y subo las escaleras. No entiendo por qué andan con tanto secreto con el sótano. No voy a bajar a trastear con las cosas de papá, pero ¿por qué ni siquiera me dejan ver en qué está trabajando?

¿Y qué ha sido ese ruido? Juraría que se trataba de un grito.

Pero no puede ser.

Cuando entro en mi cuarto, me dejo caer en la cama, con mi mochila al lado. Hurgo en ella hasta encontrar mi cuaderno. Luego busco un lápiz en el pequeño bolsillo exterior. Guardo como un millón de lápices y bolis en ese bolsillo. Pero también guardo otra cosa: una navaja. Es otro regalo de mi padre la Navidad pasada. Me aconsejó que la llevara siempre encima, para protegerme, aunque tampoco es que vivamos en un lugar peligroso. Este debe de ser el barrio más seguro y aburrido del mundo.

Ahora que he sacado el cuaderno y un lápiz, estoy lista para empezar. La única tarea que me han puesto es escribir una redacción sobre un libro que nos asignaron. Supongo que no me llevará mucho tiempo. Me acabé el libro hace unos días; leo bastante rápido.

Dirijo la mirada a la jaula que está encima de mi librería. Hasta hace una semana, estaba ocupada por el ratón que papá me compró por mi cumpleaños. Pero el fin de semana se murió. Fue muy de repente. Ahora está enterrado en el patio trasero, dentro de una caja de zapatos. Celebramos un funeral ratonil, y mamá no paraba de hablar de lo triste que era que se hubiera muerto el ratón; me pareció un poco exagerada. A ver, no era más que un ratón.

Abro el cuaderno por la primera página en blanco. Se supone que tengo que escribir algo sobre *La telaraña de Carlota*, pero no se me ocurre nada. O sea, el libro no estaba mal, supongo, pero ¿qué se puede decir de un libro sobre una araña y un cerdo?

Me quedo mirando la hoja en blanco. Aprieto la punta del lápiz contra el papel. Entonces escribo el nombre de Marjorie Baker.

Y lo subrayo.

7

Ahora

Cuando termino mi trabajo y bajo las escaleras, está lloviendo. Me quedo un momento en el vestíbulo, contemplando las gotas de lluvia rechonchas que caen del cielo. No llevo paraguas. Ni siquiera estoy segura de tener uno. Bueno, seguramente hay alguno en alguna parte del fondo de mi armario, pero ahora mismo no me sirve de mucho.

Me pongo la capucha de la cazadora y arranco a correr por el pequeño aparcamiento hasta mi Camry. Tras abrir la puerta de un tirón y subir de un salto, me paro un momento a evaluar los daños. El pantalón de mi pijama sanitario ha quedado empapado, pero por lo menos parece que tengo el cabello bastante seco. Me cuelgan gotitas de agua de las pestañas.

Dado que estoy mojada e incómoda, seguramente sería un buen momento para poner rumbo a casa, prepararme tal vez una bebida caliente y ver un rato la tele antes de acostarme.

Pero no pongo rumbo a casa. En vez de ello, introduzco en el GPS una dirección cercana a la autovía.

Cuando enfilo la calle en la que se encuentra la casa, apago los faros, aparco junto a la acera opuesta y miro por la ventanilla.

—Ha llegado. Su destino está a la izquierda —me informa Siri.

—Gracias —murmuro.

Contemplo la puerta principal de los Kellogg a través de la luna delantera mientras los limpiaparabrisas se desplazan de un lado a otro.

No sé muy bien por qué he venido. Vi las señas de su domicilio en el formulario de facturación y se me quedaron grabadas. Quería irme directa a casa, pero no conseguía quitarme de la cabeza el ojo morado de la señora Kellogg. Cuando me quise dar cuenta, estaba poniendo su calle y su número en el GPS. Y aquí estoy.

Desde el otro lado de la calle, observo las ventanas iluminadas de la planta baja de su casa. No veo siluetas recortadas contra la luz. Deben de estar cenando en el comedor, o a lo mejor viendo la televisión juntos en el sofá.

Bajo la vista hacia mis dedos, que se aferran al volante con tanta fuerza que tengo los nudillos blancos.

Inspiro hondo, con la respiración temblorosa.

Entonces arranco y me largo de ahí.

Ahora no tengo ganas de irme a casa. La idea de estar allí sola me produce un ligero malestar. Así que, en vez de regresar, circulo por las carreteras mojadas en dirección a Christopher's. Me apetece tomarme un old fashioned esta noche. Solo uno.

Cuando entro en el aparcamiento, me asalta la idea de que tal vez Henry Callahan haya venido también hoy. El corazón me da un vuelco solo de pensarlo.

Madre mía, qué falta me hace esa copa.

Como sigue lloviendo, me pongo de nuevo la capucha y cruzo a la carrera el aparcamiento hasta la puerta del bar. Por suerte, no veo rostros conocidos cuando entro en Christopher's. Salvo la del barman, claro. Es el mismo de anoche, el de cabello y ojos castaños anodinos y la eterna barba incipiente, que salió en mi defensa cuando Callahan comenzó a incordiarme. El que me resulta extrañamente familiar. Esta vez la sensación de que lo he visto antes es más intensa.

Lo observo mientras le arranca la chapa a una botella de cerveza con el abridor y la coloca en una mesa frente a un cliente antes de coger el pago y la propina. Estoy convencida de que conozco a este hombre. Pero ¿de dónde?

Me siento frente a la barra y espero a que se fije en mí. A lo mejor son imaginaciones mías, pero creo que se le iluminan un poco los ojos cuando me ve.

—¿Otro old fashioned, Doc? —me pregunta.

Esa voz... También me suena mucho. Voy a volverme loca.

—Sí, gracias.

Mezcla el cóctel delante de mí. Tal vez sea solo una impresión mía, pero me parece que le echa más whisky que ayer. Cuando termina, desliza el vaso con el líquido ambarino hacia mí sobre la barra.

—Que lo disfrutes.

Rodeo el frío cristal con los dedos.

—Espera —digo.

Arquea las cejas.

Me aclaro la garganta.

—¿Nos conocemos?

Se queda paralizado. Por su expresión, resulta evidente que sabe exactamente quién soy desde el primer momento que me vio. Y no me lo dijo.

—Sí —dice al fin—. Me..., me llamo Brady Mitchell.

De pronto..., Dios mío, lo recuerdo todo.

—¡Salimos juntos!

Una de las comisuras de sus labios se curva hacia arriba.

—Sí, podría decirse así.

Pero eso es quedarse corto, y él lo sabe. No solo salimos juntos varias veces. Fuimos novios..., en cierto modo. Pero fue hace milenios. Cuando estudiaba en la universidad. De hecho, él era ayudante del profesor en una clase de informática a la que asistía. Cuando terminó el curso y salió mi nota, me invitó a una cita, y su inseguridad me pareció tan adorable que acepté.

Pero ya no se le ve inseguro. Tiene un aspecto muy distinto, así que no es de extrañar que no lo reconociera de inmediato. Antes iba bien afeitado y era flaco y desgarbado, pero su rostro ha ganado volumen y..., bueno, no he podido evitar fijarme en que sus pectorales también. Por otro lado, ¿por qué sirve copas en un bar? El tío tiene una licenciatura en informática. Era un genio, podía hacer cualquier cosa con un ordenador.

—¿Por qué no me has dicho que eras tú? —pregunto.

Por toda respuesta, me mira a los ojos. Salta a la vista que no está muy orgulloso de la vida que lleva ahora. No sé cómo habrá acabado así. No es que me parezca terrible que trabaje como barman, pero suponía que a estas alturas se habría convertido en el nuevo Bill Gates. Algo tuvo que torcerse. ¿Lo pillaron hackeando? ¿Se drogaba? No tengo ni idea.

—En fin —dice—. Felicidades por tu éxito profesional. Recuerdo que siempre quisiste ser cirujana. Aunque en ningún momento dudé que lo conseguirías. Jamás había visto a alguien más entregado a los estudios. Solo te faltó ofrecer un sacrificio a los dioses de la premedicina.

—Gracias. —(Creo).

Tomo un sorbo de mi cóctel y disfruto de la sensación cálida que se apodera de mí. Brady Mitchell. Madre mía. Estuvimos saliendo durante unos tres meses, si la memoria no me falla. Era agradable. Fui yo quien puso fin a la relación, pero creo que no resultó demasiado traumático. Fue una ruptura amistosa.

Lo que me cuesta recordar es por qué decidí dejarlo. Sin duda tenía un motivo, más allá de que tres meses sea el máximo de tiempo que estoy dispuesta a salir con un tío (cosa que es verdad). Estoy segura de que, si rompí con Brady, fue por una buena razón.

Pero ¿cuál?

No puedo preguntárselo, claro, aunque en su momento le dijera la verdad, cosa que dudo.

—Te preguntarás por qué trabajo aquí —dice.

Lo miro, parpadeando.

—No...

Pone cara de escepticismo.

—Oh, venga ya. Oye, no te lo reprocho. Yo también sentiría curiosidad.

Me encojo de hombros.

—No creas.

—Ah, ¿no? Pues entonces no te lo digo.

—Está bien —cedo—. Siento curiosidad. Un poquito.

Asiente, satisfecho.

—Pues el caso es que vine aquí porque conseguí un trabajo estupendo en Silicon Valley —dice—, pero, idiota de mí, dejé mi estupendo trabajo para unirme a lo que creí que era una startup fabulosa. Fracasó de forma espectacular. Así que ahora estoy enviando currículums a diestro y siniestro, y la cosa no va demasiado bien. —Pasea la vista por el bar—. Trabajo aquí para no acabar viviendo en una caja de cartón, ¿sabes? No son muy cómodas para dormir.

—Ya. —Me quedo callada un momento, pensando si puedo mover algunos hilos para conseguirle un empleo como informático en el hospital, aunque no sé si le haría mucha gracia—. Seguro que encuentras otra cosa.

—Sí, bueno... El mercado laboral no está para tirar cohetes ahora mismo. Aunque toda la culpa es mía, por supuesto. —Se frota el mentón, cubierto por una sombra aún más densa que la de anoche. En mi época universitaria apenas le salía barba, mientras que ahora parece estar creciéndole contra su voluntad, a medida que avanza la noche—. Pero, si te digo la verdad, me gusta trabajar aquí. En cierto modo es un descanso para mí. Me estaba dejando los ojos sentado delante del ordenador todo el día durante quince años. Y el síndrome del túnel carpiano es una putada.

Me sonríe de nuevo. Ostras, qué mono es. ¿Por qué narices corté con él? Me saca de quicio no acordarme.

—Siempre supuse que después de todo este tiempo ya estarías casado —comento.

Recorre la barra con la mirada para asegurarse de que nadie está intentando captar su atención, pero esta noche todo está muy tranquilo en el bar.

—Estuve casado. Pero ya no.

—Vaya, lo siento.

—No lo sientas. —Sacude la cabeza—. Deberías haberme compadecido mientras duró mi matrimonio. Ahora tendrías que felicitarme por haberme liberado de aquello.

—Ah. Bueno, pues felicidades.

—*Gracias.*[*] —Dirige una mirada elocuente a mi mano izquierda. No llevo anillo—. ¿Y qué me dices de ti?

—No, nunca me dio por ahí.

Suelta un resoplido.

---

[*] En castellano en el original. *(N. del T.)*.

—No me extraña.

Inspiro con brusquedad.

—¿Y eso?

Se ríe.

—Era tu mantra en aquella época, ¿no? «Nunca me casaré, Brady. Tampoco quiero tener hijos».

—Ah, ya. Supongo que desde joven tenía claro lo que quería.

Bebo otro sorbo de mi bebida. No sé si es por el alcohol, pero no recuerdo haberme sentido tan atraída por Brady cuando estaba en la universidad. Me gustaba, aunque ahora resulta mucho más sexy. Pero ¿qué más da? No va a pasar nada. Ha transcurrido demasiado tiempo. Además, he notado que tengo una salpicadura de sangre en la pernera del pijama, justo en el hueco que quedaba entre la parte baja de la bata y la parte superior de los cubrezapatos que llevaba durante las operaciones de hoy. Es todo lo contrario a sexy.

Bueno, salvo para quien comparta los gustos de mi padre.

—El tío ese de ayer... —dice Brady—. No siguió molestándote después de que te marcharas, ¿verdad?

Decido no mencionar que Callahan me siguió anoche en coche mientras me dirigía a casa. No quiero preocuparlo.

—No.

Inclinándose sobre la barra, se me acerca tanto que percibo débilmente el olor de su loción para después del afeitado.

—Me quedé preocupado, ¿sabes? Estuve a punto de asomarme a la puerta para asegurarme de que llegabas a tu coche sin problemas, pero en ese momento se presentó un grupo grande y tuve que atenderlo.

—No pasa nada. Habría podido lidiar con él.

Una sonrisa le baila en los labios.

—Sí, apuesto a que sí.

«¿Por qué no soy capaz de recordar la razón por la que rompí contigo?».

Alguien le hace una seña a Brady, que me deja sola. Lo observo, tomando pequeños tragos de mi old fashioned. En la otra punta de la barra hay una mujer que le pide una bebida y flirtea con él. Con la mano sobre su antebrazo, se ríe de alguna broma que ha hecho. O quizá simplemente se ría. Él corresponde a su coqueteo, aunque en más de una ocasión lo pillo volviendo la vista hacia mí.

Sin embargo, no quiero que se haga ilusiones, así que dirijo mi atención a la pantalla de televisión que está encima de la barra. El apuesto periodista habla de una joven llamada Amber Swanson, cuya desaparición se ha denunciado. Aunque la policía está buscándola, no hay el menor rastro de ella.

Hay muchos peligros ahí fuera.

Apuro mi copa y cojo el bolso para pagar, pero, cuando me dispongo a sacar la cartera, veo que Brady vuelve a estar frente a mí. Me contempla desde el otro lado de la barra con sus bonitos ojos castaños.

—¿Te marchas ya? —pregunta.

Hago un gesto afirmativo.

—Sí.

—¿Tienes paraguas?

Echo un vistazo a la ventana. La lluvia parece haber arreciado desde que he entrado aquí. Goterones gigantescos caen a plomo del cielo.

—No te preocupes.

Brady se agacha para coger algo de debajo de la barra y me tiende un pequeño paraguas plegable.

—No quiero robarte tu paraguas.

—Róbamelo, por favor. Está diluviando ahí fuera.

Estoy a punto de rechazar de nuevo su ofrecimiento, pero lo veo muy insistente. Tengo la sensación de que no aceptará un no por respuesta.

—Bueno, pues gracias.

Titubea unos instantes.

—Salgo de trabajar dentro de media hora. ¿Te apetece ir a tomar algo?

Me quedo mirando mi vaso vacío.

—Creo que ya he bebido bastante por hoy. No estarás intentando emborracharme, ¿verdad?

—Vale, vale... —Enarca una ceja—. ¿Qué te parece si vamos a cenar, entonces? Conozco un restaurante griego que está muy bien. —Me sonríe—. Podríamos ponernos al día y charlar de los viejos tiempos. Sería divertido.

Sí, claro. Podríamos «ponernos al día» y «charlar de los viejos tiempos». Aunque no dudo que sería divertido.

—Hum... —Jugueteo con mi cartera, aunque ya sé lo que voy a decir—. El tema es que llevo levantada desde las cinco de la mañana.

—Ya, pero se te ve muy fresca y despierta.

—Las apariencias engañan. —Esbozo una sonrisa como de disculpa mientras dejo caer un billete de diez dólares sobre la barra—. Además, tengo que madrugar mañana. Así es la vida de una cirujana, ¿sabes?

—No, no lo sabía. —Suspirando, sacude la cabeza con tristeza—. Pero gracias por darme calabazas con delicadeza, Nora. Es algo que siempre me ha gustado de ti.

—El gusto es mío.

¿Me estaré equivocando? A lo mejor pasar la noche con un chico mono es justo lo que necesito. Pero no. Tengo la impresión de que no sería solo una noche. Hay algo en él que...

—Oye. —No despega de mí sus tiernos ojos marrones—. Si cambias de idea, estaré aquí media hora más, como ya te he comentado. Y mañana por la noche me toca trabajar también. Solo te lo digo por si no quieres amanecer profundamente arrepentida por no haber salido conmigo.

Noto que una sonrisa me tira de los labios.

—¿Y si eres tú el que cambia de idea?

—Imposible. —Señala con la cabeza el paraguas negro que sujeto en la mano derecha—. Además, tienes que regresar para devolvérmelo.

Me sostiene la mirada unos segundos más. Para ser sincera, me siento muy tentada de cambiar de parecer, pero decidí hace mucho tiempo que esto no era buena idea. Me conozco, y conozco mis límites. Así que me levanto del taburete y salgo de Christopher's. Ya traeré el paraguas cuando Brady no ande por aquí, y luego buscaré otro bar al que ir hasta que él encuentre un nuevo trabajo.

8

Llueve a cántaros.

Aunque he intentado rechazar el paraguas de Brady, le estoy profundamente agradecida mientras corro a toda velocidad hacia mi Camry.

A pesar de su protección, meto el pie derecho en un charco enorme, y se me cala el zueco hasta el calcetín. No habrá más escalas en el camino a casa.

Tiro el paraguas a un lado, en el asiento del acompañante, y arranco rumbo a casa. Estoy deseando llegar para ponerme ropa seca y abrigada. En días como este, desearía haber aprendido a encender la chimenea. Tal vez en un futuro próximo.

Me dispongo a desviarme a la carretera secundaria que suelo tomar, pero, en cuanto enfilo la salida, reparo en los faros que vienen detrás de mí.

Por Dios, otra vez no.

El corazón me late con fuerza en el pecho. Tal vez sea solo una coincidencia. Sí, por lo general esta carretera está desierta, pero de vez en cuando me encuentro con otros vehículos. Además, no he visto a Henry Callahan en Christopher's. ¿Para qué iba a perder el tiempo siguiéndome dos noches consecutivas?

Por otro lado, es verdad que le pedí a Harper que lo llamara para decirle que no volviera a mi consulta. Seguro que no se lo tomó muy a bien.

Después de la tercera curva, los faros se mantienen demasiado cerca, por lo que tengo que admitir que es poco probable que se trate de una coincidencia.

Mientras reduzco la velocidad frente a un semáforo, miro por el retrovisor, aguzando la vista. El coche que tengo detrás es un Dodge azul, no me cabe la menor duda. Y la silueta del conductor también me resulta familiar. Henry Callahan se está divirtiendo un poco a mi costa otra vez.

Pone las luces largas. El resplandor inunda mi vehículo y me ciega por unos instantes.

Respiro hondo.

«¿Qué haría mi padre?».

Hace años que sigo esta ruta para llegar a casa. Acelero poco a poco por la estrecha calzada y veo por el espejo que el Dodge azul acelera también. Haga lo que haga, se mantiene pegado a mí. Peligrosamente pegado.

Podría dirigirme de nuevo hacia la comisaría. Pero no lo hago.

Me desvío otra vez del recorrido habitual y, en vez de ello, tomo un camino distinto, que sigo a menudo para ir al hospital y que conozco como la palma de mi mano. Es estrecho y con muchas curvas apenas visibles en noches oscuras y tormentosas como esta.

Y entonces aprieto el acelerador.

Al cabo de unos dos minutos, vislumbro la curva cerrada que se aproxima. Solo sé que está ahí porque he conducido por este camino muchas veces. Hay una señal, pero no se ve a causa de la oscuridad y la lluvia. Apoyo el pie en el freno con suavidad y giro el volante.

Mi Camry supera la curva con solo un ligero chirrido de neumáticos. El pequeño Dodge no sale tan bien librado. Está claro que no la ha visto venir.

Oigo la colisión antes de verla, el crujir del metal cuando el Dodge se empotra contra un árbol. Estremecida por el ruido, echo un vistazo por el retrovisor. Veo que una humareda se eleva de los restos del accidente. Los faros se han apagado.

Ya a cierta distancia del lugar del siniestro, activo el bluetooth de mi teléfono.

—Llama a emergencias —digo.

El tono suena varias veces hasta que me contesta una voz femenina.

—Emergencias. ¿En qué puedo ayudarle?

—Me..., me parece que acabo de pasar junto a un coche accidentado —digo con el grado justo de preocupación en la voz—. El conductor podría estar herido.

Tras facilitarle a la operadora la ubicación aproximada del accidente, cuelgo y sigo conduciendo, sin más. No me detengo para comprobar si el hombre está bien, ni mucho menos me planteo practicarle la reanimación cardiopulmonar o alguna otra maniobra para salvarle la vida.

Lo dejo atrás.

Hay una cosa sobre mi padre que tal vez debería explicar.

Es un hombre increíblemente peligroso que ha cometido atrocidades inenarrables. Ha perpetrado actos perversos y terribles, sin el menor remordimiento. Es el tipo de hombre con el que no querrías encontrarte en un callejón oscuro. O en la calle. O en ningún sitio.

Y, como suele decirse, de tal palo, tal astilla.

9

Cuando por fin llego, mi casa se me antoja aún más vacía de lo normal. Paso del garaje al recibidor y enciendo las luces.

—¡Cariño, ya estoy en casa! —grito.

Mi voz resuena por toda la planta baja. Me alegro de no haberme comprado uno de esos casoplones gigantescos, aunque habría podido (más o menos) permitírmelo. Una vivienda más grande que esta me habría resultado intimidante por las noches. Y eso que no me intimido con facilidad.

De pie en el pasillo, me pregunto si ya habrá llegado la ambulancia al lugar del accidente, y si Henry Callahan habrá sobrevivido.

Me asalta una punzada de culpabilidad. Sí, la culpa es suya por seguirme, y yo no he causado el choque. Pero sabía lo que iba a suceder en la curva. Por lo menos habría podido regresar para ver si necesitaba atención médica.

Pero no lo he hecho.

Debería haber parado. Soy médica; si él estaba malherido,

habría podido ayudarlo. Sin embargo, he optado por no hacerlo. Ha sido una decisión más propia de mi padre que de mí. Yo he elegido vivir de otra manera.

Pero entonces dejo a un lado la culpa. Era él quien me estaba acosando. El cabrón se lo ha buscado.

En cualquier caso, no voy a pensar más en ello.

Esta mañana he puesto una carga de ropa en la secadora, antes de salir de casa, y decido sacarla antes de cenar. Detesto dejar la ropa en la máquina cuando ha terminado el ciclo de secado. Es como si sintiera su presencia ahí, provocándome. «Guárdame, Nora».

No tiene nada de raro, ¿no? ¿Acaso la colada no le habla a todo el mundo?

Abro la puerta del sótano y pulso el interruptor de la luz. Mi casa es relativamente vieja y el sótano estaba a medio hacer. Me planteé la posibilidad de arreglarlo, pero tengo espacio de sobra en las otras dos plantas. ¿Para qué necesito un sótano acabado?

Sin embargo, en la ocasión en que cometí el error de invitar a Philip, me insistió en que llamara a alguien para que lo acondicionara. «Esto parece una mazmorra, Nora».

Mientras bajo por los escalones de cemento, no puedo por menos que darle la razón. Las paredes del sótano son de ladrillo, y la pintura de un gris apagado que cubre el techo está agrietada. La única fuente de iluminación es una bombilla solitaria que cuelga del techo y parpadea ligeramente mientras cruzo el espacio.

El sótano es idéntico a una mazmorra.

«No querrás que tu casa parezca una mazmorra, ¿verdad?», me había dicho Philip. Pero ahora, mientras paseo la mirada por el sitio, me pregunto si tal vez era justo lo que quería cuando elegí instalarme aquí. Al fin y al cabo, mi padre construyó una mazmorra en nuestro sótano. La puerta del mío incluso tiene una cerradura, aunque rara vez echo la llave.

Inspiro hondo y, por un momento, percibo un tenue olor a lavanda.

Tras sacudir la cabeza para librarme de él, corro hacia la secadora. Con la máxima rapidez posible, meto montones de pijamas sanitarios limpios en la cesta de la ropa. Acto seguido, subo a toda prisa a la planta principal y cierro el sótano de un portazo. Apoyo la frente en la puerta, con la respiración agitada. Se me ha formado un nudo enorme en la garganta. No sé por qué olía a lavanda ahí abajo. No uso ningún producto de limpieza con olor a lavanda. Debo de habérmelo imaginado. Además, mi sótano tampoco se parece tanto al de mi padre.

¿O sí?

Me llega el sonido familiar de los cabezazos de la gata contra la puerta trasera. Tragando saliva para deshacer el nudo de la garganta, dejo caer al suelo la cesta. Le daré de comer a la gata y luego guardaré la ropa. Y después tengo que comer algo. Sin duda el ataque de pánico que me ha dado en el sótano se debe en un cincuenta por ciento a la hipoglucemia.

Saco una lata de comida del armario. Esta vez es de cerdo. Abro la puerta de atrás y me encuentro a la gata mirándome desde el suelo. Nunca antes había cuidado de un ser vivo —ni siquiera de una planta—, y no me desagrada. Me alegra hacerla feliz.

Vacío la lata en el bol y ella se pone a comer con ganas. Tras vacilar unos instantes, le acaricio el lomo. Tiene un pelaje muy suave. Interrumpe su banquete y alza la cabeza para restregar el hocico contra mi mano.

Hace frío fuera. A lo mejor debería dejar que la gata pase la noche en casa. Resultaría agradable estar acompañada, por una vez.

No. Ni hablar. Madre mía, pero ¿cómo se me ha podido pasar por la cabeza una cosa así? No puedo tener un animal. ¿Es que no he aprendido nada del pasado?

Aparto la mano con brusquedad. Ella me mira con dureza —en la medida de lo posible—, pero luego sigue comiendo. Cierro rápidamente la puerta trasera, echo el pestillo y voy a prepararme la cena.

10

A la mañana siguiente, me permito el lujo de levantarme a las siete. (Anoche le mentí a Brady. No tengo operaciones hoy). Paso por una cafetería para comprarles dosis de cafeína a Sheila, Harper e incluso Philip. Me ponen las bebidas muy calientes en una de esas bandejas diseñadas para sostener cuatro vasos, y llego al consultorio con quince impresionantes minutos de antelación respecto a la cita de mi primer paciente.

—¡Café! —canturreo al pasar por la sala de espera vacía. Hoy me siento llena de energía, como si pudiera rendir dos días seguidos sin descansar—. ¡He traído para todos!

Me encuentro a Harper y Sheila en la recepción. Al recordar que Harper iba a cenar anoche con Sonny, me pinto una sonrisa en la cara.

—¡Harper! ¿A ver ese anillo?

Demasiado tarde, advierto que Sheila me mira, moviendo la cabeza de un lado a otro. Entonces reparo en los ojos hinchados de Harper. Huy. Parece que la cena no salió como esperaba.

—¿Estás bien? —le pregunto con delicadeza mientras deposito los cafés sobre la mesa.

Harper alza la vista hacia mí. Tiene enrojecidos sus ojos azules, y la nariz respingona muy sonrosada.

—Me ha dejado.

—Ay, Harper... Cuánto lo siento.

Los ojos se le arrasan en lágrimas frescas.

—No me llevó a un restaurante de lujo para proponerme matrimonio, sino para romper conmigo en un lugar donde yo no pudiera montar una escena.

—¡Deberías haberla montado de todos modos!

Niega con la cabeza.

—¿De qué habría servido?

—Hombre, pues habría servido para que él pagara por lo que hizo. Deberías... —Al fijarme en la expresión de Harper, comprendo que con ella no valen estos argumentos—. Oye, puedes conseguir al tío que quieras. Y ahora podrás concentrarte en los estudios.

—Nora tiene razón —interviene Sheila—. Harper, cielo, eres preciosa. Le das mil vueltas a Sonny. Acuérdate de lo que te digo: dentro de un mes, estará suplicándote que regreses a su lado. Y tú le dirás que ni en broma.

Harper esboza una sonrisa valiente.

En ese momento, Philip entra en la recepción tan pancho, silbando una melodía entre dientes. Le gusta mucho silbar. Lo hace incluso durante las operaciones. Saca de quicio a los enfermeros instrumentistas.

—Hola. —Frena de golpe cuando nos ve a las tres juntas y a Harper con los ojos llorosos—. ¿Qué pasa aquí? ¿Va todo bien?

—Conversaciones de chicas —le suelto.

Me sonríe de oreja a oreja.

—¿O sea que estáis hablando de vuestros periodos?

Hay veces que lo estrangularía.

—No.

—Sonny ha roto conmigo —explica Harper.

—Ah. —Philip consigue adoptar una expresión sorprendentemente empática—. Siento oír eso, Harper. Pero seguro que encuentras a alguien mejor.

Habría sido un comentario encantador si no hubiera estado señalándose a sí mismo mientras lo decía.

—¿Quieres hacer el favor de largarte? —le espeto.

Philip pone los ojos en blanco, pero regresa a su despacho, no sin antes coger su café. Harper saca un pañuelo de papel para enjugarse las lágrimas. Menos mal que no lleva rímel. No sé cómo se las arregla para lucir unos ojos tan bonitos sin maquillarse las pestañas.

—No se preocupe, doctora Davis —dice, sorbiéndose la nariz—. Estoy bien, de verdad.

La miro con escepticismo. No la veo nada bien. Pero todos tienen razón: Harper era demasiado buena para Sonny. Esto es lo mejor que podría haberle pasado, aunque ella aún no lo sepa.

—Oye —digo—, a la hora del almuerzo, quiero que cojas la tarjeta de crédito de la empresa y te des un buen homenaje. Y también... que te compres algo. Algo extravagante.

Harper se ríe, a pesar del llanto.

—No puedo hacer eso.

—Puedes y lo harás.

Por lo menos he conseguido arrancarle una sonrisa. Coge el café que le he traído, al igual que Sheila. Yo cojo mi vaso y me encamino hacia mi despacho. Si antes disponía de quince minutos para disfrutarlo sin prisas, ahora me quedan menos de cinco para bebérmelo de un trago antes de que Sheila venga a buscarme.

Me siento delante de mi ordenador para consultar los resultados de laboratorio, pero tarda mucho en encenderse. Mientras espero, saco el móvil y abro una web de noticias locales. Me desplazo hacia abajo por los titulares, hasta que uno me llama la atención.

«Vecino de la zona en estado crítico por colisión a alta velocidad».

Me apresuro a leer el artículo por encima. Aunque no menciona su nombre, sí especifica la ubicación del accidente. No cabe duda de que se trata de Callahan. Está claro que resultó herido de gravedad al estamparse contra el árbol.

Noto una opresión en la garganta. Todo es culpa mía. Claro que si él no hubiera estado siguiéndome para intentar asustarme…

A lo mejor debería ir a ver cómo sigue. Según el artículo, está ingresado en el hospital donde trabajo. Podría llevarle flores. Aunque, si se encuentra en la UCI con un tubo metido en la tráquea, seguramente no estará en condiciones de apreciarlas, por supuesto.

Casi pego un brinco cuando alguien llama a la puerta. Echo un vistazo a mi reloj y mascullo una palabrota. ¿Cómo pueden haber hecho pasar ya al primer paciente? La sala de espera estaba vacía hace solo unos minutos.

—¡Enseguida salgo! —grito.

Entonces oigo otro golpecito en la puerta.

—Doctora Davis… —Es la voz de Harper—. ¿Puedo entrar?

Tomo otro largo trago de café.

—Sí, adelante.

Harper entreabre la puerta y se asoma al interior antes de colarse por el resquicio.

—Hum…, doctora Davis…, la…, esto…, la policía pregunta por usted.

Por poco escupo el café que tengo en la boca, como en una escena cómica.

—¿La qué?

—Ha venido un agente. —Harper se retuerce las manos—. Dice que necesita hablar con usted enseguida.

—¿Sobre qué?

Por toda respuesta, sacude la cabeza.

La mente me va a mil por hora. ¿Por qué se ha presentado la policía? ¿De qué querrá hablar conmigo? ¿De algo relacionado con Henry Callahan? ¿Han rastreado mi llamada a emergencias y quieren empapelarme por el accidente?

Solo sé una cosa: no puedo negarme a recibirlo.

—Que pase —le digo a Harper.

11

El agente que entra en mi despacho va de paisano —con camisa de vestir y corbata bajo la americana—, lo que me lleva a pensar que debe de ser inspector o algo por el estilo. Además, parece bastante mayor que los polis que veo pateándose la calle por la zona. Calculo que tendrá cincuenta y muchos o quizá algo más de sesenta, casi como mi padre. Su cabello, cortado al estilo militar, es en su mayor parte gris, y los botones de su camisa soportan una ligera tensión a la altura de la barriga.

Me limito a quedarme sentada, incapaz de moverme y de hablar.

—¿Doctora Davis? —El hombre esboza una sonrisa desganada que no alcanza sus ojos oscuros—. Soy el inspector Ed Barber.

—Hola —consigo decir.

Me aterrorizan los agentes de la ley desde ese día en que mi vida entera dio un vuelco, cuando tenía once años. Y eso que desde entonces apenas he tenido roces con la policía, sobre todo desde que me cambié el apellido. Cuando mi abuela me acogió, insistió en que adoptara el suyo. Accedí encantada. Por nada del mundo quería que la gente supiera que yo era hija de ese monstruo. Y Nierling no es precisamente un apellido común.

—¿Tiene un minuto para hablar conmigo, doctora Davis? —pregunta el inspector.

—La verdad es que no —respondo con una risa ahogada—. Pero siéntese.

Barber toma asiento sin vacilar en una de las sillas que tengo al otro lado de la mesa. Mientras examina mi título colgado en la pared, hago lo posible por tranquilizarme para no meter la pata. No tuve nada que ver con el accidente de tráfico de anoche. Callahan tuvo toda la culpa. Sea cual sea el motivo de que esté aquí, yo no he hecho nada malo.

A lo mejor ha venido para pedir mi opinión profesional sobre otro caso. Es perfectamente posible. Seguramente me estoy alterando por nada.

—Doctora Davis —dice—, ¿tiene una paciente llamada Amber Swanson?

Me quedo paralizada. Esta pregunta no me la esperaba en absoluto.

—¿Qué?

—Amber Swanson. ¿La operó usted?

Cojo un lápiz que tengo delante y tamborileo con él en el escritorio. No lo entiendo. ¿Me han demandado? Si es así, ¿por qué ha venido un inspector a decírmelo?

—El nombre me suena.

—Le realizó una apendicectomía.

Empiezo a hacer memoria. Un par de meses atrás, estaba de guardia en urgencias cuando ella llegó con dolor en el cuadrante inferior derecho del abdomen. Recuerdo que, al entrar en la sala de reconocimiento, me encontré a la pobre Amber en posición fetal. Por fortuna, la llevamos al quirófano antes de que se le reventara el apéndice. La intervención salió bien, y, en su cita postoperatoria, se la veía de buen ánimo.

—Sí —digo con tiento—. Me acuerdo de ella.

La arruga entre las cejas de Barber se hace más profunda.

—Por desgracia, la señorita Swanson ha aparecido asesinada hacia las tres de la madrugada.

—¡Ah! —Me llevo la mano a la boca—. Madre mía, qué horror. Tenía solo... Era muy joven.

—Veinticinco años —dice él—. Una verdadera lástima. Desapareció hace dos días y la han encontrado flotando en el río San Joaquín.

—Dios santo. —Cierro los ojos para ahuyentar la imagen del cuerpo sin vida de Amber Swanson suspendido en la superficie del agua—. Es terrible, pero... —Trago en seco—. ¿En qué puedo ayudarle, inspector?

—Bueno —dice—, me preguntaba cuándo vio usted a Amber por última vez.

Sacudo la cabeza.

—En su cita postoperatoria, hace unas semanas.

—¿Y no ha vuelto a verla desde entonces?

—No...

Su línea de interrogatorio me está poniendo de los nervios. ¿Por qué me está preguntando esto?

—¿Dónde estaba usted anteanoche, doctora Davis?

Frunzo el ceño.

—¿Anteanoche?

—Si pudiera contarme a grandes rasgos lo que hizo esa noche...

Lo fulmino con la mirada.

—¿Piensa interrogar así a todos los médicos de Amber Swanson?

El inspector Barber me observa unos instantes con sus ojos oscuros y perspicaces, cuyo brillo juvenil contrasta con las arrugas de su rostro. Me está haciendo sentir muy incómoda, pero no aparto la vista. Al cabo de un rato, el hombre se inclina hacia mí.

—Verá, doctora Davis —dice—. Cuando encontramos a Amber, le faltaban las dos manos.

Lo sabe. Ay, Dios, sabe quién soy. Ni siquiera hace falta que lo diga; solo hay una razón posible para que haya venido a husmear por aquí después de un descubrimiento como ese.

Mi padre tenía un *modus operandi*. Todos los cadáveres de sus víctimas que encontraron tenían las manos cortadas. Él se las cercenaba y conservaba los huesos en un arcón, en el sótano. Por eso le pusieron el mote del Manitas. En parte porque aseguraba que el sótano era su taller, pero también por las mutilaciones.

Barber es lo bastante mayor para haber estado ya en el cuerpo cuando arrestaron a mi padre. Seguramente se acuerda del suceso, aunque estoy convencida de que, aunque no fuera así, hay bases de datos que le habrían refrescado la memoria.

—Aaron Nierling está en la cárcel —digo con cautela—. Esto no tiene nada que ver conmigo.

Barber ladea la cabeza.

—Bueno, él es su padre, así que diría que un poco sí que tiene que ver.

Noto que se me enciende el rostro, pero me esfuerzo por no mostrar reacción alguna, que es lo que él busca.

—Si quiere seguir interrogándome —digo—, tendrá que ser en presencia de mi abogado. Sin duda se da perfecta cuenta de lo ridículo que es esto.

El inspector se limita a mirarme con fijeza. Es como si nos hubiéramos desafiado a ver quién parpadea primero. A mí siempre se me dio muy bien ese juego.

—Doctora Davis —dice al fin—, han mutilado y asesinado a una joven. Si cree que no me estoy tomando en serio esta investigación, se equivoca por completo.

Dicho esto, se levanta de la silla con un quejido. Se hurga en el bolsillo de la americana y, por un momento angustioso, temo que va a encañonarme con un arma y a ordenarme que me ponga las manos en la cabeza. Pero, en vez de ello, extrae una tarjeta de visita que deja sobre mi mesa.

—Si se le ocurre algo que pueda ayudarnos, llámeme —dice—. A la hora que sea, doctora.

Hago un gesto afirmativo.

—Así lo haré.

Lo observo mientras sale sin prisas de mi despacho y no me siento capaz de respirar con normalidad hasta que cierra la puerta tras él. Aún me zumba la cabeza, porque me he acordado de otra cosa, de algo que no me atrevería a decirle a ese policía, aunque me cuesta no pensar en ello.

Me saco el teléfono del bolsillo. Abro el buscador e introduzco el nombre de Amber Swanson.

Sí, Aaron Nierling tenía un *modus operandi*, pero también un perfil de víctima: mujeres de veintitantos años, cabello oscuro y ojos azules. Casi siempre.

En el buscador aparecen varias Amber Swanson, pero sé cuál es la que busco. Aunque han pasado varias semanas, no me he olvidado de su cara. Solo hay un detalle sobre el que no estoy muy segura. Sin embargo, en cuanto veo una foto suya, me viene todo de golpe.

Es tal como la recuerdo. De unos veinticinco años, guapa, con una cabellera oscura larga y suelta. Todo eso coincide con la imagen que guardaba en la memoria. Y la respuesta a mi única duda me mira desde la pantalla.

Sus ojos azul claro.

12

Veintiséis años antes

Durante el almuerzo, a Tiffany se le ocurre hacer bolitas con pedacitos de papel blanco y saliva para usarlas como proyectiles. Mete una en su pajita, frunce sus pequeños labios rosados y sopla con fuerza. La bolita sale volando por el aire y va a parar al pelo castaño y estropajoso de Marjorie Baker.

Marjorie se da un manotazo en la parte posterior de la cabeza, donde reluce la bolita húmeda encajada entre unos mechones. Sabe que le han tirado algo, pero no sabe muy bien qué. Tiffany se tapa la boca con la mano, riéndose. Últimamente, es la que siempre encabeza los ataques contra Marjorie. Tiffany tiene una larga cabellera rubia, bonita y suave, y todos los chicos de la clase están enamorados de ella en secreto. Pero a ella no le interesan los chicos. Parece que lo único que le interesa es meterse con Marjorie. No hay nada que le guste más.

—¡Déjame a mí! —dice Amanda Cutraro, y repite el procedimiento con su propia pajita. En efecto, una segunda bolita mojada se ha alojado en el pelo de Marjorie. La tercera rebota y cae dentro de su capucha.

Lo peor es que a Marjorie le cuesta mucho encontrar las bolitas. Vemos cómo se palpa la cabeza por detrás, buscando con los dedos, pero ni siquiera se acerca. Cuando se vuelve para lanzarnos una mirada de rabia, la mesa entera estalla en risitas.

—Nora, ¿quieres probar tú? —dice Tiffany.

Niego con un gesto.

—¿Por qué no? —pregunta.

Me encojo de hombros.

—No tengo ganas.

Si hubiera sido cualquier otra, Tiffany seguramente me habría presionado para que lo hiciera, pero a mí me respeta. Ella y yo tenemos un acuerdo.

Al final de la hora del almuerzo, cuando Marjorie se dirige con su bandeja hacia el cubo de basura, tiene más de una decena de pelotitas de papel en el pelo. Aunque ha conseguido quitarse algunas, la mayor parte sigue pegada a sus mechones como con cola. Seguramente las llevará encima todo el día.

Después del almuerzo, viene el recreo. Veo que Marjorie, libro en mano, como siempre, camina (o se bambolea) hacia el otro extremo del patio para leer a solas. Las demás chicas van a jugar al tejo, pero hoy, en vez de unirme a ellas, me acerco a donde está sentada Marjorie. Sin esperar a que diga nada, me acomodo junto a ella.

—Hola —digo.

Alza la vista hacia mí.

—¿Te envían las otras niñas para que te burles de mí?

—No.

Me mira, entrecerrando los húmedos ojos castaños.

—Entonces ¿qué haces aquí, Nora?

—Estabas sola. He pensado que a lo mejor te apetecía hablar con alguien.

Suelta un resoplido.

—Si hablas conmigo, las otras ya no querrán ser tus amigas. Te tomarán por una pringada, como a mí.

—Eso no me preocupa mucho —digo con sinceridad.

Por primera vez desde que me he sentado, veo una pizca de esperanza en la cara de Marjorie. En todo el tiempo que hace que la conozco, desde primer año, nunca ha tenido una amiga de verdad. Y, aunque me he juntado con algunos grupos de chicas, ella sabe que yo tampoco. Cree que tal vez pueda surgir algo de esto.

Es justo lo que quiero que crea.

—Oye —continúo—, le he prometido a Tiffany que hoy jugaría con ellas, pero creo que podríamos hacer algo juntas algún día. Si quieres.

—Pues... —Marjorie se mordisquea el labio inferior—. ¿De verdad te apetece?

Inclino la cabeza.

—Creo que eres muy buena persona. Me parece muy injusto que las otras te traten así.

Una sonrisa microscópica le asoma a los labios.

—Bueno, está bien. Podemos quedar, si quieres. ¿Cuándo?

—¿Qué tal hoy después de clase? Podemos volver juntas a casa.

Pone mala cara.

—Hoy mi madre va a venir a buscarme en coche. Tengo cita con el dentista.

Intento disimular la desilusión.

—No pasa nada. ¿Y mañana, al salir del cole?

Esta vez sonríe como Dios manda.

—¡Vale!

—¡Genial! —Le devuelvo la sonrisa. La siento en los labios

como si fuera de plástico—. Pero con una condición: que no le digas a nadie que hemos quedado.

Arruga el entrecejo.

—Ah, ¿no?

—Piénsalo —le digo—. Nuestra amistad tiene que ser un secreto. Si se lo dices a alguien, Tiffany se enterará y luego intentará convencerme de que no me junte contigo. No quiero que pase eso.

Marjorie mueve la cabeza lentamente de un lado a otro.

—No...

—Creo que ni siquiera deberías decírselo a tus padres —continúo—. Porque, ya sabes, todos los padres hablan entre sí.

—Es verdad —responde, aunque no parece muy convencida.

Es una lástima que no haya querido quedar hoy, después de clase. Eso me habría facilitado mucho las cosas. No tendría que preocuparme por que se vaya de la lengua.

—Como se lo digas a alguien, aunque sea a tus padres, ya puedes olvidarte de lo de mañana, ¿entendido?

—Entendido —contesta al fin.

Le sostengo la mirada, preguntándome si puedo fiarme de ella. Creo que sí. Marjorie Baker nunca ha tenido amigas y está ansiosa, desesperada por tener una. Se muere de ganas de creer que quiero juntarme con ella. Quiere pensar que se lo he propuesto porque me cae bien, y no porque Tiffany me ha pinchado para que lo haga.

En realidad, no ha sido cosa de Tiffany.

Se trata de algo mucho peor.

—Mañana llegaré más tarde del cole —aviso a mis padres durante la cena.

—Ah, ¿sí? —Mamá se lleva una cucharada de estofado a la boca—. ¿Cuánto más tarde?

—Como una hora, supongo. Tengo que consultar unos libros en la biblioteca.

—Bueno —dice ella—. Si necesitas que vaya a buscarte, me llamas.

—Así lo haré —aseguro, aunque es mentira.

—Linda. —Papá baja la vista hacia el plato de mi madre—. No vas a acabarte eso, ¿verdad?

Mamá frunce el ceño.

—¿Por qué no?

—¿No tienes suficiente con haberte puesto como una foca? —pregunta mi padre sin alterarse y con voz tranquila, como siempre, aunque con un ligero retintín—. ¿Ahora tu objetivo es parecer un elefante marino?

A mamá se le ponen coloradas las mejillas.

—Es que tengo mucha hambre últimamente.

—Da igual. —Mi padre toma un buen trago de su old fashioned. Es su bebida favorita; se bebe uno cada noche—. Es vergonzoso, Linda. Hasta se me quitan las ganas de dejarme ver contigo en público. —Se vuelve hacia mí—. Nora, esto es un ejemplo de lo que no debes hacer después de casarte.

Al oír esto, mamá se levanta de la mesa y coge su plato. Entra en la cocina y cierra la puerta. No es la primera vez que discuten así. Seguramente mi madre está terminándose su estofado en la cocina, donde él no puede verla.

Ahora que ella se ha ido, parece que papá se ha olvidado de mi presencia en la mesa. Se zampa el resto de su cena y apura su vaso de old fashioned. A continuación, se pone de pie tan deprisa que está a punto de volcar la silla. Se saca las llaves del bolsillo, abre con ellas la puerta del sótano y desaparece en su interior.

Seguramente ya no lo veré en toda la noche. Siempre baja ahí cuando se pelean.

A mí me queda todavía como la mitad de mi estofado, pero no tengo mucha hambre. Me levanto de mi asiento sin hacer ruido y me acerco con sigilo a la puerta del sótano. Alargo la mano hacia el pomo e intento girarlo. Ha echado la llave, como era de esperar.

Pego la oreja a la puerta. Oigo un zumbido suave. De una sierra mecánica, tal vez. Ojalá pudiera ver lo que está pasando ahí abajo.

Cuando arrimo más el oído al hueco entre la puerta y el marco, el aroma a lavanda se vuelve casi insoportable. Pero noto algo más, otro olor que se mezcla con el de la lavanda. Huele como a…

Podrido.

—Nora.

Por poco me muero del susto. Mi madre está de pie delante de mí, sosteniendo tres platos vacíos apilados con una taza encima. Me aparto de un salto de la puerta del sótano, tratando de aparentar que no estaba intentando oír lo que ocurría al otro lado. Seguro que va a decirme que no tenga tanta curiosidad sobre el sótano.

—Ayúdame a lavar los platos —dice en cambio.

—Vale —accedo. Aprieto los puños—. ¿Cuándo crees que papá acabará esa estantería?

Mamá se queda callada un momento.

—No lo sé.

—Pero…

—Te digo que no lo sé, Nora.

La sigo hasta la cocina, enfurruñada. No entiendo tanto secretismo sobre el taller de papá. ¿Por qué no me dejan ver lo que tiene ahí abajo?

Al fin y al cabo, podría echarle una mano.

13

Ahora

Me alegro de no tener que operar a nadie hoy, porque me resulta imposible concentrarme después de la visita del inspector Barber. No dejo de pensar en Amber Swanson y en quién demonios ha podido hacerle eso.

Tal vez sea solo una coincidencia. Espero de verdad que lo sea. Pero nunca he creído en las coincidencias.

Por otro lado, no puede ser obra de mi padre. Está en la cárcel. Y ahí estará durante toda su vida. Durante dieciocho vidas.

Hacia las cinco, me dirijo al baño del consultorio para tomarme un respiro. Hay un aseo público en esta planta, pero tenemos uno particular que solo usamos nosotros cuatro. Tras encerrarme dentro, me echo un poco de agua en la cara. Cuando me miro en el espejo, veo que tengo los ojos oscuros inyectados en sangre.

Cierro los párpados y respiro hondo. Todo saldrá bien. No he hecho nada malo.

Abro los ojos y me remojo el rostro de nuevo. Entonces me echo un poco de jabón líquido en las manos. Cuando me dispongo a frotármelas, la fragancia del jabón me invade las fosas nasales. Y me da arcadas.

Huele a lavanda.

Presa de una rabia repentina, agarro el bote de jabón de manos. Abro de un tirón la puerta del baño y recorro el pasillo con grandes zancadas hasta el despacho de Philip. Aporreo la puerta y la abro sin esperar respuesta. Está sentado a su mesa, dictándole al ordenador, y abre los ojos como platos cuando me ve.

—¿Qué es esto? —espeto, mostrándole el bote de jabón y agitándolo frente a sus narices.

Arruga el entrecejo.

—Jabón, ¿no?

—¡Jabón de lavanda!

Se encoge de hombros.

—¿Y qué?

—¿De dónde ha salido?

—Lo compré yo. —Me mira, sacudiendo la cabeza—. Necesitábamos jabón para el baño. No lo entiendo. ¿Cuál es el problema?

Aprieto los dientes.

—Odio la lavanda. Mira que te lo he dicho.

—No recuerdo que me lo hayas comentado nunca.

—Pues lo hice.

—Madre mía, Nora. —Se desliza la mano por el cabello—. No es más que jabón. Tranquilízate.

Tiro el bote en su papelera, que se tambalea por el impacto.

—Mañana traeré otro. No vuelvas a comprar jabón si no recuerdas cuál es el que no tienes que comprar, ¿vale?

Salgo de su despacho con un portazo. Es posible que mi reacción haya sido un pelín exagerada. Bueno, más que un pelín. Pero no hay nada que deteste más que la lavanda. El hedor de ese jabón aún me produce náuseas. Casi siento que necesito darme una ducha para librarme de él.

Por lo general, soy la última en marcharse del consultorio, pero hoy, después de atender a mi último paciente y despachar rápidamente la documentación, me encamino hacia la salida. Al pasar por la sala de espera, me encuentro a Harper y Sheila, que están poniéndose los abrigos.

—Hola, Nora —dice Sheila—. Harper y yo vamos a tomar algo y a charlar sobre la basura humana que es Sonny. ¿Te apuntas?

En circunstancias normales, sí, me apuntaría. Quiero mostrarle mi apoyo a Harper y asegurarme de que este pequeño revés no suponga un obstáculo insalvable para su carrera médica. Por otra parte, ir a un bar con Sheila y Harper y fingir que me importa un tema tan banal como el de los hombres... Esta noche no me siento con fuerzas para eso.

—Lo siento —digo—. Creo que me voy a casa.

Harper me mira frunciendo el ceño.

—¿Sigue afectada por la muerte de esa paciente?

Tras la visita del inspector, les he hablado de Amber Swanson, claro. No me quedaba otro remedio. No obstante, he omitido mencionar que me consideran sospechosa porque Amber presentaba mutilaciones idénticas a las que mi padre, asesino en serie, infligía a sus víctimas. En el consultorio nadie sabe que antes me llamaba Nora Nierling. Y nunca lo sabrán.

—No, solo estoy cansada —miento—. Pero vosotras pasadlo bien.

Aunque Sheila y Harper ponen cara de desilusión, no se esfuerzan más en convencerme de que las acompañe. Como soy su jefa, se sienten incómodas conmigo. Además, no soy precisamente el alma de la fiesta, a quién voy a engañar. Se divertirán más sin mí.

Subo al coche con la intención de irme a casa, como les he dicho. Sin embargo, casi sin darme cuenta, tomo un desvío. Me dirijo hacia Christopher's, por tercera vez en tres días. Pero esta vez no es un old fashioned lo que quiero.

En cuanto entro en el oscuro establecimiento, vislumbro a Brady, que está preparando una bebida. Se le marcan los músculos de los brazos mientras agita una coctelera. Me recorre un ligero escalofrío. Llevo mucho tiempo de abstinencia, pero necesito hacer esto ya.

Me encanta el modo en que se le ilumina el rostro cuando me ve. Después de servir a su cliente, viene directo hacia mí.

—¿Otro old fashioned?

Lo miro a los ojos al tiempo que deslizo sobre la barra el paraguas que me prestó.

—¿A qué hora sales de trabajar?

Una sonrisa de sorpresa se le dibuja en el rostro.

—Dentro de una hora.

—Bien.

—Entonces... —Arquea una ceja—. ¿Vas a dejar que te invite a cenar por fin?

Niego con la cabeza.

—A cenar, no. A tu casa.

Le flaquea un poco la sonrisa. No sé si ofenderme o sentirme halagada por el hecho de que esperara de mí algo más que un rollo de una noche.

—Ah...

—No es obligatorio, si no quieres.

—No —se apresura a decir—. Sí que quiero. Por supuesto que quiero. Pero ¿no te apetece comer algo antes o...?

—No, quiero que vayamos directamente a tu casa.

Parpadea varias veces.

—Como quieras. Bueno, pues entonces... espera aquí y no te vayas.

—Una hora —digo.

—Eso. Una hora. Tú quieta ahí, ¿eh?

Al final, dejo que me prepare un old fashioned, y él insiste en que invita la casa. Me paso una hora tomando sorbos de mi cóctel y fingiendo que navego por la red con mi teléfono, aunque en realidad observo a Brady con el rabillo del ojo. Apenas habla conmigo porque hay mucho lío en el bar esta noche y tiene una clientela numerosa a la que atender, pero, cada pocos minutos, me mira y me sonríe.

Me viene un recuerdo de mi primera cita con Brady, hace lo que parece un millón de años. Fue una cita como Dios manda. Se presentó frente a la puerta de mi habitación con una camisa de vestir blanca y recién planchada, e incluso con corbata. Se le veía muy incómodo con ella, y, en cuanto nos sentamos a una mesa del restaurante italiano al que me llevó, me incliné hacia él.

«¿Quieres quitarte la corbata?», le pregunté.

«Ah... —Se llevó de inmediato los dedos al nudo—. ¿Qué tiene de malo?».

«Da la impresión de que te molesta».

«Pues... —Se tiró de la corbata—. Sí. Tienes razón. Me molesta un montón».

«Entonces ¿por qué la llevas?».

«Quería causarte una buena impresión. —Sonrió, avergonzado—. No parece estar funcionando».

Pero lo curioso es que sí estaba funcionando. El último chico con el que había salido había acudido a la cita con camiseta y tejanos. No tenía nada de malo, pero me encantó que Brady hubiera hecho el esfuerzo de aguantar una corbata incómoda para causarme buena impresión. La mayoría de los chicos de la universidad no se habría tomado la molestia.

«Creo que está surtiendo más efecto de lo que te imaginas. De todos modos, te la puedes quitar».

«Ni hablar —dijo—. Si está funcionando, me la dejo puesta».

Era una monada. Recuerdo que me gustaba de verdad, no hasta el punto de enamorarme de él ni mucho menos, pero me gustaba tanto como podía llegar a gustarme alguien.

¿Por qué demonios rompí con él? Soy incapaz de recordarlo, y eso me está volviendo loca.

Cuando, al cabo de una hora, llega otro barman para relevar a Brady, casi me levanto de un salto. Se me acerca, limpiándose las manos en los vaqueros.

—¿Lista?

Hago un gesto afirmativo.

—¿Vives lejos de aquí?

—A diez minutos. Muy cerca de El Camino.

Estoy a punto de pedirle que me lleve a su casa y me traiga de vuelta más tarde, pero cambio de idea. Prefiero tener mi vehículo a mano.

—Te sigo en mi coche —digo.

—Claro —responde—. Dame tu número de teléfono.

Entrecierro los ojos.

—¿Mi número? ¿Para qué lo quieres?

—Para que podamos comunicarnos si te pierdes.

Guardo el móvil en mi bolso y lo sujeto contra mi pecho en actitud protectora.

—No me perderé. Seguro que no es tan complicado. No estamos hablando de neurocirugía.

—Hum. Seguro que de eso sabes más que yo.

—Pues sí. —(Me he planteado dedicarme a la neurocirugía,

pero me gusta más hacer incisiones en el abdomen que en el cráneo).

Suspira.

—No quieres darme tu teléfono, ya lo pillo. Por lo menos deja que yo te dé el mío, ¿vale?

Está bien. Saco el móvil del bolso y dejo que me dicte los dígitos. Tras introducir su nombre, lo añado a mis contactos, procurando no llamarlo por error, porque entonces le revelaría mi número. No pienso telefonearlo nunca.

Vive a diez minutos al sur de Christopher's, justo en el límite de San José. Su barrio parece tranquilo, aunque un poco cutre. Las casas están destartaladas y casi todos los jardines piden mantenimiento a gritos. Por suerte, no tengo un coche lujoso como Philip, porque me daría miedo que me lo robaran.

—¿Está bien si lo dejo aquí? —le pregunto a Brady después de detenerme detrás de él.

—Sí, no te preocupes.

Contemplo la pequeña casa frente a la que hemos aparcado. Es un edificio viejo, de color blanco crudo, tan deteriorado como los del resto de la manzana, con la pintura descascarillada y una ventana entablada. Los escalones de cemento de la puerta principal se están desmoronando. En el porche delantero hay una mecedora que se balancea con suavidad. Por un momento, me da la impresión de que está desocupada, pero entonces vislumbro una figura esquelética sentada en ella. Su cabello plateado reluce bajo la luna.

Brady alza la mano a modo de saludo.

—Hola, señora Chelmsford.

El esqueleto levanta la mano derecha, pero no dice una palabra. Aunque no hace tanto frío, me estremezco.

—La señora Chelmsford es la propietaria de la casa —me explica Brady mientras caminamos hacia la parte de atrás—.

Pero, como no tiene la cabeza muy allá, cerré el acuerdo de alquiler con su sobrina. Se pasa casi todo el rato sentada en el porche. Menos mal que tengo una entrada particular.

No sé por qué me inquieta la visión de aquella anciana meciéndose adelante y atrás en el porche. Tal vez sea por lo inmóvil y callada que está. Si no hubiera saludado con la mano, yo habría jurado que estaba muerta.

Después de abrir la mosquitera de un tirón, Brady introduce la llave en la cerradura de la puerta que hay detrás. Dentro se alzan unas escaleras estrechas y oscuras, y él me indica por señas que suba tras él. Por lo general no soy claustrofóbica, pero me siento aliviada cuando llegamos frente a la puerta de su piso.

El espacio es bastante reducido, lo que no me extraña dado el tamaño de la casa. Al recorrer el diminuto salón con la mirada, veo un futón desgastado y un sillón que parece que lo haya recogido en la calle. Brady observa mi expresión.

—No me tocaron los mejores muebles después del divorcio —explica—. De hecho, no me tocó nada.

—No importa —digo, y es verdad.

—Deja que te dé un tour. —Señala el salón con un gesto—. Eso es el salón. Obviamente. La cocina está ahí. El cuarto de la derecha es mi dormitorio. El baño está justo al lado. —Suelta un resoplido—. Y ahora seguro que estás deseando que hubiéramos ido a tu casa.

—La verdad es que no.

—Ya, porque entonces sabría dónde vives.

Hago una mueca porque ha dado en el clavo. Lo de hoy es excepcional. No quiero que tenga mi número de teléfono ni que se presente frente a mi puerta.

—No pasa nada —asegura—. De verdad.

Inclino la cabeza hacia el pasillo, donde hay otra puerta, que está cerrada.

—¿Y esa habitación?

Vacila un momento antes de responder.

—Es mi estudio. Lo usaba cuando trabajaba para la startup. —Se aclara la garganta—. ¿Te pongo algo de beber? ¿Un vaso de agua?

—No, gracias.

—¿Una cerveza? O... —Abre la nevera y echa un vistazo al interior—. Puede que tenga vodka o algo así.

Me dirijo hacia la cocina y le poso la mano en el hombro. Él interrumpe su búsqueda de alcohol, cierra el frigorífico y se vuelve hacia mí. Veo que se le agita el pecho unos instantes mientras me mira fijamente a los ojos.

Y entonces se inclina para besarme.

14

Era justo lo que necesitaba.

Tumbada junto a Brady en su colchón lleno de bultos, tapados de cualquier manera con una colcha que pica mucho, me cuesta recobrar el aliento. Cuando me vuelvo hacia él, me dedica una sonrisa bobalicona, y estoy segura de que mi expresión no es muy distinta. Me siento como colocada.

—¿Bien? —pregunta.

—Muy bien —digo—. Has mejorado.

Se echa a reír.

—¿Desde la universidad? Hombre, solo faltaría.

No quiero confesarle cuánto tiempo llevaba sin hacerlo. He salido con otros tíos desde mis tiempos en la universidad, pero no con muchos. Me arrimo a él y dejo que me rodee con el brazo y me atraiga hacia sí.

Me pregunto si no me habré pasado de prudente. Tal vez no sería tan terrible darle mi número de teléfono para repetir la jugada un par de veces. O diez.

—Me he alegrado mucho cuando te he visto aparecer hoy

—murmura con los labios muy cerca de mi cabello—. Estaba convencido de que no volverías después de lo de anoche.

—Me alegro de haber vuelto. —Alzo la cabeza para mirarlo. La sombra de barba se le ha puesto muy oscura—. ¿Cuánto tardaste la otra noche en reconocerme cuando entré en Christopher's?

—Como dos segundos.

—¿En serio? —Enarco las cejas—. Creía que mi aspecto había cambiado mucho.

—No tanto. De todos modos, eres difícil de olvidar.

No sé muy bien qué ha querido decir con eso. ¿Es un cumplido? Supongo que sí, teniendo en cuenta dónde hemos acabado. No me gusta la idea de ser memorable. Me gusta cuando mis pacientes se acuerdan de mí, pero la idea de que un tipo de la universidad con el que tuve una breve relación me haya reconocido tan deprisa me incomoda un poco.

Supongo que Brady percibe mi incomodidad, porque añade:

—Creo que eres la chica más guay con la que he salido.

—¿La chica «más guay» con la que has salido? Ahora sé que te lo estás inventando.

—¡Lo digo en serio! —insiste—. No he conocido a nadie como tú. Hay algo diferente en ti.

No hay nada diferente en mí, o al menos nada que les haya revelado a mis conocidos. Siempre he sido la insulsa Nora Davis. Él nunca ha sabido nada de mi pasado, ni lo sabrá.

—Además —prosigue—, eres la mujer más guapa con la que he salido.

Me río.

—Sí, claro.

—De verdad. —Me da un apretón en el hombro—. Tú y Laurie Strode sois las primeras de mi lista.

¿Laurie Strode? ¿Quién es esa? Jamás he oído hablar de...

Ay, no.

Ya recuerdo por qué corté con Brady.

Debe de notar que me pongo tensa, porque me toca el mentón con los dedos.

—¿Nora?

Me incorporo en la cama y recojo la parte de arriba de mi pijama sanitario, que está en el suelo, donde la había dejado.

—Tengo que ir al baño.

Brady se endereza y me observa mientras me pongo la blusa, la ropa interior y luego el pantalón. Mientras me ajusto el cordón, arruga el entrecejo.

—¿Ya te vas?

—Tengo que madrugar para operar por la mañana.

—Ya, pero… —La sábana resbala, dejando al descubierto su musculoso pecho y, por un momento, siento la tentación de volver a la cama—. No es tan tarde. Quédate un rato más. Podemos pedir una pizza o algo.

—Mejor no.

—¿Comida china?

—Lo siento. —Paseo la vista por la habitación en busca de mis zapatos, hasta que me acuerdo de que los he dejado frente a la entrada principal—. Tengo una agenda muy apretada.

Antes de que pueda protestar de nuevo, me dirijo a paso veloz al baño y cierro la puerta detrás de mí.

Veo que el pomo tiene un pequeño pestillo. Lo giro, aunque dudo mucho que Brady intente entrar por la fuerza. Seguro que está sentado en la cama, devanándose los sesos para intentar comprender qué ha hecho mal. Pero necesito estar sola, un momento de privacidad absoluta.

Me miro en el espejo. En alguna parte entre la cocina y el dormitorio, me he soltado el moño, y cada mechón negro va por su lado. Menos mal que no llevaba maquillaje, porque seguro que se me habría corrido, pero aun así estoy hecha un desastre. Me mojo un poco la cara y respiro hondo.

Laurie Strode. Claro.

Laurie Strode era la protagonista de *La noche de Halloween*, interpretada por Jamie Lee Curtis. Sí, esa película donde Michael Myers, el tío de la máscara blanca, intenta matar a la canguro. En mi época universitaria, la vi con Brady porque le gustaba mucho. Luego vimos las secuelas, además de *Viernes 13* y *Pesadilla en Elm Street*. Le encantaba el cine de terror.

Y yo también acabé por cogerles el gusto. Mi momento favorito del día era cuando me acurrucaba con Brady en el sofá futón en la sala común de su edificio para ver cómo masacraban a los personajes. Seguramente es la mejor relación que he tenido. Nunca había sentido tanta conexión con una persona.

Y ahora recuerdo el instante exacto en que dejó de gustarme.

Fue un sábado por la noche. Nos habían invitado a una fiesta de disfraces, pero dejamos lo de disfrazarnos para el último momento. Había pensado vestirme como una gatita sexy o algo por el estilo, pero Brady insistió en que tenía guardadas unas máscaras espeluznantes. «De noches de Halloween anteriores», me dijo.

En efecto, tenía como media docena en el fondo de su armario. Me reí cuando me mostró la máscara de hockey de Jason, o la de Freddy Krueger, un amasijo de piel quemada. «¿A que acojona?», preguntó en tono de broma.

Entonces desenterró otra máscara del montón. Cuando se la llevó al rostro, me bajó un escalofrío por la espalda. ¿Qué era eso?

«Es la máscara que llevé hace como diez años —me explicó—. ¿Te acuerdas del asesino en serie de aquí, de Oregón, el que mató a todas esas mujeres y les cortó las manos? El Manitas, lo llamaban».

Esto despejó todas mis dudas sobre lo que estaba viendo. Brady tenía una máscara de Halloween de mi padre. Aunque ¿de qué me sorprendía? ¿Acaso no pasábamos nuestro tiempo juntos viendo cómo asesinaban a mujeres? Era una versión dramatizada de la vida de mi padre.

Al contemplar esa vieja máscara me entraron tales náuseas que tuve que inventarme una excusa para no ir a la fiesta. Al día siguiente, rompí con él. Y, durante el resto de la carrera, cada vez que lo veía, echaba a correr en la dirección opuesta.

Dios mío, ¿cómo se me ha podido olvidar ese episodio? Supongo que bloqueé el recuerdo. Desde que dejé a Brady, no he vuelto a ver películas de terror. Después de lo ocurrido, ya no era lo mismo.

Me pregunto si sigue siendo aficionado al cine gore. Me pregunto si aún le chifla tanto como antes.

Me pregunto si aún conserva esa máscara del rostro de mi padre.

Exhalo un suspiro tembloroso y salgo del baño. La puerta del dormitorio está cerrada… ¿La he cerrado yo al salir? No lo recuerdo. Poso la mano en el pomo con la intención de avisar a Brady de que me marcho. Por un mínimo de decencia. En realidad, no ha hecho nada malo.

Pero el pomo no gira. El pestillo de la puerta está echado.

Frunciendo el ceño, lo intento de nuevo. ¿Por qué se habrá encerrado en su habitación? Qué raro.

—Nora, ¿qué haces?

Alzo la cabeza de golpe. Brady está de pie junto a mí. Se ha puesto los vaqueros y la camiseta que llevaba antes y me mira con las cejas juntas.

—Quería volver al dormitorio —digo.

Dirige la vista hacia atrás.

—El dormitorio está ahí. Esto es el estudio, ¿ya no te acuerdas?

—Ah.

Suelta un bufido.

—Me parece que eres la primera persona que se pierde en este piso minúsculo.

—Ya... —Vuelvo los ojos hacia la puerta cerrada, de repente con el estómago revuelto—. ¿Cómo es que cierras el estudio con llave?

Se encoge de hombros.

—Tengo documentos bancarios ahí. Solo quiero... mantenerlos a salvo.

—Vale...

Me doy cuenta de que Brady me rehúye la mirada. ¿Me está mintiendo? ¿Oculta algo más tras esa puerta cerrada, algo que no quiere que nadie vea?

No puedo evitar pensar en la puerta cerrada del sótano de la casa en que me crie. Y en lo que resultó que había al otro lado.

Pero esto no tiene nada que ver. Es normal que la gente cierre con llave alguna habitación de su casa, por Dios santo. Y eso no implica necesariamente que sean psicópatas asesinos en serie. Además, Brady parece buena persona. Se lo noto.

Inspiro profundamente por la nariz, intentando detectar un olor lejano pero familiar a sangre seca y carne en descomposición.

No. Nada.

Ni siquiera un olor a lavanda.

—En fin —digo, pasando junto a Brady en dirección al salón. Mi bolso está en la encimera de la cocina, donde lo dejé, y mis zuecos en la sala, donde me los quité de una sacudida. Deslizo los pies en ellos para calzarme—. Me voy a casa.

—Te acompaño hasta el coche.

—No hace falta.

Niega con la cabeza.

—No es un barrio muy seguro. Me quedaré más tranquilo si me dejas acompañarte hasta tu coche.

—Sé cuidarme sola.

—¿Hay alguna razón para que no quieras que te acompañe?

Estoy poniéndome la cazadora, pero me interrumpo y alzo la vista hacia Brady. Se le ve dolido. Me doy cuenta de que mi actitud es bastante borde. Lo hemos pasado bien y ahora me estoy largando sin miramientos. No ha hecho nada para merecer esto. Se ha portado siempre amablemente conmigo. Y su rendimiento en el dormitorio ha sido…

—Está bien —digo—. Vamos.

Brady agarra sus llaves, que están en la encimera de la cocina, y se las guarda en el bolsillo. Acto seguido, me sigue escaleras abajo y a través de la puerta principal. No decimos ni una palabra a lo largo del camino, pero oigo sus pisadas detrás de mí.

Aunque ya estaba oscuro cuando llegamos, ahora la oscuridad parece más densa. El alumbrado en este barrio no es muy bueno. Cuando vuelvo la mirada hacia la fachada de la casa, me da la impresión de que la anciana sigue meciéndose en la silla, hasta que caigo en la cuenta de que está vacía. Debe de estar balanceándose por el viento.

Me fastidia reconocerlo, pero agradezco que Brady esté conmigo. Incluso rodea el vehículo para abrirme la puerta del conductor, a pesar de que el coche es mío. Se nota que le enseñaron buenos modales de pequeño.

Esto me trae a la memoria la corbata que se puso para nuestra primera cita, lo mucho que se esforzó para causarme una buena impresión. Casi me entran ganas de quedarme.

—Nora... —dice.

Me acomodo en el asiento del conductor y alzo la vista hacia él.

—Dime.

—Lo he pasado genial esta noche —afirma.

—Yo también.

Se mordisquea un lado del labio.

—¿Crees que...? —No termina la pregunta. Ya conoce la respuesta—. Oye, tienes mi número. Sabes dónde trabajo y dónde vivo. O sea que... aquí me tienes, si algún día te apetece..., ya sabes.

—Sí —mascullo. Los dos sabemos que no lo voy a llamar—. Adiós, Brady. Gracias.

Él exhala.

—Ya...

Cierro la puerta de golpe, enciendo el motor y arranco. No vuelvo la mirada atrás, pero, cuando echo una ojeada al retrovisor, veo a Brady donde lo he dejado, de pie en la calle.

Observándome.

15

Veinte minutos más tarde, entro en mi casa desde el garaje. Las pisadas de mis zuecos resuenan con cada paso que doy en el suelo de madera.

—¡Cariño, ya estoy en casa! —grito.

Me detengo en el recibidor, incapaz de avanzar. Cierro los ojos y me imagino una vida distinta, una en la que, al decir estas palabras, otra persona —alguien como Brady— acudiría a recibirme.

Me abrazaría y me diría que ha metido la cena en el horno para que no se enfríe.

Echando a un lado mis ridículas fantasías, me dirijo hacia la cocina. Las tripas me rugen de mala manera. Tal vez debería haber dejado que Brady pidiera esa pizza. ¿Tan terrible hubiera sido quedarme una hora más en su casa? Podría haber estado bien…

No, he hecho lo correcto al marcharme. No me gustaba la persona en la que me convertía a su lado. Me asustaba.

Mi portátil está en la encimera de la cocina, donde lo dejé anoche. Aunque me muero de hambre, voy directa hacia el ordenador, abro la pantalla y accedo al buscador de Google. Y, aunque no debería, introduzco el nombre de Brady Mitchell.

Se trata de un ejercicio inútil, teniendo en cuenta que jamás volveré a verlo. Me siento aliviada al comprobar que su presencia en las redes sociales es mínima. No escribe barbaridades sobre su intención de tirotear a la gente en un centro comercial. Ni siquiera parece tener una cuenta de Twitter, solo una página de Facebook, con un retrato suyo en el que ofrece un aspecto de lo más normal y agradable. Pero eso es todo lo que llego a ver, porque su perfil es privado.

Tiene sentido, porque Brady es en efecto un tipo agradable. A lo mejor he cometido un grave error al salir huyendo de su casa. Pero si quisiera podría llamarlo. Así que el hecho de que no esté sacando mi teléfono resulta revelador.

Cierro la ventana del buscador que he usado para investigar a Brady y abro un nuevo cuadro de búsqueda. Esta vez, tecleo otro nombre: el de Amber Swanson.

El primer resultado que aparece es un artículo de prensa: «Encuentran a una cajera de banco de veinticinco años flotando en el río San Joaquín».

Me apresuro a leer los detalles por encima. Casi todos coinciden con lo que me ha dicho el inspector. Unos adolescentes han descubierto el cuerpo de Amber hoy, a primera hora de la mañana. Fue vista por última vez dos días antes y no se había presentado al trabajo desde entonces. Según el forense, llevaba muerta un día, más o menos.

Lo que significa que, entre su desaparición y su muerte, estuvo retenida en algún sitio. Viva.

El artículo menciona también que el cadáver tenía las manos cercenadas. No nombran a Aaron Nierling en ningún momento. ¿Por qué habrían de hacerlo? Está en la cárcel, condenado a dieciocho cadenas perpetuas, y desde luego sin la menor posibilidad de obtener la libertad condicional.

Cierro los ojos e intento evocar la imagen de Amber. Aunque antes de la operación estaba medio inconsciente, en la visita de seguimiento se mostró encantadora conmigo. Como Henry Callahan, me dio las gracias por salvarle la vida. «Ha hecho un gran trabajo, doctora Davis. ¡Y la cicatriz es tan pequeña...! El biquini la tapará del todo».

También como en el caso de Callahan, decidí recurrir a la cirugía abierta en vez de usar las cámaras. Siempre que puedo elegir, lo prefiero.

Hago clic en otro enlace, que me lleva a uno de los perfiles de Amber en redes sociales. Hay una foto de ella, sentada en la playa en biquini, con unas gafas de sol Ray-Ban. Sonríe a la cámara. Se la ve muy joven y feliz, como si tuviera toda la vida por delante.

Espero que pillen a quien le ha hecho esto, y que esa persona se pase una larga temporada entre rejas.

Oigo un golpe sordo procedente de la puerta trasera. Otra vez la gata. Cierro el portátil y cojo una lata de comida húmeda. Esta vez toca ternera. Es bastante tarde, la pobre debe de estar famélica.

¡Bum!

—¡Ya voy, ya voy! —grito, como si pudiera entenderme. No tengo mucha idea de hasta qué punto son conscientes de las cosas los gatos, aunque esta en particular parece muy inteligente a veces.

Tras arrancar la tapa de la lata y tirarla a la basura, abro de un tirón la puerta de atrás y...

Ahí no hay nadie. Ningún gato a la vista.

Miro hacia el patio trasero, que está envuelto en la oscuridad. No veo nada. Doy un paso hacia fuera, lo que se supone que debería activar las luces automáticas, pero eso no ocurre. ¿Se habrán fundido? No recuerdo cuándo fue la última vez que salí por esta puerta de noche.

Me detengo en medio del patio oscuro, escuchando. No oigo ningún maullido.

No oigo nada.

—Hola... —digo—. ¿Gata?

No percibo el menor ruido.

Entro de nuevo en casa y cierro de un portazo. A continuación, echo el pestillo. En la entrada principal tengo un cerrojo de seguridad, pero aquí no. Parece un poco absurdo contar con un cierre adicional en la puerta principal cuando la de atrás prácticamente puede echarse abajo de una patada. Pero vivo en una zona muy segura, muy diferente del barrio de Brady.

Dejo la lata de comida para gato en la encimera y me froto los brazos con las manos. Hacía fresco ahí fuera. Falta poco para el invierno y la temperatura puede bajar de los diez grados por la noche.

Pasaba más frío en Oregón. El sótano de casa siempre estaba helado. De no ser por eso, la peste habría sido aún peor y la habríamos notado antes, incluso por encima del olor a lavanda.

Bajo la mirada al suelo de la cocina y es entonces cuando veo un sobre, a poca distancia de la puerta trasera. Es como si alguien lo hubiera deslizado por debajo. Pero ¿por qué?

Me agacho para recoger la carta. Leo de inmediato el nombre del remitente, tan familiar.

Aaron Nierling.

«No».

¿Cómo es posible? Sí, ha estado mandándome cartas cada semana, pero me llegan con el correo. Supongo que las echa al buzón de la penitenciaría y luego me las trae el cartero. Nunca las deslizan por debajo de la puerta. Eso es algo que no debería suceder. Y aunque el sobre lleva la dirección del remitente y un sello, no tiene matasellos.

Me dejo caer en una de las sillas que rodean la mesa de la cocina. Sujeto la carta con una mano temblorosa. Esto no tiene sentido.

A lo mejor estoy haciendo una montaña de un grano de arena. Quizá la carta me llegó con el resto del correo, cayó al suelo cuando dejé el montón sobre la mesa de la cocina y me pasó desapercibida hasta este momento. Y tal vez a los de Correos se les pasó ponerle el matasellos.

Es posible. Extremadamente improbable, pero posible.

Prefiero creer en esta explicación, porque la alternativa me aterra demasiado.

Cojo el portátil de nuevo. Introduzco la URL de la web del Departamento de Prisiones. La he tecleado tantas veces que me la sé de memoria. En el menú, elijo la opción de localizar a un preso federal por su nombre. Me tiemblan tanto las manos que me cuesta tres intentos escribir «Aaron Nierling».

Como no es un apellido muy común, me aparece solo un resultado:

Nombre: Aaron Nierling

Edad: 67

Raza: blanca

Sexo: hombre

Fecha de fin de condena: ninguna

Ubicación: Penitenciaría del Estado de Oregón

Según el Departamento de Prisiones, mi padre sigue interno. Sin fecha prevista para su puesta en libertad. Si se hubiera fugado o algo así, me habría enterado, ¿no? Una noticia así saldría en todos los medios.

El inspector Barber me dio su tarjeta. Podría llamarlo para contarle lo de la carta.

Pero algo me lo impide. Cuando Barber fue al consultorio esta mañana para hablar conmigo, estaba cumpliendo el mero trámite de investigar una pista con muy pocas probabilidades de llevar a ninguna parte. En el fondo no creía que yo tuviera algo que ver con la muerte de Amber.

Pero, si lo llamo..., si le muestro esta carta..., cambiará de opinión.

No sé quién ha asesinado a Amber Swanson, pero no ha sido mi padre. Él está encerrado de por vida. Seguro que la carta se ha caído al suelo, y por eso estaba ahí. No hay por qué buscar razones más siniestras. En cuanto al golpe en la puerta, sin duda la gata se asustó por el ruido de un mapache o algo así antes de que yo llegara a abrirla. Le estoy dando demasiada importancia a todo esto.

Me quedo mirando la carta. Durante los últimos veinticinco años, él me ha mandado una cada semana. Cuando mi abuela confesó que había estado tirándolas a la basura, mi primera reacción fue ponerme furiosa. ¿Qué derecho tenía a hacer eso?

«Es un hombre malvado, Nora —me dijo—. Bastante daño te hizo durante los once años que conviviste con él. No quiero que siga emponzoñándote».

Era mi abuela por parte de madre. Me acogió cuando detuvieron a mis dos progenitores y se hizo cargo de mí después de que condenaran a mi padre y mi madre se suicidara. Aunque ambos me abandonaron, cada uno a su manera, mi abuela estuvo ahí.

Aun así, siempre me dio la sensación de que no acababa de

fiarse de mí. A veces la pillaba mirándome como si me tuviera miedo.

No era la única.

Nunca dudé sobre si cambiarme el apellido o no. No quería seguir siendo Nora Nierling. Fue un alivio dejar eso atrás.

Es lo único que he querido siempre: dejar atrás esa parte de mi vida.

Bajo la vista hacia la carta. La rompo por la mitad, y luego otra vez. Sea lo que sea lo que quiere decirme, prefiero no saberlo.

16

Veintiséis años antes

No puedo dormir.

Nada más acostarme, estaba cogiendo el sueño cuando me despertaron las voces de mis padres, que estaban peleándose. Mi cuarto está pared con pared con su dormitorio, así que oía cada palabra. Lo peor es que discutían por mí. Lo hacen a menudo.

—Hay que llevar a Nora al psicólogo —insistía mi madre—. Le pasa algo. No es normal.

Como siempre, mi padre me ha defendido.

—No le pasa nada. Te estás imaginando cosas, Linda.

—¡Que no! Me preocupa. No tiene amigos de verdad, y ni siquiera parece importarle.

—Linda...

—Tiene algún problema, Aaron. No está bien.

—No sabes lo que dices. Créeme, está perfectamente.

La discusión se ha alargado casi una hora. Al final, me he tapado la cabeza con la almohada para no oírlos, pero no ha servido de nada. Seguía enterándome de todo lo que decían.

El caso es que mi madre se equivoca. Sí que tengo amigos. Por ejemplo, estoy ilusionada porque he quedado para mañana con Marjorie. Se me ha ocurrido un juego muy chulo al que podemos jugar juntas. A lo mejor de primeras no le gusta, pero creo que podré convencerla.

Me quedo mirando el techo de mi habitación. Una de las grietas en la pintura parece una cara. ¡De hecho, se parece a Marjorie! Bueno, solo un poco.

Noto la boca muy seca. Aunque me he bebido un vaso de agua durante la cena, ahora siento como si la tuviera llena de arena. Necesito más agua. Tendré que bajar a buscarla.

A mamá no le gusta que me levante a las tantas y me ponga a «rondar por la casa». No sé qué se imagina que me va a pasar en nuestro propio hogar en plena noche. A ver, tengo once años, no soy un bebé que vaya a meter el dedo en un enchufe cuando nadie esté vigilando. Sea como sea, solo voy a por un poco de agua. No es para tanto.

Bajo a la cocina sin hacer ruido, saco un vaso de un armario y lo coloco bajo el chorro del grifo. Lo lleno casi hasta el borde de agua fría y doy varios tragos hasta que me la acabo.

Justo lo que necesitaba.

Dejo el vaso en el fregadero y echo a andar de vuelta hacia mi cuarto. Al pasar junto a la puerta del sótano, oigo un ruido que viene del otro lado, como el otro día. Unos golpes.

¿Estará mi padre trabajando ahí dentro? Es muy tarde…

No lo entiendo. Siempre está en su taller, pero, a pesar de todo el tiempo que pasa ahí metido, no ha construido más que un par de muebles. ¿Qué hace cuando está ahí abajo?

Pego la oreja a la puerta y escucho, mientras el aroma a lavanda me inunda las fosas nasales. Oigo un sonido amortiguado, casi como una voz.

Aparto de golpe la cabeza de la madera. Bajo la vista hacia el pomo. Lo agarro, suponiendo que la puerta estará cerrada con llave como cada vez que he intentado abrirla.

Pero entonces el pomo gira bajo mi mano.

17

Ahora

Por lo general, solo dispongo de cinco a diez minutos entre una operación y otra para comer algo. Hoy cuento con una hora entera, un lujo que no había podido darme desde hacía siglos. Alguien debe de haberla cagado con la programación, pero no me quejo. Aprovecho la oportunidad para acercarme corriendo al supermercado.

Atraigo algunas miradas mientras recorro los pasillos con el pijama quirúrgico, aunque por lo menos esta vez me he acordado de quitarme los cubrezapatos. Normalmente compro todo lo que necesito por internet, pero, después de mi crisis nerviosa de ayer por el jabón de lavanda, creo que más vale que compre otro hoy, porque, como Philip vuelva a llevar uno de lavanda, perderé los papeles del todo.

La sección de jabones está al fondo del todo. Hay tantas marcas distintas que me aturrullo. No veo ni un solo jabón de lavanda. Ya es mala suerte que Philip escogiera justo la fragancia que más detesto, la que sigue revolviéndome el estómago después de tantos años.

Incluso ahora, solo de pensarlo, me entran ganas de vomitar.

Al final, cojo un bote de algo que, según la etiqueta, tiene aroma a leche y miel. Me parece perfecto. Estoy conforme con lo que sea. Escogería un producto con olor a calcetín sucio antes que con olor a lavanda.

Con el bote de jabón de leche y miel en la mano, me encamino hacia la caja. Cuando llego al final del pasillo, casi choco con una señora mayor que lleva un carro de la compra.

La mujer me resulta familiar. Hay algo que reconozco en su frágil figura, en su fino cabello plateado y en el vestido holgado que en cierto modo parece un camisón. Me quedo indecisa unos instantes, sujetando con fuerza el jabón de leche y miel, hasta que ella separa los agrietados labios.

—Eres la nueva novia de Brady —dice.

Entonces ato cabos. Es la anciana que estaba sentada en el porche cuando llegué a casa de Brady. Él se refirió a ella como la señora Chelmsford. A la luz del día, se la ve aún más mayor y más frágil que anoche en el porche.

—No soy su novia —murmuro—, solo una amiga.

Los ojos de un azul lechoso de la señora Chelmsford me miran de arriba abajo. A lo largo de los años he visto a muchos ancianos confundidos y con demencia, y su mirada era muy parecida a la de esta mujer. Espero que no intente cocinar en esa casa, pues podría acabar por incendiarla. Debería advertírselo a Brady. Claro que para ello tendría que hablar de nuevo con él, y no creo que eso vaya a pasar.

—Más te vale andarte con ojo con Brady —sisea.

La miro parpadeando.

—¿Perdone?

—Es peligroso. —Baja la voz un poco más—. Por las noches

oigo alaridos que vienen de arriba. Voces de mujer que piden ayuda a gritos.

Abro la boca, pero de ella no sale el menor sonido. Mientras busco las palabras apropiadas, una mujer de mediana edad se acerca por otro pasillo y agarra a la señora por el hombro.

—¡Tía Ruth! —la reprende—. ¡No te separes de mí! No te encontraba. —Se vuelve hacia mí con expresión de disculpa—. Espero que no estuviera molestándola.

Niego con la cabeza, enmudecida.

—Visitó a Brady anoche —le explica la señora Chelmsford a su sobrina—. He intentado ponerla sobre aviso.

—Brady es amigo mío —me apresuro a decir.

—Tía Ruth, deja de incordiar a esta pobre enfermera. —La sobrina me sonríe—. Lo siento mucho. A veces se hace un lío y le pasan ideas raras por la cabeza.

—Ya. Claro —digo—. No se preocupe.

La sobrina se lleva a la señora Chelmsford, pero yo me quedo inmóvil, aferrando mi bote de jabón de leche y miel. Todo lo que ha dicho la señora es ridículo, por supuesto. Es una anciana desorientada; he tratado con muchas durante el ejercicio de mi profesión. Las personas con demencia se imaginan cosas continuamente.

A pesar de todo, sus palabras me han tocado la fibra, sobre todo después de haber visto la puerta cerrada con llave en el piso de Brady.

«Por las noches oigo alaridos que vienen de arriba. Voces de mujer que piden ayuda a gritos».

Pero no puede ser. No me lo creo. No es más que un delirio de la anciana. Sí, a Brady le gustaba el cine gore y le parecía divertido disfrazarse de asesino en serie cuando era un chaval, pero no encierra a mujeres en su habitación de invitados para torturarlas. Es imposible. Lo conozco lo suficiente para saber que no sería capaz de algo así.

Además, no pienso volver a verlo nunca, así que no tiene sentido que siga dándole vueltas al asunto.

18

Durante la semana siguiente, repaso todos los días las noticias por si surge alguna novedad sobre Amber Swanson. Estoy deseando oír que han pillado al responsable. Tal vez fue un hombre que la invitó a salir y al que ella rechazó. O algún tipo asqueroso que la vio correr por la calle temprano por la mañana y empezó a seguirla.

Pero, si la policía ha detenido a alguien, los medios no hablan de ello.

En cualquier caso, el inspector Barber no vuelve a presentarse en el consultorio. Tampoco recibo más sobres misteriosos de Aaron Nierling. Estoy convencida de que la carta se me cayó al suelo de la cocina sin que me diera cuenta. Es la única explicación que tiene sentido.

Varias veces, en el trayecto de vuelta a casa, he sentido la tentación de pasarme por Christopher's para tomarme un old fashioned, pero sabía que no era buena idea. Acabaría por encontrarme con Brady, lo que daría pie a una situación de lo más violenta, más que nada porque no tengo la menor intención de liarme otra vez con él. No me queda más remedio que buscar otro bar que frecuentar, cosa que me fastidia bastante. Me gusta Christopher's. Y no me entusiasman los cambios. Estoy contenta con mi rutina.

Una semana después, me dirijo muy temprano al consultorio, porque no tengo operaciones programadas para ese día. Sin embargo, cuando llego, se me cae el alma a los pies al ver a Philip flirtear con Harper.

En realidad, lo hace a todas horas. Para él, flirtear es como respirar. Incluso flirtea con Sheila, que le saca veinte años. Flirtea conmigo, aunque hay tantas probabilidades de que yo salga con él como de que las ranas críen pelo. Sin embargo, esta interacción en particular me crispa los nervios, porque Harper acaba de romper con su novio de hace mucho tiempo, tiene el corazón roto y apenas empieza a recuperarse.

Philip está sentado en el borde de la mesa, pontificando sobre ve tú a saber qué. Harper lo contempla con sus grandes ojos azules, como si fuera el mismísimo Dios. Lo que tiene sentido, porque en cierto modo es lo que él se cree que es.

—Hola, doctora Davis —dice Harper en tono animado—. Sheila está registrando los datos de su primer paciente.

Miro a Philip con frialdad.

—¿Y tú no tienes pacientes que atender ahora mismo?

—El de primera hora ha anulado la visita. —Me sonríe de oreja a oreja—. Estaba pensando en escaparme un momento para ir a por unos cafés.

Mentiría si dijera que no se lo agradecería, sobre todo desde que mi taza de café ha desaparecido de forma misteriosa. Sospecho para mis adentros que Philip la rompió sin querer, tiró los restos a la basura y no ha querido decirme nada.

—De verdad, no se moleste, doctor Corey —dice Harper.

Menos mal que lo llama «doctor Corey». Si se dirigiera a él como Philip, me preocuparía mucho.

—No es molestia. —Baja de un salto de la mesa y se estira lo justo para marcar unos bíceps que reconozco que son bastante impresionantes. ¿De dónde saca tiempo para hacer ejercicio? A mí desde luego no me sobra—. ¿A ti qué te traigo, Nora? ¿Un café solo?

—Sí.

Harper se estremece.

—No sé cómo puede tomarlo así, doctora Davis. El café solo es tan amargo…

—Me acostumbré durante mi residencia —explico. Aunque en la sala de residentes la cafetera estaba encendida las veinticuatro horas, nunca había leche o azúcar. Al principio, el brebaje me parecía imbebible, pero me obligaba a tomarlo para combatir el cansancio. Ahora estoy tan habituada a beberlo solo que me sabe raro de cualquier otra manera.

—Yo también lo tomaba solo cuando estaba haciendo la residencia —dice Philip—, pero ¿por qué no le pones leche y azúcar, ahora que puedes?

Lo miro con mala cara.

—¿Vas a traernos café o a criticar mi forma de beberlo?

Philip se ríe. Da igual lo que le diga, nunca se ofende. A veces me pregunto si me toma en serio, aunque movió cielo y tierra para ficharme como socia cuando me gradué, así que supongo que sí. No estaba dispuesto a aceptar un no por respuesta.

Se encamina hacia su despacho para buscar su chaqueta. Lo sigo. Sé que mi paciente se molestará si lo hago esperar, pero esto es más importante.

—¿Qué pasa, Nora? —me pregunta Philip.

Lo hago entrar en su despacho a empujoncitos y cierro la puerta.

—¿Te acuerdas de que, cuando Harper empezó a trabajar aquí, te advertí de que no intentaras ligar con ella? Pues es lo que quiero que hagas ahora mismo: dejar de intentarlo.

Philip alza los ojos al techo.

—Nora...

—No es broma.

Él aparta el estetoscopio que tiene sobre el escritorio para sentarse en el borde.

—Harper lleva un año trabajando aquí. ¿Por qué estás tan alarmada por esto ahora?

—Porque acaba de dejarlo con Sonny y está muy vulnerable.

—No es tu hija, Nora. No hace falta que te preocupes tanto por ella.

Me ofende un poco que insinúe que una chica que tiene solo diez años menos que yo es como una hija para mí, aunque quizá haya dado en el clavo. Como le dije a Brady cuando estaba en la universidad, nunca he querido tener hijos. No obstante, siento cierto instinto maternal hacia Harper. Tiene un futuro de lo más prometedor y no arrastra el peso de una historia familiar como la mía.

Si empieza a salir con Philip, la cosa no tendrá un final feliz. En el mejor de los casos, ella acabará dejando el trabajo.

—Oye —le digo—, podrías conquistar a cualquier mujer...

Sonríe, divertido.

—Vaya, gracias.

Suelto un quejido.

—No es eso lo que intento decirte, sino que elijas a cualquier otra. A Harper no, ¿entiendes? No te acerques a nuestra recepcionista. Es lo único que te pido.

—¿Sabes? —dice—. Cuando te enfadas, se te hincha una venita justo aquí. —Se toca la sien con el índice—. Un día se te va a reventar, Nora.

—Philip...

—¡Vale, vale! —Alza las manos como si se rindiera—. No me acercaré más a Harper. Me comportaré como un auténtico caballero. ¿Contenta?

Hago un gesto afirmativo, aunque no me fío del todo. Me gustaría tener una charla con Harper, pero me preocupa que, cuanto más me esfuerce por separarlos, más avive en ella el deseo de un amor prohibido como el de Romeo y Julieta, y que acabe por sorprenderlos dándose el lote en el armario del material. Tal vez lo mejor sea que cruce los dedos y confíe en que la chica sea lo bastante lista para verle las intenciones a Philip. Creo que lo es, pero sé lo que se puede llegar a hacer por despecho.

Es decir, sé lo que otras personas hacen por despecho. Yo nunca he tenido ese problema.

Cuando Philip se marcha a por el café, recibo a mi primer paciente del día. Es un hombre llamado Timothy Dudley, a quien le reparé una hernia hace tres meses. Me considero una cirujana excelente con una tasa de complicaciones muy baja, aunque no es de cero. Siempre habrá un porcentaje de pacientes a los que se les infecten las heridas quirúrgicas. Es un hecho inevitable de la vida.

El señor Dudley presenta una infección en una herida quirúrgica.

Si existe una ley en el mundo de la cirugía, es que siempre surgen complicaciones en los peores pacientes posibles, los que ya de entrada no se fían de los cirujanos. Cuando algo sale mal, eso solo refuerza su teoría de que todos somos unos matasanos.

Le receté al señor Dudley un tratamiento con antibióticos, pero no dio resultado y al final tuve que limpiar la herida. Pero ahora está bien. La infección ha desaparecido y la herida ha cicatrizado, así que espero que sea una visita rápida y que, después de echar un vistazo a la cicatriz, mientras ambos fingimos que nos caemos bien, pueda mandarlo a su casa y perderlo de vista, tal vez para siempre.

Sin embargo, en cuanto entro en la sala de reconocimiento, sé que no va a ocurrir.

Está sentado en la camilla, con una camiseta que le tapa a duras penas la prominente panza, y la bata que le hemos facilitado a un lado, sin usar. Tiene los brazos rechonchos cruzados sobre el abdomen y me mira con hostilidad. Ni siquiera voy a intentar convencerlo de que se ponga la bata.

Canalizando el carisma tristemente célebre de mi padre, le sonrío con una simpatía que no siento. Ni por asomo.

—¿Cómo se encuentra, señor Dudley? —le pregunto.

—No muy bien, doctora Davis —dice—. Aún me duele donde me rajó.

—Lamento oír eso.

Arquea las pobladas cejas blancas.

—Ah, ¿sí?

Asiento con solemnidad. A veces me cuesta mucho controlarme en situaciones como esta. Me entran ganas de gritarle que, si no lo hubiera operado, se habría producido una incarceración y, en vez de repararle la hernia, habría tenido que extirparle un buen trozo de intestino. Seguro que no estaría más contento con mi trabajo.

—El médico de familia me advirtió de que esa operación no era necesaria —dice Dudley.

Entrelazo las manos con parsimonia.

—Esta no es su especialidad. La operación era necesaria, se lo aseguro. De lo contrario, no la habría llevado a cabo.

—Ha oído que usted opera por cualquier cosa.

De todo lo que me ha dicho, esto es lo primero que me toca la moral. «Ha oído que usted opera por cualquier cosa». ¿Esa es la fama que me estoy ganando? Sí, tengo un enfoque agresivo, pero soy cirujana. Me dedico a esto.

—No es verdad —replico.

—Y una de las enfermeras me ha dicho que usted compite con otro cirujano para ver quién hace más operaciones este año —añade.

Se me seca la boca. Intento no perder la compostura, pero no me resulta fácil. ¿Qué enfermera le ha contado eso? ¿Quién diría algo así sobre mí? Está totalmente fuera de lugar. Un rumor como ese puede hundir la carrera profesional de una persona.

Como me entere de quién ha sido, me aseguraré de que se arrepienta el resto de sus días.

—Le prometo que jamás haría algo semejante —digo con voz tranquila—. ¿Qué enfermera se lo ha dicho?

—No me acuerdo.

No sé si miente o no. Seguramente ha tratado con muchas enfermeras. No tiene por qué recordar el nombre de cada una. Ya lo averiguaré de un modo u otro. A Philip también le interesará saberlo.

Por supuesto, él es el responsable de todo esto. Nunca le he comentado a nadie lo de nuestra apuesta. Es él quien sin duda se jacta ante las enfermeras de que va ganando, cuando lo cierto es que yo le llevo mucha ventaja.

De acuerdo, opero a mucha gente.

—Todo esto es un juego para usted —dice el señor Dudley con una mueca desdeñosa—. He estado a punto de morir de una infección en la tripa por su culpa.

—Señor Dudley…

—No, escúcheme usted, doctora Davis. —Me acerca el dedo a la cara—. La única razón por la que he acudido a esta cita es para avisarle de que tendrá noticias de mi abogado. Y quería que supiera por qué.

Dicho esto, se baja de la camilla de un salto, me propina un empujón al pasar por mi lado y sale de la sala de reconocimiento pisando con fuerza.

Vale, no ha sido la mejor manera de empezar el día, pero en realidad la mayoría de mis pacientes no son como el señor Dudley. Casi todos me están muy agradecidos, como Henry Callahan antes de que me negara a ir a cenar con él. Y, si el señor Dudley interpone al final un pleito contra mí, dudo que llegue a ningún sitio. De hecho, apuesto a que esa es la razón por la que ha venido. Como sabe que no puede demandarme, lo único que se le ha ocurrido ha sido tratar de intimidarme.

Pues no ha colado.

Me encamino hacia la recepción para comprobar si han llegado más pacientes, pero por poco choco con Harper en el pasillo. Tiene las mejillas un poco coloradas.

—Doctora Davis —dice—, precisamente iba a buscarla.

—¿Ha venido otro paciente?

—No, pero… —Vuelve los ojos rápidamente hacia la sala de espera—. Ese policía quiere verla otra vez.

Las amenazas del señor Dudley no me han asustado, pero esto sí. Inspiro con brusquedad.

—¿El mismo del otro día?

Ella asiente despacio.

—Sí. El inspector.

Ay, Dios. ¿Será otra vez por algo relacionado con Amber Swanson? Sé que no han encontrado a su asesino. No les habrá dado por sospechar de mí, ¿no? Salvo por el hecho de que le extirpé el apéndice infectado, apenas la conocía.

Harper arruga la frente.

—¿Va todo bien, doctora Davis?

—Por supuesto —digo con tanta firmeza que casi me lo creo—. Viene para hablar de esa pobre chica que fue paciente del consultorio y que... apareció asesinada. Solo quieren averiguar qué le pasó y yo haré lo posible por ayudar, claro.

Veo la pregunta escrita en su cara: «¿Cómo es que usted puede ayudarlos a averiguar quién mató a esa chica?». Pero es imposible decirle la verdad. Ni a ella ni a nadie.

Espero en mi despacho mientras Harper le indica al inspector Barber que pase. Aunque por lo general no llevo mi bata blanca cuando atiendo a los pacientes, la descuelgo de la percha de detrás de la puerta y me la pongo a toda prisa. Supongo que todo lo que sirva para conferirme una apariencia más profesional vale la pena. Por desgracia, mi bata está arrugada, lo que me desconcierta, dado que ha estado colgada, sin usar. En fin.

El inspector entra en mi despacho con aspecto de haberse pasado media noche en vela. Tiene una barba blanca incipiente y la camisa arrugada. Su actitud no es más amigable que en su visita anterior. De hecho, cualquier rastro de sonrisa, ya sea falsa o auténtica, se le ha borrado del rostro. Está muy serio.

—Hola, doctora Davis —dice.

Trago saliva.

—Inspector, con gusto responderé a todas las preguntas que quiera, pero preferiría que hablara conmigo en mi casa en vez de presentarse aquí, delante de todos mis pacientes.

Su expresión no cambia.

—Lo siento, pero, lamentablemente, no es usted fácil de localizar. Y el tiempo apremia.

Sacudo la cabeza.

—No lo entiendo. Mataron a Amber hace una semana. ¿Por qué tanta urgencia?

—No estoy aquí por Amber.

Se me hiela la sangre. ¿No está aquí por Amber?

—Entonces ¿qué...?

—Doctora Davis —dice Barber—, ¿tiene usted una paciente llamada Shelby Gillis?

—Pues... —El nombre me suena. No es la primera vez que lo oigo—. Es posible...

Se saca una fotografía del bolsillo de la americana oscura y la desliza sobre mi mesa. La cojo y contemplo el rostro sonriente que me devuelve la mirada. Es el retrato de una joven guapa de larga cabellera oscura y brillantes ojos azules.

Cabello oscuro y ojos azules.

—Sí —digo—. Creo que le realicé una tumorectomía y una biopsia abierta de mama hace un par de meses.

De pronto me vuelve todo a la memoria. Shelby Gillis estaba preocupada porque se había encontrado un bulto en el pecho derecho. Se lo quité y envié a patología el tejido extirpado. Resultó ser benigno. Cuando le di la noticia, se puso muy contenta. Me agarró la mano entre las suyas y me apretó los dedos. «Siento como si me hubieran concedido una segunda oportunidad, doctora Davis».

Me aclaro la garganta.

—Ella... ¿está bien?

Qué pregunta tan estúpida. Es obvio que no está bien. Si tengo a un inspector sentado delante haciéndome preguntas sobre ella, seguro que no es porque esté en perfecto estado.

—Apareció muerta ayer por la tarde, doctora —dice—. La encontraron unos excursionistas. Alguien la mató a puñaladas.

Me quedo sin habla por un momento. Adiós a la segunda oportunidad de Shelby.

—Es... espantoso.

—Y le habían cortado las manos.

Dios santo. Creo que voy a vomitar. Que le haya pasado una cosa así a una paciente mía..., bueno, puede tratarse de una coincidencia. Pero... ¿a dos? Resulta inverosímil. Y el inspector lo sabe.

—Doctora Davis. —Su voz suena lejana—. ¿Se encuentra bien?

—Sí —consigo decir. No puedo venirme abajo delante de él. No sé qué está pasando, pero dejarme llevar por el pánico no me ayudará—. Estoy bien.

El inspector Barber se inclina para recuperar la foto que ha dejado en mi escritorio. Advierto que la manipula con cuidado, sujetándola por los bordes. Me pregunto si me la ha mostrado para que la toque y deje mis huellas dactilares en ella. O tal vez sea solo una paranoia mía. De todos modos, que las analice si quiere. Nunca he cometido un delito. Además, no encontrarán mis huellas en ninguna de las pertenencias de Amber o Shelby.

—Denunciaron su desaparición hace dos días —dice—. Trabajaba en una galería de arte y se presentó a trabajar el lunes por la mañana, pero no el martes. Eso significa, obviamente, que desapareció en algún momento entre su salida del trabajo el lunes por la tarde y el martes por la mañana.

—Sí —murmuro.

—¿Puede dar cuenta de su paradero durante ese periodo?

—Sí —digo—. Seguramente salí del hospital hacia las ocho de la tarde y me fui a casa.

—Y vive sola.

—Sí. —Me aprieto las rodillas con las manos sudorosas—. Mi padre sigue en la cárcel, ¿verdad?

—Creo que, si no fuera así, usted lo sabría. —No despega los ojos de los míos—. ¿Lo visita alguna vez en prisión?

—No, nunca.

Levanta una ceja.

—¿Y eso por qué? Es su padre, ¿no?

—Es un monstruo. Ahí tiene el porqué.

Observo su semblante. Está esperando que sucumba a la presión, que diga algo que me delate. Pero no tiene ninguna prueba contra mí.

Una parte de mí quiere contarle lo de la carta que encontré en mi cocina, en la que aparecía mi padre como remitente. A lo mejor tiene algo que ver con lo que está ocurriendo. No voy a intentar convencerme a mí misma de que se trata de una casualidad extrañísima.

Pero no me fío de este inspector. No me gusta cómo me mira. Si le hablo de la carta, lo tergiversará para que parezca que soy culpable. Después de todo, mi padre está entre rejas, no deslizando cartas bajo mi puerta.

—Qué cosa tan triste —digo al fin—. Lo siento mucho por la familia de Shelby. Es una tragedia.

Barber se frota con el dedo la sombra de barba canosa.

—Aún me acuerdo del juicio contra su padre, ¿sabe? —dice—. Después de declararse culpable, soltó aquel discurso sobre lo arrepentido que estaba y cuánto desearía poder sacrificar su vida para devolvérsela a esas chicas. Y ¿sabe qué? Por un momento casi me creí sus gilipolleces. —Me mira, enarcando las cejas—. ¿Se le da tan bien mentir como a él?

Se me encienden las mejillas.

—Creo que ya es suficiente, inspector. Tengo que pedirle que se marche. Y, si quiere volver a hablar conmigo, tendrá que ser en presencia de mi abogado. Esta vez lo digo en serio.

Genial. Ahora tendré que conseguir un abogado.

Barber se revuelve en su asiento. Intenta tomarme la medida, comprobar hasta dónde puede apretar. Si es un poco inteligente, comprenderá que no le conviene apretar demasiado. El hecho de que sea inspector no le da derecho a acosarme en mi lugar de trabajo. Al final, se pone de pie.

—Solo queremos averiguar qué le ha pasado a Shelby —dice—. Si se le ocurre algún dato que pueda sernos de utilidad, llámeme.

—Bueno —digo entre dientes.

El hombre fija la vista en mí unos momentos antes de darse la vuelta y salir de mi despacho.

Una vez que se ha ido, me quedo sentada un rato, contemplando la pared. Parece mentira que, hace solo una hora, mi mayor preocupación fuera que Philip intentara ligarse a Harper. Luego, mi mayor preocupación pasó a ser que un paciente amenazara con ponerme un pleito. Esto de ahora es mucho peor.

Han asesinado a dos pacientes míos en el espacio de una semana. Es imposible que se trate de una casualidad, ¿no?

Y, aunque lo fuera, lo de las manos cortadas… guarda una relación obvia conmigo. Es innegable. Y solo puedo extraer una conclusión clara de ello.

El responsable de esto, sea quien sea, sabe quién soy.

19

Veintiséis años antes

La puerta del sótano suelta un fuerte chirrido cuando la abro.

Dentro, no hay más que oscuridad. Creía que mi padre estaría trabajando aquí abajo por todo el ruido que se oía, pero es obvio que no trabaja a ciegas. Eso sería muy raro.

Extiendo el brazo y le doy al interruptor.

Nunca había estado en el sótano de nuestra casa. Es un espacio cuadrado y húmedo con paredes de cemento sin pintar. Aunque he encendido la luz, sigue estando muy oscuro; la única iluminación procede de una bombilla desnuda que cuelga del techo. Hay un banco de trabajo en un rincón, como era de esperar. No sé por qué creía que me iba a encontrar algo distinto. Es un tablero largo de madera con lo que parece una sierra eléctrica. Supongo que eso es lo que he oído antes. También hay un martillo. Pero además hay otras cosas que me sorprende ver en un banco de trabajo.

Un cuchillo, por ejemplo, largo y afilado, que reluce bajo el débil resplandor de la única bombilla. También hay una garrafa de lejía sobre la mesa. ¿De verdad se necesita lejía para construir muebles?

Y también hay un bote grande de ambientador en aerosol con aroma a lavanda.

Pero lo más extraño son las manchas que hay en el banco, todas de un color parduzco. Debe de ser pintura. Me imagino que mi padre lo estará pintando todo de marrón.

El sótano entero apesta a lavanda. El olor impregna todas las superficies de la habitación. Pero hay otro olor aún más fuerte, como a podrido.

Huele fatal, como si se hubiera muerto algo aquí abajo.

Otra cosa rara es que no veo ninguno de los muebles en los que en teoría está trabajando mi padre. Aunque esta semana ha bajado aquí todas las tardes, no hay ni una silla, mesa o estantería sin terminar. Entonces ¿a qué se dedica exactamente cuando está aquí abajo? Porque algo ha estado haciendo.

Mientras examino el banco de trabajo de mi padre, oigo un ruido a mi espalda. Doy un brinco y giro en redondo. Pero no hay nada.

Y entonces lo oigo de nuevo. Un sonido amortiguado. Un sonido humano.

En ese momento, lo veo: en el rincón más oscuro del sótano, hay una especie de caja o cajón de embalaje, tapado con una sábana. El ruido, sea lo que sea, proviene de debajo de la tela.

Cruzo la habitación con cuidado. Mis pasos suenan muy fuerte, pero eso debería dar igual. Estoy sola aquí, ¿no?

Cuando me encuentro a menos de un metro de la caja, me detengo. Me quedo un momento ahí, mirándola. Entonces vuelvo a oír el sonido apagado. Hay algo vivo ahí dentro. ¿Un animal? Pero no, no son sonidos de animales.

Respiro hondo y alargo la mano hacia la sábana. Tiro de ella hasta que el borde se despega del suelo. Ahora veo que en realidad no se trata de una caja. Es una jaula. Una jaula rectangular con barrotes de metal en los cuatro costados. Entonces atisbo por un instante un ojo azul que asoma por debajo de la sábana.

—Hola, Nora.

Suelto la tela y me aparto de un salto, con el corazón disparado. Alzo la vista hacia la escalera y veo la silueta de mi padre, que ocupa todo el hueco de la puerta. Parece como si le brillaran los ojos.

—Pe..., perdón —tartamudeo—. Es que... la puerta estaba...

Las pisadas de papá retumban en los escalones mientras baja. Creía que las mías eran ruidosas, pero las suyas suenan como disparos.

—Te ha entrado curiosidad.

—Sí —digo con un hilillo de voz.

Cuando llega abajo del todo, sus ojos oscuros se clavan en los míos.

—Bueno, ¿y qué opinas?

A pesar de toda el agua que he bebido en la cocina, tengo la boca seca.

—Pues...

Acaricia la superficie de madera de su banco de trabajo.

—Creía que, de entre todas las personas del mundo, tú lo comprenderías —dice—. Eres como yo, Nora. Te lo noto.

De repente, por fin lo entiendo. No se ha olvidado de cerrar con llave la puerta del sótano. Quería que yo bajara aquí y viera esto.

Sigue mirándome desde su altura. Nos parecemos mucho, papá y yo. Los dos tenemos el cabello negro y los ojos oscuros. La gente siempre se da cuenta de que somos familia.

—Tienes mucho que aprender —murmura—. Hay tantas cosas que quiero enseñarte...

Miro de reojo la jaula tapada con la sábana. Oigo otro sonido ahogado procedente del interior. Es casi como un grito.

—Quieres aprender —prosigue—. ¿A que sí?

Muevo la cabeza arriba y abajo, lentamente.

—Sí —consigo decir.

—Así me gusta. —Echa un vistazo a su reloj—. Vuelve a la cama, Nora. Ahora mismo es muy tarde, pero pronto comenzaremos con las clases, te lo prometo.

Me acompaña escaleras arriba. Cuando salimos del sótano, cierra la puerta detrás de mí. Con llave.

20

Ahora

No quiero salir del trabajo hoy. Me aterra la idea de volver a una casa vacía. No consigo quitarme de la cabeza el rostro de Shelby. Estaba tan llena de vida en su última visita, y ahora…

Ojalá supiera por qué. ¿Por qué alguien querría hacer una cosa así? Aunque, por otro lado, la respuesta a esta pregunta seguramente no es muy satisfactoria. Mi padre nunca tuvo un motivo. Bueno, en sentido estricto, sí lo tenía. Lo hacía porque disfrutaba con ello.

Me parezco mucho a él. Si fuera hombre, sería el vivo retrato de Aaron Nierling. Por suerte, mi segundo cromosoma X me ha salvado. Aun así, al igual que él, tengo el cabello castaño tan oscuro que parece negro, los ojos también oscuros, el mentón ligeramente partido y una complexión delgada como la suya.

Mi abuela odiaba mi enorme parecido con él. A veces se quedaba mirándome y sacudía la cabeza, asqueada. «Llevas el demonio dentro, Nora».

Si ella aún viviera, seguramente pensaría que soy yo quien está matando a esas chicas. Como el inspector.

Pero ¿de verdad lo piensa? Tal vez no. Las asesinas en serie son extremadamente poco comunes. A pesar de mis genes, es improbable que yo esté detrás de estas muertes.

Pero no imposible.

Aunque no tengo ningunas ganas de irme a casa, tampoco quiero ser la última persona en marcharse del consultorio. Por eso, cuando oigo que Harper empieza a recoger sus cosas, agarro mi bolso y mi chaqueta y me dirijo hacia la recepción. Ella sonríe al verme, pero abre los ojos un poco más de la cuenta. Supongo que mi aspecto refleja cómo me siento.

—Doctora Davis —dice—, ¿va todo bien?

—Sí, genial —me apresuro a responder. Miro a Harper mientras se coloca el libro de biología bajo el brazo—. ¿Ya te vas?

Asiente.

—Mi compañera de piso me quiere llevar a la disco.

—Ah. —Me había hecho a la idea de que tendría un rato para ir a tomar algo conmigo—. Bueno, que te diviertas.

—¿Quiere...? —Frunce el ceño, y se le marcan más los hoyuelos—. ¿Quiere venir con nosotras?

Por poco se me escapa una carcajada. No me atraían las discotecas ni cuando tenía la edad de Harper.

—No, pero gracias por la invitación.

—Vale... —Se le arruga la frente. No le he contado de qué quería hablar conmigo el inspector, y es demasiado educada para preguntármelo, pero seguro que tiene curiosidad al respecto—. Pues entonces nos vemos mañana.

Harper me sonríe, y sus ojos azules pestañean. Una chica guapa con cabello oscuro y ojos azules. Como Amber Swanson y Shelby Gillis.

—Harper —digo—, ¿llevas protección?

—No —contesta—, pero Becky tiene como un millón de condones en su habitación y seguro que me deja uno si lo necesito.

Me encojo de vergüenza.

—No, no me refería a eso. Quiero decir que, si alguien te atacara por la calle, ¿tienes algo con qué defenderte?

—Pues... —Se recoloca la correa del bolso en el hombro—. Creo que no...

—Espérame un segundo.

Voy corriendo hasta el armario del material. No sé quién ha matado a esas chicas, pero no quiero que le pase nada a Harper. Encuentro una gran cantidad de gasas, tiritas, hisopos con alcohol y kits de sutura, además de herramientas de extracción de puntos y grapas. Hay un montón de apósitos de plata, pero dudo que le sirvan de algo a Harper si se topa con alguien en un callejón oscuro. Por último, localizo las jeringas.

No es ideal, pero mejor eso que nada.

Agarro una de tres milímetros y le acoplo una aguja de calibre dieciocho. Creo que con eso bastaría para infligir un daño considerable. Claro que ella tendrá que quitarle el capuchón antes, pero más vale eso que estar totalmente desprotegida.

Salgo del armario del material con la jeringa lista y se la tiendo a Harper, que la coge con aprensión, como si no quisiera tocarla. La deja caer dentro de su bolso.

—Hum... ¿Gracias?

—Ojalá tuviera algo mejor —digo—. Deberías conseguirte un espray de pimienta o algo por el estilo.

Harper baja la vista hacia su bolso antes de alzarla de nuevo hacia mí.

—¿Seguro que va todo bien, doctora Davis?

No, no va todo bien. Ni por asomo. Pero no quiero que ella

sepa la verdad sobre mí. Ninguna de las personas de mi entorno debe saberlo, o ya nunca volverán a verme con los mismos ojos. Me verán como..., bueno, como me ve el inspector Barber.

Dos cadáveres. Dos pacientes muertas, con las manos cercenadas. ¿Qué significa eso?

—Todo bien —aseguro.

—La veo un poco... —Se mordisquea el labio inferior—. Perdón, no debería decir nada, pero es que siempre mantiene la calma, hasta en los momentos más tensos. El doctor Corey también. Pero ahora parece... ¿Le ha afectado mucho enterarse de que han asesinado a otra paciente?

—Es triste —digo. Y es verdad, pero esa no es la razón por la que estoy tan alterada—. Eso demuestra lo peligroso que es andar por ahí.

—Tendré cuidado —me promete—. Becky y yo fuimos a clases de defensa personal el año pasado. No nos pasará nada.

Como si unas clases de defensa personal pudieran protegerla de alguien como mi padre. Pero eso no debo decírselo.

—Bueno. Y, si te ves en apuros, llama a la policía sin dudarlo.

—Vale —accede, aunque se nota que cree que estoy exagerando.

Me marcho poco después que Harper, pero lo que menos me apetece es irme a casa, a esa casa vacía en la que cada vez estoy más segura de que alguien deslizó una carta de mi padre bajo la puerta.

Tengo que instalarme un sistema de alarma con cámaras. Todo el mundo dice que es un barrio muy seguro, pero ahora mismo no me siento segura en absoluto.

Mientras conduzco de vuelta a casa por la autovía, me aproximo a la salida que hay que tomar para ir a Christopher's. Hace una semana entera que no me paso por ahí, desde aquella espectacular noche con Brady que terminó cuando salí disparada de su casa. Me parece muy injusto no poder volver por su culpa. Soy clienta asidua desde hace años, mientras que él acaba de empezar a trabajar en el local. Christopher's me pertenece más a mí que a él.

Aunque sé que no debería, enfilo la salida y recorro el resto del trayecto hasta Christopher's. Solo echaré un vistazo dentro para comprobar si hoy tiene turno Brady. Si es así, me marcharé. Si no, me pediré un old fashioned.

No quiero volver a ver a Brady, y no por lo que me dijo de él esa señora, algo que, al recordarlo, me parece aún más demencial ahora que el día en que sucedió. Simplemente no puedo iniciar una relación con alguien ahora mismo. Y, si paso más tiempo con él, se formará una idea equivocada. Ahora mismo no tengo espacio para eso en mi vida.

Estoy de suerte. Cuando miro al interior del bar, hay otro barman sirviendo copas, uno nuevo al que no reconozco. No veo a Brady por ninguna parte, gracias a Dios.

Aunque, a decir verdad, una pequeña parte de mí se lleva un chasco.

En vez de dirigirme hacia la barra, me retiro a un reservado del fondo. Cuando una camarera se acerca, le pido mi old fashioned. Pero me temo que un cóctel no bastará para consolarme después de todo lo que ha pasado hoy. Dudo que haya nada que pueda ayudarme a sentirme mejor.

—¿Nora?

Alzo la cabeza de golpe al oír mi nombre. Se me corta la respiración cuando veo a Brady de pie frente a mí. Parece sorprendido de verme, pero no disgustado.

—Hola —digo—. Hum..., no sabía que estabas trabajando ahora.

Brady desplaza la vista hacia la barra antes de posarla de nuevo en mí.

—Acabo de terminar mi turno.

Guau, vaya puntería la mía.

—Supongo que no te apetece un poco de compañía, ¿no? —pregunta.

Me quedo mirando mis manos, apoyadas sobre la mesa.

—La verdad es que no. Lo siento.

En ese momento, la camarera reaparece con mi old fashioned y lo deposita delante de mí sin mucha ceremonia. No puedo evitar fijarme en la sonrisa que le dedica a Brady ni en el modo en que le toca el hombro al saludarlo. Él la trata con cortesía, pero no muestra un gran interés. No sé por qué se empeña en pasar tiempo conmigo cuando resulta evidente que podría estar con cualquier otra chica de este bar.

Cojo mi vaso de old fashioned y tomo un sorbo, anhelando esa sensación cálida y agradable. En cambio, por poco lo escupo.

—¡Puaj! —exclamo—. ¡Está malísimo!

La camarera me ha oído, porque sigue por aquí, intentando hablar con Brady. Echa una ojeada al cóctel y se encoge de hombros.

—Lo siento, así los prepara el nuevo barman.

—Pues lo ha preparado mal. —Empujo el vaso para apartarlo de mí—. Sabe demasiado amargo.

Brady esboza una sonrisa ladeada.

—Tranquila, ya te lo hago yo.

—No tienes por qué —le dice la camarera—. Has acabado tu turno.

—No pasa nada.

Antes de que yo pueda decir una palabra más, recoge mi vaso y se va detrás de la barra. Veo que habla con el barman, explicándole cómo preparar la bebida. Me pregunto dónde habrá aprendido a mezclar cócteles. Parece que se le da bastante bien, considerando que antes prácticamente solo había trabajado en Silicon Valley.

Al cabo de un minuto, regresa con otro vaso que deja delante de mí. Espera un momento mientras lo pruebo. Está delicioso, por supuesto, con el equilibrio perfecto entre lo dulce y lo amargo.

Tal como le gustaba a mi padre.

—Muchas gracias —digo.

—Ha sido un placer.

Después de inclinar la cabeza, gira sobre los talones y echa a andar hacia la salida. Me muerdo el labio inferior con tanta fuerza que estoy segura de que me he hecho sangre.

—¡Brady! —lo llamo, aunque sé que estoy cometiendo un error.

Se para en seco y se vuelve hacia mí.

—Dime.

Respiro hondo.

—En realidad, creo que sí me vendría bien un poco de compañía.

Se le dibuja lentamente una sonrisa en los labios. Sin vacilar, regresa al reservado y se acomoda en el asiento que tengo delante.

—Esperaba que dijeras eso.

Me permito sonreír también.

—Que conste que estoy casi segura de que podrías llevarte a esa camarera a tu casa cuando quisieras.

—Tal vez. —Mantiene los ojos fijos en mí, sin mirar a la camarera. Me ha entendido perfectamente—. Pero estoy mucho más interesado en ti.

—Ya veo… —Bebo otro trago de old fashioned. Le ha quedado incluso mejor que la última vez—. Así que te gustan los retos.

—No, no es por eso.

—Entonces ¿por qué?

Agarra la servilleta que tiene delante y se pone a juguetear con ella.

—Nunca he dejado del todo de pensar en ti desde que estábamos en la universidad.

Suelto una sonora risotada.

—Anda ya.

—¡En serio! Como dice la canción, dejaste un vacío profundo y blablablá.

—Solo estuvimos saliendo tres meses.

—Sí, pero… —Rasga ligeramente la servilleta—. Sé que a primera vista no teníamos mucho en común. A ver, yo era un friki de los ordenadores y tú estabas volcada en la medicina. Aun así, tengo la sensación de que conectábamos. Te parecerá ridículo, pero es lo que sentía.

Ya, ¿y qué clase de persona conectaría con alguien como yo?

Se encoge de hombros.

—La verdad es que no he sentido nada parecido por nadie desde que lo dejamos.

—¿Nunca?

Niega con un gesto.

—¿Ni siquiera por tu exmujer?

Me dirige una medio sonrisa.

—Bueno, si hubiera sentido algo así por ella, seguramente seguiríamos casados, ¿no crees?

—Tal vez sí, tal vez no.

—El caso es que no sé por qué rompiste conmigo —dice—.

Estaba convencido de que todo iba genial y, ¡zas!, de repente me llamas para decirme que hemos terminado.

—Siento haberlo hecho así.

—¿Hay alguna posibilidad de que me expliques por qué? —Junta las cejas—. Solo para tenerlo presente de cara al futuro, claro.

—No tuvo nada que ver contigo. Simplemente sentí que las cosas se estaban poniendo demasiado serias, y yo no buscaba nada serio. Sigo sin buscarlo.

—Entiendo, pero... —Cuando parece estar a punto de añadir algo, cambia de idea—. Está bien. Supongo que es lo que hay.

Apuro el vaso de old fashioned.

—¿Quieres que vayamos a tu casa otra vez? —suelto sin darme tiempo a cambiar de idea.

—Sí —dice tan rápidamente que casi me da la risa—. ¿En dos coches otra vez?

—Sí.

—Puedo traerte de vuelta después, si...

—Dos coches.

—Está bien. —Asiente—. Vámonos.

21

Esta vez es incluso mejor que la anterior. Como sigamos por este camino, dentro de un mes acabaré en coma. Pero habrá valido la pena.

Cuando me acurruco junto a Brady en su cama de matrimonio, él alarga el brazo para coger su móvil y marca un número.

—¿A quién llamas? —le pregunto.

—Voy a pedir una pizza —responde—. No digas que no. Si no te apetece, me la zampo yo entera. Me muero de hambre. Me has abierto el apetito.

—Comeré un poco —digo, porque la idea me resulta de lo más tentadora. A mí también me ha abierto el apetito.

—¿Sí? —oigo que Brady dice al teléfono—. Sí, quería pedir una pizza grande de queso con... pepperoni..., champiñones..., cebolla... —Le doy un codazo suave en las costillas—. No, perdón, sin cebolla. ¿Una ensalada para acompañar? —Me mira con las cejas arqueadas y yo hago un gesto afirmativo—. Sí, una ensalada también. Y... ¿patatas fritas? —Sacudo la cabeza—. No, no, sin patatas. Solo la pizza y la ensalada. —Después de colgar, se vuelve hacia mí—. Tenemos media hora. ¿Echamos otro?

Le pincho el hombro con el dedo.

—¿De verdad tienes ganas?

Sonríe de oreja a oreja.

—Si tú tienes, yo también.

Lo medito un momento, pero entonces niego con la cabeza. Creo que no me quedan fuerzas para volver a la carga. Me impresiona su aguante.

—¿Y si vemos un rato la tele?

—Tus deseos son órdenes. —Coge el mando a distancia, que está en la mesilla de noche, y vacila unos instantes antes de encender el pequeño televisor que está en equilibrio sobre la cómoda—. ¿Quieres ver una peli?

De pronto, experimento un *déjà vu*, el recuerdo de Brady diciéndome esas mismas palabras: «¿Quieres ver una peli?». Luego escogíamos invariablemente una cinta con violencia y sangre a raudales.

—¿Todavía te gusta el cine gore? —pregunto.

Por un momento, me mira como si no supiera de qué estoy hablando. Pero entonces se ríe.

—Qué va. Hace años que no veo una peli de esas. En ese sentido he madurado.

Me invade una repentina sensación de alivio. Ha madurado. Su afición por esa clase de películas no era más que una fase.

—Entonces ¿qué te apetece que veamos?

—Algo que esté bien. Soy muy fan de Quentin Tarantino.

¡Quentin Tarantino! ¡Eso no es mejor que el cine gore! Hasta puede que sea peor. Bueno, tal vez tanto como eso no, pero dudo mucho que sea mejor. Sus películas son de lo más violentas. ¿No había una en que una mujer decapitaba como a doscientos ninjas?

—Pero podemos ver otra cosa —añade—. Si quieres ver una romántica, por mí bien. Me da igual.

Debo de gustarle mucho, para que me ceda el control de su televisor.

—A ver qué hay en la tele —digo.

Brady enciende el televisor. Están puestas las noticias de las diez. Para mi consternación, la periodista está hablando de Shelby Gillis. Muestran unas imágenes, seguramente grabadas hace unas horas, de la ruta de senderismo donde ha aparecido el cadáver de la chica.

«Shelby Gillis, de veintiséis años, ha sido encontrada con múltiples quemaduras por cuerdas en el cuerpo y heridas de arma blanca en el pecho —dice la periodista—. Además, se le han amputado las manos antes de la muerte».

Me vuelvo hacia Brady para ver su expresión. No parece especialmente sorprendido ni horrorizado por la noticia.

—Qué miedo —comenta.

—Sí —jadeo.

—Es como lo de aquel asesino en serie de hace años, ¿no? —dice—. Aaron Nierling. Lo llamaban el Manitas, ¿te acuerdas? Debíamos de tener unos once o doce años entonces.

Me viene a la memoria la noche en que vi a Brady en el bar por primera vez y la rapidez con que acertó la respuesta a una pregunta del concurso de televisión, que era el nombre de mi padre.

—No mucho —farfullo.

—Sí, hombre —insiste, dándome un empujoncito con el codo—. Les cortaba las manos a todas sus víctimas y las guardaba en un arcón como recuerdos o alguna chaladura por el estilo.

Noto que me sube la bilis por la garganta.

—Por favor, dejemos el tema...

Brady abre mucho los ojos.

—Ah, mierda, lo siento. Te estás poniendo pálida solo de oírme. No quería meterte mal rollo. Es que creía recordar que estas cosas no te afectaban. Además, como eres cirujana...

Trago saliva. Por supuesto, era de esperar que el caso saltara a todos los medios, pero no deseo oír nada al respecto ahora mismo. Quería olvidarme del asunto un rato. Busco a tientas mi pijama quirúrgico en el suelo.

—Eh. —Se incorpora en la cama—. Oye, lo siento. No irás a marcharte, ¿verdad? —Alarga la mano hacia su pantalón—. Oye, no puedes irte.

Estoy volviendo del derecho la blusa de mi uniforme sanitario, pero me detengo y alzo la vista hacia los ojos de Brady.

—¿Por qué no?

—Porque, si hubiera sabido que no ibas a estar, habría pedido la pizza con cebolla. Así que no es justo.

Relajo los hombros. No sé por qué estoy dejando que esto me altere tanto. He venido aquí para distraerme, aunque sea solo unos momentos.

—Me quedo por la pizza —digo—, pero no pienso ver las noticias.

—Ya encontraré algo chulo que podamos ver juntos —promete.

Lo observo mientras se recuesta de nuevo sobre su almohada y se pone a zapear como si esa fuera su misión. A pesar de todo, no puedo evitar sonreír. Es realmente mono.

Mientras busca algo que valga la pena, me levanto para ir al baño. Como el pasillo está completamente a oscuras, casi me doy con el dedo del pie contra el marco de la puerta al salir del dormitorio. El baño está a la izquierda, y, justo al lado, esa otra habitación. Su estudio. La puerta sigue cerrada, supongo que con llave.

Noto de nuevo una opresión de angustia en el pecho. ¿Por qué echa la llave a ese cuarto? Es algo muy raro. A ver, la puerta del piso está bien cerrada, y él es el único que vive aquí. ¿Qué necesidad hay de cerrar también esa habitación? No puedo evitar pensar en lo que me dijo la señora Chelmsford en la tienda.

«Por las noches oigo alaridos que vienen de arriba. Voces de mujer que piden ayuda a gritos».

Vuelvo la vista hacia el dormitorio, donde Brady sigue cambiando de canal sin parar. En vez de entrar en el baño, me acerco a la puerta de la habitación misteriosa.

No es más que un estudio. Seguro que me ha dicho la verdad. ¿Por qué habría de mentirme?

Aunque..., ¿por qué mentía mi padre sobre lo que había en el sótano?

«No todos los hombres son asesinos psicópatas, Nora».

Brady es majo. Lo era en la universidad y lo sigue siendo ahora. Ese cuarto es un simple despacho. No me cabe duda de que es verdad que lo cierra con llave para mantener a salvo sus documentos bancarios, y con más razón teniendo en cuenta que vive en un barrio poco recomendable.

Tras mirar de nuevo para asegurarme de que Brady continúa concentrado en el televisor, doy un paso más hacia la puerta cerrada. Poso la mano en el pomo, suponiendo que estará echada la llave, como en la ocasión anterior. Sin embargo, no es así. El pomo gira bajo mi mano y abro la puerta.

Me quedo boquiabierta al ver el interior de la habitación. No es un estudio, ni nada remotamente parecido. Dios santo.

Antes de que pueda decir una palabra, siento la sombra de la presencia de Brady detrás de mí.

22

Nora —dice Brady.

No consigo apartar los ojos de aquello. Sacudo la cabeza.

—Dime qué es.

Como me había asegurado que era su estudio, esperaba encontrarme un escritorio, un ordenador, tal vez algún que otro archivador. Pero en este supuesto estudio no veo nada de eso.

En cambio, hay una cama, una cama individual con una colcha rosa. También hay varios animales de peluche colocados a lo largo de la pared. La almohada está estampada con la imagen de un personaje de dibujos animados que no reconozco. Y, arrimada a la pared opuesta, hay una pequeña casa de muñecas también rosa.

—Nora… —Brady se frota la nuca—. Lo siento. Es que…

—¿Qué es esto?

Dirige la mirada hacia la habitación, de un rosa cegador, y la posa de nuevo en mí con la vergüenza grabada en el rostro.

—Es el cuarto de mi hija.

—¿Tienes una hija?

—Sí. —Desplaza su peso de un pie descalzo a otro—. Siento no habértelo dicho. Lo que pasa es que... No sé. No me parecía adecuado.

No estoy segura de cómo tomármelo. Me ha estado mintiendo, aunque en parte ha sido por omisión. Pero no del todo: me dijo que era su estudio, cuando salta a la vista que es el dormitorio de una niña pequeña.

—¿Cómo se llama?

—Ruby. —Consigue esbozar un asomo de sonrisa—. Tiene cinco años. Vive con su madre casi todo el tiempo, pero se queda aquí en fines de semana alternos. ¿Quieres que te enseñe una foto?

Hago un gesto afirmativo, más que nada para asegurarme de que esa niña existe de verdad. No tengo el menor interés en mostrar entusiasmo por lo bonita que es su hija, y menos aún después de que me ocultara su existencia.

Va al dormitorio a buscar su móvil y abre enseguida una imagen en la pantalla. Es la fotografía de una cría con la nariz y el mentón de su padre, y una cabellera castaña recogida en unas coletas adorables. Le falta uno de los dientes delanteros, lo que también resulta adorable. Brady me mira ansioso mientras examino el retrato.

—Es mona —digo en tono inexpresivo.

—Hum..., gracias.

Le tiendo el teléfono y él lo coge.

—Creo que me voy a ir —murmuro.

—¿Qué? —Le cambia la expresión—. Venga, Nora, no te vayas. Por favor...

Lo fulmino con la mirada.

—¿Por qué me has mentido sobre el hecho de que tenías una hija?

—No lo sé. —Agacha la cabeza—. Oye, solo hace un año que me divorcié y aún no me he acostumbrado a todo esto…, ya me entiendes, a esta situación. No quiero presentarle a alguien que solo aparecerá por aquí durante una o dos semanas. Y, para serte sincero, la otra noche me dio la impresión de que sería solo un rollo de una noche. No me apetecía hablar de Ruby.

Pongo los brazos en jarras.

—O sea que, en resumen, no te fiabas lo suficiente de mí para decirme que tenías una hija.

—Bueno, para ser justos, hay que reconocer que te marchaste unos cinco segundos después de que nos acostáramos.

Suelto un resoplido.

—Y, mira por dónde, es lo que voy a hacer ahora mismo.

—Nora…

Pero es demasiado tarde. Paso por su lado apartándolo de un empujón y me dirijo al salón, donde recojo mi bolso, mi chaqueta y mis zapatos. Él me sigue, con la frente arrugada. Aún va con el torso desnudo, lo que me distrae un poco, pero no me impide alcanzar mi meta principal, que es largarme de aquí.

—Nora, lo siento mucho —dice—. Iba a contártelo esta noche, te lo juro.

—Sí, claro. Y yo que me lo creo.

—A ver, eso no cambia nada, ¿o sí?

Meto el brazo en la manga de mi chaqueta.

—No, no cambia nada. Solo me deja claro lo que piensas de mí. Conque dejé un vacío profundo, ¿no? Qué frase tan bonita para llevarme al huerto. Muy eficaz.

Hunde los hombros.

—No era una frase para llevarte al huerto. Es la verdad.

Me giro para mirarle a la cara. Se le ve destrozado. Estoy segura de que se arrepiente de no haberme hablado de su hija desde el primer momento, pero en el fondo da igual. Hizo bien en no decírmelo. Si lo hubiera sabido antes de visitar su casa por primera vez, no me habría ido a la cama con él. No necesito este tipo de complicaciones en mi vida.

—Adiós, Brady —digo.

—Deja que te acompañe a tu coche.

—No.

Por un momento, su expresión de tristeza cede el paso a un ramalazo de rabia.

—Oye, pensaba hablarte de Ruby... Estás sacando las cosas de quicio. Me da la sensación de que estás utilizando esto como excusa para largarte. Otra vez.

—No es verdad.

Levanta una ceja.

—Ah, ¿no?

Sacudo la cabeza. No lo entiende. Hay una razón por la que no me reveló lo de su paternidad, la misma razón por la que le gustaba tanto salir conmigo: le doy miedo. Le provoco las mismas emociones fuertes que las películas de asesinos psicópatas que veía en su época de universitario. Aunque no sabe lo de mi padre, sabe que hay algo siniestro en mí. Lo intuye.

Lo atemorizo. Solo un poco. Y por eso no quería que supiera que tiene una hija.

—Adiós, Brady —repito.

Y, cuando cruzo el umbral, no me sigue.

Una vez fuera, el aire fresco de la noche me despeja la cabeza. No era consciente de lo sofocante que es el ambiente en aquel piso diminuto hasta que he salido. Vuelvo la vista hacia la casa, y entreveo a la casera de Brady en el porche, meciéndose lentamente. Con la mirada fija en mí.

Me rodeo el torso con los brazos, aliviada por saber que nunca regresaré a este lugar.

23

A la mañana siguiente, la noticia de los dos asesinatos aparece en todos los medios.

Todo el mundo habla de que hay un nuevo asesino en serie en el área de la bahía de San Francisco. Y, por supuesto, estos crímenes traen a la memoria de la gente los asesinatos del Manitas, por su semejanza obvia. Los informativos señalan que este lleva veintiséis años en la cárcel y que seguirá allí hasta el día de su muerte. La persona que ha matado a estas mujeres está imitando su *modus operandi*.

Menos mal que tengo varias operaciones esta mañana que me mantendrán ocupada. Me concentro en el trabajo y, durante unas cinco horas, dejo de pensar en Amber Swanson, Shelby Gillis y, sobre todo, Brady Mitchell.

Pero luego, en el trayecto en coche hacia el consultorio para atender a mis pacientes de la tarde, pongo la radio, y no hay emisora en la que no hablen del suceso. Todo el mundo está fascinado, tal como lo estaban hace años con el Manitas. Al final no me queda otro remedio que apagar la radio y conducir en silencio.

Milagrosamente, llego al consultorio diez minutos antes de que empiece mi turno de la tarde. Harper y Philip están sentados en la recepción, comiéndose unos sándwiches submarinos con las cabezas muy juntas.

Aunque ya no me quedan energías ni para preocuparme por los intentos de Philip de ligarse a Harper, me aclaro la garganta de forma muy ruidosa.

—Hola, Nora —dice él como si no hubiera roto un plato en su vida—. Nos sobra un sándwich, si lo quieres. Un submarino italiano.

—No, gracias —farfullo. Me he zampado una hamburguesa del puesto ambulante y siento como si tuviera una tonelada de piedras en el estómago.

Harper levanta hacia mí sus ojos azules.

—¡Doctora Davis, sus dos pacientes salen en todos los informativos! ¿Lo sabía?

—Y ni siquiera mencionan nuestro consultorio —refunfuña Philip—. Sería una publicidad fantástica.

Harper pone los ojos en blanco, pero con cariño. Ahora mismo no puedo enfrentarme a esto.

—¿Sabes que Harper ni siquiera había oído hablar del Manitas? —dice Philip.

Ella se ríe.

—¡No había nacido todavía!

—Pero tú sí, ¿verdad, Nora? —Philip posa la mirada en mí—. Te acuerdas de él, ¿no?

Claro que me acuerdo de él. Tenía once años cuando la policía descubrió lo que había en nuestro sótano.

—Un poco. Fue hace mucho tiempo.

—Mató como a veinte mujeres —dice él. En realidad, solo se confirmaron dieciocho asesinatos, aunque seguramente fueron más de treinta—. Y conservaba las manos como recuerdos. Menudo majara.

—Hum —murmuro.

—Me parece que era de Oregón. —Philip se acaricia la barbilla, pensativo—. ¿Tú no eras de Oregón, Nora?

—No.

—¿No estudiaste en la Estatal de Oregón? Recuerdo que es lo que ponía en tu currículum.

Respiro hondo para serenarme. Quería irme a estudiar a otro estado, pero no me alcanzaba el dinero. La universidad estatal era mi mejor opción, sobre todo porque sabía que contraería una deuda estratosférica al cursar un posgrado en medicina.

—Pues recuerdas mal —replico.

Enarca las cejas.

—Si tú lo dices…

A Philip le resultaría muy fácil investigar dónde estudié y ponerme en evidencia, claro. No sé por qué no lo he reconocido sin más. No es ningún delito haber vivido en Oregón.

—Voy a mirar mis mensajes —mascullo antes de dejar que Harper y Philip sigan con lo que fuera que estuvieran haciendo. No pienso permitir que eso me afecte. Si Harper está con Philip, al menos él podrá mantenerla a salvo del psicópata que acecha a mis pacientes.

En mi despacho, abro la lista de mensajes en mi ordenador. En su mayor parte son de pacientes y de clínicas. Sheila ha marcado algunos para indicar que ya los ha leído y contestado. Sin embargo, hay dos que destacan entre los demás.

Uno es de Brady Mitchell.

Me ha buscado en Google para averiguar dónde trabajo. Y luego ha telefoneado al consultorio para intentar hablar conmigo.

El mensaje solo dice que debería llamarlo e incluye su número de teléfono, por si lo he borrado de mi móvil. Estuve tentada de borrarlo, pero no lo hice. Si quisiera llamar a Brady, nada me lo impediría. Pero no quiero.

El otro mensaje resulta mucho más inquietante. Es del inspector Barber.

Al igual que el de Brady, no contiene información real. Solo me pide que lo telefonee. «Cuanto antes».

¿De qué querrá hablar conmigo el inspector? Ya le he contado todo lo que sé.

Por otro lado, supongo que tan terrible no será si no se ha presentado aquí o en mi casa. Solo quiere que hablemos por teléfono. A lo mejor necesita datos médicos de Amber o Shelby. Si es así, tendré que pedirle una orden judicial. No pienso revelar información confidencial de pacientes mías, aunque hayan fallecido.

Tengo la agenda llena para esta tarde, sobre todo de visitas de seguimiento. Intento no pensar ni en las chicas muertas ni en dónde habrán ido a parar sus manos cercenadas. ¿Estarán sus huesos dentro de un arcón, en el sótano de alguien?

No quiero ni imaginármelo. Me horroriza demasiado.

Mi paciente de las cuatro viene a una primera consulta. Se llama Gloria Lane. Al parecer, es una mujer de cincuenta y ocho años y tengo que valorar si necesita una operación de vesícula. Cojo su historia clínica de la puerta y echo una ojeada a las notas que ha tomado Sheila. Entonces siento que alguien me toca el hombro.

—Solo para que lo sepas —dice Sheila—, hay algo en esa mujer que me da mala espina.

—¿Mala espina?

Asiente.

—Nos dio el nombre de su doctora de atención primaria, pero no solo no nos ha llegado el informe de derivación, sino que la doctora ni siquiera ha oído hablar de ella. Es un poco raro, ¿no crees?

—Ya... —Cierro el puño sobre los papeles que llevo en la mano—. Entonces ¿qué explicación se te ocurre?

—¿De verdad quieres saber mi opinión? —Mira la puerta de reojo—. Creo que a lo mejor es periodista. No conseguirás ocultar durante mucho tiempo que las dos chicas asesinadas se trataban aquí.

Tuerzo el gesto.

—Philip está dispuesto a ir en persona a las televisiones a hablar de ello. Cree que sería una buena publicidad para el consultorio.

Sheila mantiene una expresión pétrea.

—Pues es idiota. Esto no nos conviene. Si la tía es reportera, deberíamos echarla de inmediato.

Inclino la cabeza en señal de conformidad. Espero que Gloria Lane sea una paciente común y corriente, pero el instinto me dice que Sheila está en lo cierto; no tiene un pelo de tonta.

Cuando abro la puerta, veo sentada en una de las sillas a una mujer vestida con vaqueros y un jersey. No se ha molestado en ponerse la bata que le hemos facilitado, lo que ya de por sí me parece sospechoso.

En cambio, su aspecto no lo es. No tiene pinta de ser una reportera a la caza de información. Su pelo canoso está alborotado. Tiene unas oscuras ojeras moradas. Aparenta diez años más de los que en teoría tiene.

—¿Doctora Davis? —dice.

—Sí. —La miro con el ceño fruncido. Intento sonreírle, pero no me resulta fácil dada su apariencia—. La señora Lane, ¿verdad?

Levanta hacia mí los ojos, inyectados en sangre.

—La señora Swanson, en realidad —dice—. Soy la madre de Amber Swanson.

—Ah... —Mierda, Sheila tenía razón—. Señora Swanson, lamento mucho su pérdida.

Me mira con desprecio.

—Sí, claro.

Se me seca la boca y, de pronto, me cuesta tragar.

—Por supuesto que lo lamento.

—¿A quién quieres engañar? —Me fulmina con la mirada, y se me cae el alma a los pies—. Sé quién eres, Nora Nierling.

Al oír mi nombre, reacciono de la única manera posible: cerrando la puerta de la sala de reconocimiento para que nadie nos oiga.

24

La madre de Amber sabe quién soy. Mal asunto.

Mantiene clavados en mí sus ojos, azules como los de su hija. Por su edad, habría podido ser una de las víctimas de mi padre en aquella época. Todo es cuestión de encontrarse en el sitio equivocado en el momento equivocado.

—Señora Swanson —digo en voz baja, para que nadie de fuera me oiga—. Quiero que sepa que no he tenido absolutamente nada que ver con la muerte de su hija. No tengo ni idea de qué le habrán dicho, pero...

—¿No crees que es demasiada casualidad? —Se pone de pie, sin despegar la vista de mí en ningún momento—. Tu padre mató a todas esas mujeres y les cortó las manos. Y ahora, de repente, dos pacientes tuyas acaban igual.

—No sé si es casualidad o no —reconozco—, pero no soy la responsable, señora Swanson. Jamás haría una cosa así.

—Seguro que no.

—Señora Swanson... —insisto, en el tono más amable y sereno posible—. Sin duda sabe que le salvé la vida a Amber. Se le habría reventado el apéndice si no la hubiera operado. A eso me dedico: a salvar a la gente. Nunca mataría a nadie.

La señora Swanson da un paso hacia mí.

—Y una mierda. No me creo ni una palabra de lo que dices.

¿Y una mierda? Es cierto que le salvé la vida a su hija. Es un hecho objetivo, lo crea o no.

—Escúchame bien, Nora Nierling —sisea—. Es evidente que sabes algo que no quieres contarle a la policía.

—No es verdad —insisto, pero me quedo pensativa una fracción de segundo al recordar la carta de mi padre que encontré en el suelo de la cocina. Y ella lo nota, claro.

—¡Sí que es verdad! —Los ojos se le arrasan en lágrimas de rabia—. ¿Qué ocultas? ¿Qué sabes sobre lo que le ocurrió a mi hija?

—Nada. —Con un esfuerzo admirable, consigo evitar que me tiemble la voz—. Le juro, señora Swanson, que...

—Mentirosa. —Agarra una palangana de la encimera y la tira al suelo con violencia. El estrépito me hace pegar un brinco—. ¿La mataste tú?

—¡No!

¿Cómo puede pensar eso? Sí, mi padre era un monstruo. Yo soy su hija, compartimos la misma sangre, pero eso no me convierte en una asesina como él. ¿Cómo puede acusarme de algo así? Gracias a mí su hija no murió de una peritonitis, por Dios santo.

—Solo quiero que sepas que, en cuanto salga de aquí, iré directamente a hablar con la prensa —dice con voz trémula—. Se lo voy a contar todo sobre ti.

Se me encoge el estómago. Es lo último que necesitaba oír. Llevo veintiséis años huyendo de mi identidad como Nora Nierling. Nadie tenía idea de quién era yo, y no quería que eso cambiara. ¿Qué voy a hacer si el mundo entero descubre quién es Nora Davis? No puedo volver a cambiarme el apellido. Mi licencia médica está a nombre de Davis.

Por otra parte, tal vez sea el menor de mis problemas. Me pregunto de qué quiere hablar conmigo el inspector...

—Por favor, no lo haga —le ruego—. Le juro que no fui yo quien le hizo daño a su hija. Soy incapaz de una cosa así. Si acude a los medios, me destrozará la vida.

—Ojalá. —Le relampaguean los ojos azules—. Es lo que te mereces, maldito..., maldito monstruo.

Da otro paso hacia mí, pero no me inmuto. Es más baja que yo y como veinte años mayor. Es posible que vaya armada, pero yo también. Llevo un escalpelo en el bolsillo delantero de mi uniforme.

Así que no le tengo miedo.

Quizá lo percibe, porque pasa por mi lado, abre de un tirón la puerta y sale con paso furioso.

Una vez que se ha marchado, me quedo ahí, de pie, sin saber muy bien qué hacer. Tengo la sensación de que falta más o menos un día para que todo mi mundo salte en pedazos. Philip quería publicidad, pero ni se imagina lo que sucederá cuando todos se enteren de la verdad..., porque él tampoco la conoce. Si supiera quién soy en realidad, movería cielo y tierra para evitar que la información saliera a la luz.

Pero ya es demasiado tarde. La señora Swanson hablará con la prensa, y yo no puedo hacer nada para impedírselo.

25

Veintiséis años antes

A la mañana siguiente, me despierto a las seis. Los demás aún duermen.

No es que haya dormido mucho. Me he pasado buena parte de la noche dando vueltas en la cama. Además, he tenido que levantarme para hacer pis porque había bebido demasiada agua. Pero esa no fue la única razón por la que apenas pude pegar ojo.

Después de bajar las escaleras, lo primero que hago es intentar abrir la puerta del sótano, pero está cerrada con llave. Como siempre.

Me quedo mirándola. A lo mejor lo he soñado todo: mi bajada al sótano, la jaula en el rincón, los gritos ahogados que venían de dentro, el olor a podrido que impregnaba todos los recovecos de la habitación.

Pego la oreja a la puerta. No oigo nada. Hasta el olor a podrido parece haberse ido, y ahora solo huele a lavanda.

Me dirijo al salón y me tiro en el sofá. Cojo el mando y enciendo la tele. Cuando me levanto temprano, suelo ver los dibujos, pero esta vez pongo el informativo.

Al cabo de unos veinte minutos, dan la noticia. Mandy Johansson, una chica de veinticinco años de Seattle, lleva una semana y media desaparecida. Según su novio, salió a correr a última hora de la tarde y ya no volvió. Nadie ha sabido nada de ella desde entonces, pero la búsqueda sigue en curso.

En ese momento aparece en la pantalla una foto de Mandy Johansson. Es muy guapa. Tiene una piel blanca como la leche, ojos azules grandes y el pelo largo y oscuro. En la foto se la ve riendo. Parece buena persona.

Cierro los párpados. Aún puedo ver aquel ojo azul que asomaba entre los barrotes cuando levanté la sábana que cubría la jaula.

No fue un sueño, ¿verdad?

Mandy Johansson está en nuestro sótano.

—Buenos días, Nora.

Es la voz de mi padre. Busco a tientas el mando con la mano derecha y pulso rápidamente el botón de apagado justo antes de que él entre en el salón vestido con el pijama sanitario azul que siempre lleva cuando se va a trabajar.

—Hola, papá.

Alborota con la mano mi pelo despeinado de recién levantada.

—Sí que has madrugado.

—Sí —murmuro.

Estiro el cuello para seguirlo con la mirada mientras se va a la cocina a poner la cafetera. Mientras espera a que el café esté listo, se acerca y se sienta junto a mí en el sofá.

—Me gustó encontrarte en el sótano anoche —dice.

La gente siempre alaba el tono de voz tranquilo de mi padre. Según mamá, eso ayuda a los pacientes a calmarse antes de que les saque sangre. Alguien le dijo una vez que podría hacer grabaciones de esas que ayudan a dormir a la gente. Nunca levanta la voz, ni siquiera cuando está disgustado.

La gente dice lo mismo de mí.

—Sí —respondo.

—Podrías bajar de nuevo esta noche.

—Tal vez.

Tras darme una palmada en el hombro, va a por su café. Lo miro mientras se lo sirve en una taza. Tiene una pinta de lo más normal, como un padre de los que salen en los anuncios.

Pero mi padre no es normal.

Es un poco como yo.

Me quedo sentada en el sofá, contemplando la pantalla oscura del televisor hasta que él se marcha a trabajar. Cuando sale por la puerta, vuelvo a poner las noticias. Quiero saber más de Mandy Johansson.

Voy cambiando de canal hasta que por fin doy con otro periodista que habla de Mandy. Está entrevistando a su familia. Su madre, con unos ojos azules como los de ella, mira fijamente a la cámara y suplica que dejen que su hija vuelva a salvo a casa. «Queremos mucho a Mandy. Solo queremos verla de nuevo».

—¿Qué te has puesto, Nora?

No he oído a mi madre entrar en el salón. Está en bata, con el cabello castaño apuntando en todas las direcciones. Mira fijamente la pantalla con los ojos entrecerrados.

Es demasiado tarde para apagar la tele y decirle que estaba viendo los dibujos animados.

—Son las noticias —contesto—. Una chica ha desaparecido en Seattle. Se llama Mandy Johansson.

Mamá se queda un rato viendo el informativo. Alzo la vista hacia su cara, que poco a poco se pone muy pálida.

—Ay, Dios —dice entre dientes. Se lleva una mano a la boca y corre hacia el fregadero de la cocina.

Oigo que le vienen arcadas.

Después de clase, me reúno con Marjorie detrás del cole.

Nunca la había visto tan contenta. Pensándolo bien, creo que nunca la había visto contenta. Supongo que es comprensible. Los otros chicos se meten con ella todo el rato. Nadie la defiende ni les dice que la dejen en paz. Nadie ha dado nunca la cara por ella.

Hoy hasta está más guapa. Le brilla más el pelo, lo que me hace pensar que no se lo cepilla normalmente. Además, tiene una mancha rosada de emoción en cada mejilla. Se le ilumina la cara cuando me ve.

—¡Hola, Nora! —dice—. ¡Has venido!

—Claro que he venido —contesto—. ¿Por qué no iba a venir?

No sabe qué responder a eso.

—¿Le has contado a alguien que habías quedado conmigo? —le pregunto, muy seria.

Niega con la cabeza con tanta fuerza que le bambolea la barbilla.

—Le he dicho a mi madre que iba a salir tarde del cole.

Mejor.

Decidimos ir a su casa. Cuando nos ponemos en marcha, apenas quedan alumnos alrededor del colegio. Dudo que nadie se fije en nosotras. Además, pronto doblaremos la esquina para tomar una calle tranquila.

Mientras caminamos, Marjorie parlotea sin parar sobre lo bien que lo vamos a pasar en su casa. Sé que está ilusionada, pero esto es inaguantable. Ojalá tuviera un botón para silenciarla.

—Ya verás cuando te enseñe mi cuarto —dice—. Tengo como ocho muñecas Barbie.

Bajo la vista hacia mis deportivas.

—No me gustan las muñecas. Son para niñas pequeñas.

—Ah. —Pone cara larga—. ¿Qué te gusta?

Mientras pienso una respuesta, pasamos junto a la ruta de senderismo que arranca de la carretera principal. Le doy un golpecito con el codo a Marjorie y aflojo el paso hasta detenerme.

—¿Alguna vez has ido por ahí?

Niega con un gesto.

—Mi madre no me deja.

—Ah. Es que creo que podría ser divertido explorar un poco. Como un juego.

Dirige la vista al sendero que se aleja por el bosque y luego me mira a mí.

—Es que... se supone que no debo ir por ahí.

—No debes ir por ahí sola, pero no estarás sola, sino conmigo.

—Yo... sigo creyendo que no estaría bien.

Cruzo los brazos sobre el pecho.

—Pues yo voy a coger el camino. Si no quieres, allá tú. Pero es una lástima, porque se me ha ocurrido un juego muy divertido al que podríamos jugar.

Casi oigo cómo giran los engranajes en la cabeza de Marjorie. Creo que es la primera vez en su vida que sale con una amiga y no quiere meter la pata.

—Está bien —dice suspirando—. Podemos ir por el camino, pero solo un rato.

—Genial. —Le sonrío—. Verás cómo te gusta el juego que he pensado.

Me devuelve la sonrisa.

—¿Cómo se llama?

Miro hacia la zona arbolada, donde no hay ni un alma hasta donde alcanza la vista.

—Se llama el cazador y la presa. Te va a encantar.

26

Ahora

Soy la última en irse del consultorio, ya una costumbre. Como Harper ha apagado todas las luces de la sala de espera, está totalmente a oscuras cuando llego ahí. Me paso un buen rato tanteando la pared hasta que doy con el interruptor, pero peor sería acabar en el suelo por chocar con una silla.

Como estoy acostumbrada al ajetreo de la sala de espera, el silencio que reina al anochecer me provoca escalofríos. Harper se ha dejado su libro de biología sobre el mostrador de recepción. Cuando me acerco a hojearlo, veo las meticulosas notas que ha escrito al margen. Recuerdo cuando yo estudiaba biología durante la carrera. Entonces tenía toda la vida por delante. Era una oportunidad para dejar atrás el pasado. «Nadie sabrá quién eres», me dijo mi abuela el día que partí hacia la universidad.

Y ahora, de algún modo, lo he tirado todo por la borda. Aunque, para ser justos, la culpa no es mía.

Bajo los escalones de dos en dos hacia el vestíbulo. Estoy deseando llegar a casa. Tengo la sensación de que esta será mi última noche de tranquilidad antes de que los periodistas empiecen a aporrear mi puerta. Tal vez me dé una buena ducha caliente. O, mejor todavía, un baño. ¿Cuándo fue la última vez que me bañé? Es posible que fuera en otra década.

Sin embargo, cuando llego abajo, hay alguien esperándome.

—Nora.

Doy un respingo.

—Brady, ¿qué haces aquí?

Está de pie en medio del vestíbulo del edificio, con las manos metidas en los bolsillos de su cazadora abierta. Cuando da un paso hacia mí, yo doy un paso hacia atrás.

—¿Podemos hablar? —pregunta.

—No, me temo que no.

—Nora...

Frunzo el ceño.

—¿De qué quieres que hablemos? Oye, lo pasamos bien. Me dejaste muy claro lo que sentías. Creo que... será mejor que lo dejemos así.

—¿Me concedes cinco minutos? —Alza la mano con los dedos separados—. Solo cinco minutos. Y si, después de eso, no quieres volver a verme jamás, te prometo que te dejaré en paz para siempre.

Exhalo un suspiro. Me da la impresión de que, si digo que no, no va a dejarlo. Cuanto antes me quite esto de encima, mejor.

—Está bien. Cinco minutos.

Bajo los ojos hacia mi reloj en un gesto elocuente, para dejarle claro que sus cinco minutos ya han comenzado.

—El tema es el siguiente. —Vuelve a introducir las manos en los bolsillos de su cazadora—. Mi divorcio fue espantoso. Ni siquiera me hubiera casado con ella si no se hubiera quedado embarazada. Reñíamos a todas horas, y yo estaba... Cuando todo terminó, no quería volver a meterme en una relación. Había quedado escarmentado para siempre. —Arruga la frente—. Pero entonces te vi sentada frente a la barra y me acordé de lo que se sentía al ser feliz con otra persona. Y de repente quise volver a estar con alguien. ¿Tiene sentido lo que digo?

Suelto un resoplido burlón.

—Eso no explica por qué me mentiste.

—Vamos, Nora. Los dos sabemos que odias a los niños.

—Que no quiera tenerlos no significa que los odie.

Es la verdad más grande que he dicho en mi vida. Los niños me gustan, pero no quiero transmitir mis genes a nadie. No puedo arriesgarme a crear otro Aaron Nierling. Jamás me lo perdonaría. Además, mi profesión es mi vida. Consume todas las horas que paso despierta. No me deja tiempo para criar niños.

Pero, por Dios santo, eso no quiere decir que los odie. Si fuera otra persona, si no fuera hija de quien soy, me encantaría...

Bueno, no vale la pena pensar en ello. Las cosas son como son.

—¿Hay algo que pueda decir? —pregunta—, ¿algo que pueda hacer para que te des cuenta de lo arrepentido que estoy? Porque me gustas mucho, Nora.

Cuando alzo la mirada hacia sus ojos castaños, advierto que habla muy en serio. No es que nadie haya querido ligar conmigo en los últimos diez años, desde que opté por llevar una vida célibe; ha habido varios hombres, pero a la mayoría de ellos no les importaba demasiado si les hacía caso o no. A Brady le importa. Pero ya lo superará, sobre todo cuando los medios revelen mi identidad mañana.

Me alegro de no tener que ver la cara que pondrá cuando se entere.

—Lo siento —digo—. Por cierto, tus cinco minutos han concluido.

—Está bien. —Suspira—. Qué le vamos a hacer.

Me quedo boquiabierta. Creía que se pasaría otros veinte minutos tratando de convencerme de que estamos hechos el uno para el otro.

—¿Ya está? ¿Te das por vencido?

—Pues... —Ladea la cabeza—. Me has dicho que no, así que... he pensado que... ¿Me estás diciendo que no debería darme por vencido?

Me quedo mirándolo, de pronto un poco confundida. ¿Quiero que siga insistiendo? Solo sé que, cuando ha tirado la toalla, he sentido una punzada de desilusión.

—Voy..., voy a buscar mi coche.

—¿Te acompaño? —se ofrece.

Nuestras miradas se encuentran. Mierda, voy a acabar en su casa otra vez. Ojalá tuviera un poco más de autocontrol. Por lo general, se me da mejor plantarme.

Salimos al aparcamiento oscuro que está justo delante del edificio. Hay algunas farolas, pero varias se han fundido. Tendré que avisar a los de mantenimiento. Brady camina conmigo en dirección a mi coche, pero solo después de que nos encontremos a unos pocos metros de él me percato de lo que ha pasado.

—¡Alguien me ha pinchado las ruedas! —exclamo.

Y no se ha limitado a hacerles un agujero para que se desinflen; veo que todas las gomas están desgarradas. Alguien ha dejado inservibles los neumáticos de mi coche. Me pregunto si habrá sido la señora Swanson. Pero no, ya hace horas que se marchó, y no me la imagino haciendo esto a plena luz del día. Aunque también es posible que regresara más tarde.

Me asoman lágrimas a los ojos, pero parpadeo para contenerlas. No había llorado desde... Ya ni siquiera recuerdo cuándo fue la última vez que lloré. Ha pasado mucho, mucho tiempo.

—Madre mía —jadea Brady—. ¿Pero esto qué es?

De pronto, me alegro mucho de que esté aquí conmigo. Si me hubiera encontrado con esto yo sola, me habría venido abajo por completo. Pero su presencia me tranquiliza.

—Tendré que llamar a la grúa. —Consulto mi reloj. Es aún más tarde de lo que pensaba. A este paso, a saber a qué hora llegaré a casa—. Lo que me faltaba. Llevo quince horas trabajando y ahora tengo que enfrentarme a esto.

—Deja que te lleve —se apresura Brady a decir—. No tienes que ocuparte de esto ahora mismo. De todos modos, no habrá ningún taller de servicio abierto. Ya llamarás a la grúa mañana.

Suelto un gruñido.

—No tengo tiempo para ocuparme de esto por la mañana.

—Pero yo sí. —Se agacha para examinar los neumáticos—. Vendré a primera hora y hablaré con el de la grúa. Yo me encargo de todo.

—¿Pretendes que deje la reparación de mi coche en tus manos?

Sus labios se curvan hacia abajo.

—¿No confías en mí ni para eso?

Dirijo la mirada hacia los neumáticos rajados de mi Camry antes de fijarla de nuevo en su expresión franca. Hace más de quince años que lo conozco, y nunca me ha dado motivos para desconfiar de él. Sí, me mintió sobre su hija, pero creo que fue más bien porque, en el fondo, era él quien no se fiaba de mí.

—Está bien —digo—. Gracias. —Rebusco mis llaves en el bolso, saco la del coche del llavero y se la tiendo—. Te lo agradezco.

Se guarda la llave en el bolsillo.

—Ven, te llevo a casa.

Al igual que yo, Brady tiene un vehículo práctico, aunque más viejo y destartalado. Subo al asiento del acompañante, junto a él. Es un alivio que el interior del coche esté limpio y que él no tenga que tirar al asiento trasero veinte envoltorios y latas de Coca-Cola vacías para que pueda sentarme.

—Es un detalle que no haya patatas del McDonald's desparramadas por todas partes —comento.

—Pues eso es lo que pasaría si dejara a Ruby a sus anchas.

—La limpieza es importante para mí.

Me guiña un ojo.

—El aseo y la virtud van de la mano, ¿no?

A pesar de todo, sonrío al oír el viejo dicho. Refleja mi forma de pensar. Me gusta que todo esté limpio y ordenado.

Brady coloca su teléfono en el soporte del salpicadero.

—¿Cuál es tu dirección?

Me quedo dudando.

Brady me dirige una mirada de exasperación.

—Nora, sé que quieres proteger tu privacidad, pero no puedo llevarte a tu casa si no me dices dónde vives. Te juro que solo utilizaré la dirección esta vez, y nunca haré uso indebido de ella, ¿de acuerdo?

—Vale —gruño.

Le dicto mi dirección y él la introduce en el GPS de su móvil. Arranca, y agradezco que no corra ni realice virajes bruscos que me hagan sentir que mi vida está en sus manos. Claro que, si está acostumbrado a llevar a una niña en el coche, es normal que haya aprendido a conducir con calma.

Me vuelvo hacia el asiento de atrás, esperando ver una silla infantil o un alzador, pero no hay nada de eso.

—¿No deberías llevar un alzador para la niña? —le pregunto.

Me sonríe.

—Muy cierto. La última vez que estuvo conmigo, Ruby me comunicó que es demasiado mayor para ir en una silla infantil y, como de costumbre, tenía razón, así que ayer la quité. El alzador llega mañana. Y estoy muy ilusionado porque ya no tendré que partirme la espalda cada vez que le ponga el cinturón.

Tiro de una hilacha del cordón de mi pantalón sanitario.

—Me cuesta imaginarte como padre. Creo que en mi cabeza sigues siendo un chaval de veinte años.

—En mi cabeza a veces también. —Gira a la derecha en un cruce—. Hay días que Ruby me pide una galleta más cuando ya ha comido demasiadas, y entonces me digo: «Qué narices, ¿por qué no?». No hay nada mejor que las galletas. ¿Por qué tengo que ser el policía de las galletas?

—¿Entonces se la das?

—A veces. —Se lleva un dedo a los labios—. No se lo digas a mi ex. Estoy intentando conseguir la custodia compartida, y algo me dice que este es el tipo de cosas que usaría en mi contra.

—¿Cómo es que no la acordasteis desde el principio? —Esto me sorprende. Brady parece un padre responsable.

—Pues... —Reduce la velocidad hasta detenerse frente a un semáforo—. Es una historia muy larga. No quiero aburrirte con eso.

Miro por la ventanilla, intentando distraerme de la opresión que siento en el pecho. No sé quién me habrá pinchado las ruedas, pero tengo la clara sensación de que no ha sido un incidente fortuito. Y, en cuanto los medios difundan quién soy en realidad, la situación no hará más que empeorar.

Vuelvo la vista hacia Brady, cuyos ojos castaños están fijos en la carretera. Me mira de reojo un momento y sonríe. ¿Qué dirá cuando se entere? Dudo mucho que vuelva a llevarme a casa en coche.

Bueno, ¿y qué más da? De todos modos, quería perderlo de vista.

Cuando enfila mi calle, vislumbro los destellos rojos y azules desde una manzana de distancia. El corazón me sube a la garganta. ¿Están delante de mi casa?

Ay, madre. Me he olvidado de llamar al inspector Barber. Aun así, ¿por qué habrían de presentarse frente a mi puerta con las luces de emergencia encendidas?

—¿Qué pasa aquí? —Brady escruta la calle entornando los párpados—. ¿Hay un coche de policía frente a tu casa?

Trago saliva.

—Tal vez sea mejor que me dejes aquí...

Brady sigue adelante como si no me hubiera oído.

—¿Será por lo de los pinchazos? Pero ¿cómo se han enterado? No has llamado a la policía, ¿o sí, Nora?

—Deja que me baje aquí —digo, subiendo la voz.

Pero, naturalmente, no se detiene hasta que nos encontramos justo delante de mi casa. Y no cabe la menor duda de que el coche patrulla está aparcado justo al lado del sendero del jardín que conduce a la entrada principal. Con los ojos como platos, contempla el vehículo de la policía y luego a mí.

Me apeo de un salto en cuanto él pone el freno de mano, o incluso unos segundos antes, para ser sincera. Sin embargo, ni corto ni perezoso, él se baja también. Aprieto los dientes, reprimiendo el impulso de gritarle que se largue. En su defensa hay que decir que seguramente cree que está cuidando de mí.

—Doctora Davis. —El inspector Barber está reclinado en el coche patrulla, con los brazos cruzados sobre su prominente barriga. Me pregunto cuánto rato llevará esperando, cuánto tiempo llevan mis vecinos viendo las luces destellantes de ese estúpido vehículo policial aparcado frente a mi casa—. ¿Podemos hablar un momento?

Me siento dividida. Por un lado, me gustaría ir dentro para que ni los vecinos ni Brady sean testigos de la conversación. Por otro, no quiero que este inspector entre en mi casa. Ahora es cuando necesito un abogado. No puedo dejar que este hombre me mangonee, o acabaré como mi padre.

—Doctora Davis... —repite Barber.

—¿Qué quiere? —pregunto cuando recupero la voz.

—Creo que sería conveniente que pasáramos al interior de su casa —dice el inspector—. A menos que prefiera que el barrio entero nos oiga. —Le lanza una mirada de curiosidad a Brady—. Su novio puede quedarse, si quiere.

—Ya se lo he dicho —mascullo—. No quiero hablar con usted sin la presencia de un abogado. Ya he respondido a todas sus preguntas.

—Solo quería saber si me dejaría dar una vuelta rápida por su casa —dice.

Siento como si me sacaran todo el aire de los pulmones.

—¿Una vuelta por mi casa?

Alza las manos.

—Un vistazo breve. Solo yo. Solo un momento.

¿Qué se imagina que va a encontrar? ¿Una chica encadenada en el sótano? Tal vez debería dejar que eche ese vistazo. No tengo nada que ocultar.

—Oiga —interviene Brady en tono respetuoso pero firme, antes de que yo pueda contestar—, ha sido un día muy duro para Nora. Lleva operando pacientes desde las cinco de la mañana. Además, juraría que no puede registrar su casa sin una orden judicial. Así que ¿por qué no hablan mañana, cuando su abogado esté presente?

El inspector Barber me mira como diciendo: «¿Este tío va en serio?». Por supuesto, si Brady tuviera la más mínima idea del motivo de la visita del inspector, tal vez no habría intervenido. Pero lo más sorprendente es que sus palabras surten efecto. Barber retrocede, sacudiendo la cabeza.

—De acuerdo —dice—. Ya hablaremos mañana por la mañana, en presencia de su abogado. ¿Le parece bien a las diez en la comisaría?

—Vale —digo. Ahora solo tengo que encontrar un abogado que esté disponible mañana a las diez. Y ver qué hago con las operaciones de la mañana. Estoy demasiado liada para ser sospechosa de asesinato.

No recupero el aliento hasta que el inspector Barber sube a su coche y se marcha. Aun así, me tiemblan tanto los dedos que me cuesta introducir la llave en la cerradura. Esto no es habitual en mí. Soy cirujana, por Dios santo. Suelo tener el pulso firme.

Al final, Brady coge la llave, abre la puerta y me hace pasar al interior de mi casa. Con la mano en mi espalda, me guía hasta el sofá, donde me siento con docilidad. Posa la mano sobre la mía y le da un apretón.

—Te traeré un poco de agua, Nora.

Por toda respuesta, asiento con un gesto.

Lo oigo trastear en la cocina durante tanto rato que casi siento la tentación de acercarme a preguntarle si necesita ayuda para encontrar el fregadero. Pero entonces aparece con un vaso de agua que acepto, agradecida, y me bebo la mitad. No me alivia. Necesito algo mucho más fuerte.

Brady se acomoda junto a mí en el sofá.

—No voy a hacerte preguntas, pero, a menos que busques un abogado de divorcios, no puedo ayudarte con el tema legal.

—Ya. —Me quedo contemplando las burbujitas en el agua—. No es nada importante.

—No hace falta que me lo cuentes. No es asunto mío.

Pero, de repente, siento la necesidad de contárselo. Quiero sincerarme con alguien. Llevo demasiado tiempo sufriendo en silencio, y no parece que el problema vaya a desaparecer por sí solo.

—Esas dos mujeres asesinadas... —Tomo otro trago de agua—. Ya sabes, las que salen en las noticias, esas a las que les cortaron las manos...

—Sí...

—Eran pacientes mías.

Abre los ojos de par en par.

—¿Las dos?

—Sí.

—Ah. —Se rasca el cabello castaño—. Vaya, pues qué coincidencia tan rara. Pero, de verdad, ¿por qué les ha dado por creer que tú tienes algo que ver? Es la mayor estupidez que he oído jamás.

—Porque... —Me froto las rodillas. Tengo una mancha en la pernera derecha. Seguramente es de comida. O tal vez de sangre—. Porque, como te decía, les han cortado las manos. Como hacía el Manitas con sus víctimas.

Brady ladea la cabeza.

—No entiendo.

Podría dejarlo ahí. He guardado el secreto durante veintiséis años. Durante veintiséis años he sido Nora Davis, cuyos padres fallecieron en un trágico accidente de tráfico. Mi abuela no quería que se lo revelara nunca a nadie; incluso se mudó conmigo a otro sitio para alejarme de las personas que me conocían. Pero es como si hubiera estado viviendo una mentira, como si fuera una actriz que ha estado interpretando el papel protagonista en mi vida.

Levanto los ojos hacia Brady. Si hay alguien que, pase lo que pase, seguirá siendo amable conmigo, es él. Tengo que quitarme este peso de encima.

—Porque Aaron Nierling es mi padre —digo al fin.

No sé cómo esperaba que reaccionara Brady, pero desde luego no contaba con que se echara a reír. Se carcajea durante unos segundos hasta que se fija en mi expresión y se percata de que estoy hablando totalmente en serio. Veo literalmente cómo la risa abandona su cuerpo.

—Eres la hija de Aaron Nierling —declara.

—Sí.

—Y... —Su perplejidad me resultaría adorable, si no fuera tan inoportuna—. ¿O sea que te cambiaste el nombre después de...?

—¿No habrías hecho tú lo mismo?

—Supongo... —Se frota la nuca—. ¿Así que esas dos chicas con las manos cortadas... eran tus pacientes, y el Manitas era... tu padre?

—Sí.

—¿Por qué nunca me lo dijiste?

Suelto una tos.

—¿Me lo preguntas en serio? ¿Crees que quería que todo el mundo se enterara?

—Ya, pero yo no era una persona cualquiera. Era tu novio.

—Estuvimos saliendo tres meses, Brady. No estábamos casados ni nada por el estilo.

Se queda callado durante al menos un minuto, sin despegar la vista de sus manos. En la sala no se oyen más que los latidos sordos de mi corazón.

—Joder —dice al fin.

—Sí.

—Entonces... —Alza los ojos hacia mí—. ¿Has sido tú...?

Inspiro con brusquedad.

—¿Qué estás diciendo?

La nuez le sube y le baja por el cuello.

—Esas chicas... ¿las has matado tú?

En este momento comprendo que lo que fuera que había entre Brady Mitchell y yo ha terminado para siempre. Había albergado la esperanza de que contárselo fuera lo correcto, de que en cierto modo resultara catártico. Como está tan obnubilado conmigo, pensaba que tal vez se pondría de mi parte. Pero me equivocaba. No debería haberle dicho una palabra. Se habría enterado de todos modos cuando los medios se hicieran eco de la noticia mañana, pero al menos me habría ahorrado el mal trago de soportar que me mire con esa cara.

Ni siquiera puedo enfadarme. Es lo que cabía esperar, ni más ni menos. Aun así, había pensado que...

—No he matado a nadie —digo en voz baja—. No soy como él.

—Pero eres cirujana... Te ganas la vida abriendo a la gente. —Madre mía, es como si se le estuvieran ocurriendo todas las cosas que la gente dirá sobre mí mañana, todas las razones por las que sin duda soy una asesina psicópata, como mi padre. Por lo menos tiene la delicadeza de mostrarse avergonzado—. Perdón.

Se me contrae un músculo de la mandíbula.

—Creo que deberías irte.

Por una vez, estoy deseando que me lleve la contraria y me ruegue que lo deje quedarse, como suele hacer, pero, en vez de ello, asiente.

—Estoy de acuerdo.

Y ya está. Brady se pone de pie y se marcha de mi casa, sin apenas dirigirme una mirada antes de salir. Cuando cruza la puerta principal, se va directo hacia su coche. Sin volver la vista atrás, sube y arranca.

27

Bueno, ha sido un anticipo precioso de cómo va a ser mi vida de ahora en adelante. Si el tipo que aparentemente llevaba una década y media colado por mí no es capaz de asimilar mi pasado, ¿cómo reaccionará el resto del mundo?

Me quedo sentada en el sofá largo rato después de su marcha. Es como si mi cuerpo se negara a moverse. Pero entonces oigo un golpe sordo procedente de la puerta de atrás. Otra vez la gata. Debe de estar desesperada de hambre.

Aunque la última vez que intenté darle de comer no estaba ahí.

Finalmente me levanto del sofá y me dirijo hacia allí. Conteniendo la respiración, pego la oreja a la puerta trasera. Entonces lo oigo: un maullido suave.

Es la puñetera gata. Menos mal.

Me acerco al armario y saco una lata de comida húmeda. Cuando abro la puerta, la gata negra está ahí, esperándome con expresión esperanzada. Bueno, al menos ella no me juzgará. No tiene ni idea de quién es Aaron Nierling, ni le importa.

Genial. Mi única amiga es una gata callejera.

Destapo la lata y la vacío en su bol. Empieza a comer con avidez. Qué bien viven estos animales. Lo único que les importa es saber dónde van a conseguir su siguiente comida. No les preocupan tonterías como el éxito profesional o que el único chico que les ha gustado en la última década ahora les tenga miedo.

Extiendo el brazo y le acaricio el negro pelaje. Me reconforta. Ella levanta la cabeza del plato y restriega la cara contra mi mano, como hace a veces. Ronronea cuando le rasco debajo de la barbilla. De pronto, para mi absoluta sorpresa, pasa por mi lado y entra corriendo en casa.

—¡Oye! —grito—. ¡Ahí dentro no puedes estar!

Pero le da igual. Después de cruzar mi cocina a la carrera, llega a mi salón y sube de un salto a mi sofá. Acto seguido, se enrosca formando una bolita feliz sobre el cojín.

—¡Oye! —grito de nuevo—. ¡Gata!

Estupendo. Esta estúpida gata debe de estar cubierta de pulgas, y ahora las va a haber en mi sofá. Y yo que creía que la noche no podía empeorar.

Atravieso el salón hasta donde está la gata, hecha un ovillo. Juro por Dios que, como se mee en mi sofá, se va a enterar. Echando chispas por los ojos, la veo ahí, tan cómoda y calentita, sin la menor intención de marcharse a otro sitio en un futuro próximo. Ah, ¿sí? Ya lo veremos.

Extiendo las manos para agarrarla, con la intención de sacarla de aquí. Sin embargo, cuando mis dedos le rodean el torso, noto contra las palmas los huesecillos de su caja torácica, tan frágiles en comparación con las costillas humanas.

Podrían quebrarse con facilidad.

El estómago me da un vuelco. Aparto rápidamente las manos de la gata, mareada. Me quedo mirándola, deseando con todas mis fuerzas que se vaya de mi casa. No puedo tener un gato. Sería peligroso. Debe marcharse cuanto antes.

¿Qué se supone que debo hacer? No puedo agarrarla y echarla fuera. Cada vez que pienso en ello, me vuelven las náuseas. ¿Llamo a bienestar animal? ¿O se reirán de mí por no ser capaz de deshacerme de una minúscula gata callejera?

Saco mi teléfono del bolsillo del uniforme y me desplazo por la lista de contactos, en su mayoría compañeros de trabajo; gente del hospital, del consultorio, todos los médicos a los que llamo por motivos profesionales. ¿Cómo he llegado a este punto en mi vida en que no tengo ni un solo amigo? Antes no era así.

O tal vez sí. Quizá mi vida siempre ha sido así.

Mi pulgar vacila sobre el nombre de Philip Corey. Sí, es un amigo del trabajo, pero un amigo, al fin y al cabo. Más o menos. Se acerca bastante. Por lo menos lo conozco de hace tiempo.

Antes de que pueda cambiar de idea, pulso en su nombre. Hay una probabilidad de por lo menos el ochenta por ciento de que esté con una chica ahora mismo. Espero que no sea Harper.

Después de algunos tonos, oigo su voz al otro lado de la línea.

—Nora, ¿ocurre algo? ¿Estás bien?

—Sí. —Miro el teléfono con el ceño fruncido—. Me lo preguntas como si me estuviera muriendo.

—Reconócelo: jamás me llamarías salvo en caso de emergencia extrema.

—No es cierto. —Es totalmente cierto.

—Bueno, ¿qué pasa?

—Pues… —Me aclaro la garganta—. ¿Estás ocupado?

—Podría ser peor. ¿Por qué?

—Es que… —Bajo la vista hacia el cuerpecito peludo y negro acurrucado en mi sofá—. Necesito que me ayudes con una cosa.

—¿Qué cosa?

—Se..., se me ha metido una gata en casa, y no puedo sacarla.

Se produce una larga pausa.

—¿Qué?

—¡Acaba de entrar por la puerta de atrás! —Debe de pensar que he perdido la cabeza por completo. Esta conducta no es muy propia de Nora—. Y ahora no consigo que se vaya. ¿Puedes venir a ayudarme?

Se ríe entre dientes.

—Nora, si me llamas porque te apetece echar un polvo, dilo directamente. No hacía falta que te inventaras esa historia absurda sobre una gata.

Me encojo de vergüenza. Ha sido un error llamarlo.

—Olvídalo.

—¡Era broma! Oye, estoy acabando una cosa. En cuanto termine, me paso por tu casa para ayudarte a deshacerte de la gata.

Agarro el móvil con fuerza.

—Gracias, Philip.

—Para eso estamos los socios, ¿no?

Dudo que la función de un socio de un consultorio quirúrgico sea ayudar a echar una gata callejera que se ha colado en casa de otra socia, pero Philip está siendo amable conmigo, así que decido no ponerme sarcástica.

Vive a veinte minutos en coche de aquí, pero, solo diez minutos después, oigo unos golpes en la puerta. Al principio, estoy convencida de que se trata otra vez de la policía, y una pequeña y estúpida parte de mí espera que sea Brady. Pero no: es Philip.

—¿Has venido conduciendo a ciento sesenta por hora? —le pregunto.

—Oye, por tu tono de voz parecía que tenías una emergencia grave. —Philip entra en el recibidor y mira alrededor—. Bonita chabola. Un poco vacía, pero no está mal.

Retrocedo para dejarlo pasar. Lleva puesto el abrigo y, debajo, un jersey y unos vaqueros. Por lo general, siempre que veo a Philip va con uniforme sanitario o con camisa de vestir y corbata. Le sienta bien la ropa informal. De hecho, está increíblemente guapo con cualquier atuendo. He oído a algunas enfermeras de la planta referirse a él como «el doctor Buenorro». Ahora que tiene cuarenta y pocos años, me da la impresión de que está en su momento de mayor atractivo.

Y él lo sabe. Cuando no está delante, Sheila lo llama «el regalo de Dios al mundo», lo que siempre me arranca una risita.

Me sorprendió cuando decidió casarse, pero en aquel entonces se le veía muy entregado a su esposa. Y él decía que por fin estaba listo para sentar la cabeza y tener hijos. Pero, por lo visto, no era del todo cierto, pues pocos años después volvió a enrollarse con enfermeras del hospital. Sí, enfermeras, en plural. Todo el mundo lo sabía, y luego su esposa se enteró. Su divorcio fue muy duro.

Así que, en resumen, a Philip se le dan fatal las relaciones. Parece que piensa con la entrepierna. Aunque lo respeto a muerte como cirujano. Es muy bueno en su trabajo, y siempre me cubre las espaldas.

—A ver, ¿dónde está ese felino traicionero? —pregunta.

Noto que se me enciende el rostro. Doy un paso hacia atrás y señalo al sofá.

—Ahí.

—Menos mal que me has llamado. Tiene un aspecto terrorífico.

Lo fulmino con la mirada.

—¿Me vas a ayudar o no?

Despliega una sonrisa que deja al descubierto todos sus dientes.

—Tranquila. Ahora verás en acción al hombre que susurra a los gatos.

Se dirige con paso resuelto hacia el sofá, donde la maldita gata sigue apoltronada. Tiende la mano hacia ella, pero esta vez el animal suelta un sonoro maullido, se baja de un salto y se aleja corriendo.

—Se me ha escapado —dice Philip. Pasea la vista por el salón. La gata ha desaparecido. Espero que haya salido por la puerta trasera y que no esté en mi cama, tumbada en mi almohada—. Hum..., ¿seguro que no quieres tener un gato como animal de compañía? Creo que le gustaría ser tu mascota.

—¡No puedo tener una mascota! —exclamo—. Con la vida que llevo, ¿cómo crees que puedo ocuparme de un gato?

Philip me mira, parpadeando.

—Nora...

Pero es demasiado tarde. De pronto, todo el peso de lo sucedido en las últimas semanas me cae encima como una tonelada de ladrillos: las dos chicas muertas, las manos cortadas, el inspector, Brady...

Y, de repente, se me escapa un sollozo. Creo que no había llorado desde que estaba en primaria, el día que me enteré de que habían detenido a mi padre. Ni siquiera lloré al descubrir que mi madre se había suicidado. Recuerdo que, cuando mi abuela me dio la noticia, simplemente me quedé sentada en la cama, incapaz de sentir nada. Sabía que ella me observaba, esperando que derramara alguna lágrima, pero, como eso no ocurrió, vio confirmadas las sospechas que siempre había tenido sobre mí.

—Nora. —Philip me rodea los hombros con su brazo—. No pasa nada, Nora. Buscaré a la gata, si quieres. Tiene que estar por aquí, en algún sitio.

—No te preocupes. —La gata es el menor de mis problemas—. Lo que pasa es que… ha sido un día muy largo.

Me da un achuchón.

—¿Quieres que hablemos de ello?

No, la verdad es que no. Ya he hablado de ello con Brady, y a la vista está el resultado. No soportaría que Philip me mirara también de esa manera.

—No, pero gracias.

—¿Puedo hacer algo por ti? —Me ofrece una sonrisa—. ¿Darte un abrazo? ¿Un vaso de agua? ¿Una copa bien cargada?

No quiero que Philip me abrace. No soy muy aficionada a los abrazos, aunque me gustaba cuando Brady me estrechaba contra sí, cosa que no volverá a pasar jamás.

—De hecho, sí que hay una cosa que puedes hacer por mí.

—Claro, lo que sea.

—¿Conoces a algún buen abogado?

Arquea tanto las cejas que casi desaparecen bajo su flequillo.

—¿Te ha demandado alguien?

—No, me refiero a un abogado penalista.

Oigo que se le corta la respiración.

—Nora, ¿qué narices está pasando? ¿Tiene algo que ver con las dos chicas asesinadas?

Me limito a negar con la cabeza.

—No puedo hablar de ello. ¿Conoces a alguno o no?

—Pues sí. —Se mordisquea el labio—. Pero, si estás metida en un lío gordo, tienes que contármelo. Al fin y al cabo, somos socios.

—Estoy bien. De verdad.

Frunce los labios. No parece muy convencido. Mala suerte.

—Además, mañana me toca atender el busca de traumatología

a partir de las seis, pero tendré que estar fuera del hospital entre las nueve y media y las once, más o menos. ¿Puedes ocuparte tú durante mi ausencia?

Se queda pensativo un momento.

—Sí, puedo.

Menos mal. No sabía cómo iba a solucionar ese asunto para poder ir a comisaría. Aún me queda por resolver el problema de que no tengo coche porque me han rajado las ruedas. Supongo que Brady ya no querrá ayudarme con eso. Me maldigo a mí misma por haberme olvidado de pedirle que me devolviera la llave del Camry.

—Por lo general las mañanas son muy tranquilas. Seguramente ni siquiera te llamen.

—Ya... —Tensa la mandíbula—. Nora, en serio, dime qué sucede, por favor.

Respiro hondo, pero me tiembla el aliento al exhalar. Aún tengo grabada en la cabeza la expresión de Brady. No puedo revelarle a nadie más lo de mi padre. Sería desastroso para mí.

—No es nada grave —digo—. Solo un malentendido tonto, te lo aseguro.

Suspira, pero no insiste más. Porque lo cierto es que Philip y yo no somos amigos, solo socios sin más. Y él prefiere no saber nada de mi problema, sea el que sea.

—¿Y la gata? —Echa un vistazo alrededor—. No la veo. ¿Quieres que vaya a buscarla?

Ahora que no está a la vista, me siento menos ansiosa por desembarazarme de ella. De todos modos, probablemente acabará marchándose por voluntad propia. A una gata como esa no le interesa quedarse confinada en esta casa. Y, aunque no fuera así, sin duda decidiría largarse al percibir mi maldad. Los animales son muy sensibles para esas cosas.

—No pasa nada —contesto—. Solo..., solo quería que se bajara de mi sofá.

Philip me mira con los ojos entornados.

—¿Estás sufriendo una crisis nerviosa, Nora? ¿Debería preocuparme?

—Estoy bien. —Levanto el mentón, intentando sentir la seguridad que destilan mis palabras. En cuanto consiga un abogado, todo se arreglará. No he hecho nada malo; debo tener eso bien presente—. Gracias por venir, pero...

—Quieres que me vaya. —Esboza una sonrisa ladeada—. Ya lo pillo.

—Pero gracias por haber venido.

Suspirando de nuevo, se levanta del sofá.

—Si en algún momento quieres hablar, llámame. Lo digo en serio.

Tal vez Philip sea un poco capullo y seguramente sí que se cree el regalo de Dios al mundo, pero a veces es buena persona también. Por eso lo acepté como socio. Y me echará una mano dentro de lo humanamente posible. No me cabe la menor duda.

Voy con él hasta la puerta y me hace un pequeño gesto con la mano al irse, lo que me hace sonreír un poquito. Lo veo subirse a su Tesla y desaparecer a tal velocidad que casi parece haberse volatilizado. Desde luego no le puede gustar más ese coche.

Una vez que se ha ido, me giro para contemplar mi casa vacía. ¿Dónde diablos se habrá metido esa gata? Se me van los ojos hacia las escaleras. ¿Habrá subido a la otra planta? ¿Estará en mi armario, orinándose en todos mis zapatos? Sería el remate perfecto para este día.

Pero entonces advierto que la puerta del sótano está entreabierta. Bingo.

Me acerco y la abro del todo. Pulso el interruptor de la luz, que está justo al otro lado. Nada. Estupendo; debe de haberse fundido la bombilla. Me llevo la mano al bolsillo, saco el teléfono y abro la aplicación de la linterna. Como si estuviera en una mazmorra cualquiera, aquí abajo no hay cobertura, pero al menos la linterna funciona.

La luz es lo bastante potente para impedir que me caiga rodando por los peldaños y me rompa la cadera. Cuando me encuentro en mitad de la escalera, oigo el roce de unas patitas en el suelo y un miau muy débil. Estaba en lo cierto. La gata ha bajado aquí.

Recorro la habitación con el haz del móvil en busca de una bola de pelo negro hasta que por fin la localizo al fondo del todo, en un rincón, bebiendo agua de un charco a lametazos.

—Venga, gata —digo en voz baja—. De verdad que no te conviene quedarte a vivir aquí conmigo.

Ella me mira con aire reflexivo antes de centrarse de nuevo en el charco.

—Soy un muermo —prosigo—. Trabajo todo el día. Y no soy muy buena persona. Cuando era más joven hacía cosas terribles. Pero ya no. Al menos, eso creo. Aunque nunca se sabe. Seguramente estarás más a salvo en otra parte..., en cualquier otra parte.

El animalillo pasa completamente de mí, lo que no me sorprende, pues es una puñetera gata que no entiende una palabra de lo que digo.

Me acerco a ella un poco más, emitiendo sonidos gatunos. Sostengo la linterna con firmeza, pensando que tal vez quiera seguirla. ¿No les gusta a los gatos seguir las luces?

No me doy cuenta hasta que estoy a pocos metros de ella.

Al entrar en el sótano, me pareció que estaba lamiendo un charco de agua. Ahora que estoy más cerca, me percato de que no se trata de agua. Es un líquido de color rojo oscuro.

Alzo la vista hacia la bombilla. Ojalá hubiera más luz aquí dentro... ¿Cómo pude dejar que se fundiera? Enfoco directamente el charco con la linterna. No cabe duda de que es rojo. No es que tenga tierra ni nada por el estilo.

Me agacho para examinarlo mejor. Con mano temblorosa, mojo el dedo índice en el líquido rojo y me lo acerco a los ojos para estudiarlo.

Cielo santo. Creo que es sangre.

Por un momento, me invade la certeza de que voy a vomitar. Me inclino hacia delante y me trago la bilis que me sube por la garganta. Si hubiera cenado algo, casi con total seguridad lo estaría devolviendo ahora mismo.

Al cabo de un par de minutos, consigo recuperarme del mareo. Me miro los dedos, que siguen manchados de carmesí. Confirmado: es sangre. La he visto en suficientes ocasiones para reconocerla.

Pero ¿por qué hay sangre en mi sótano?

Me asalta un pensamiento sobrecogedor. Si hubiera cedido y hubiera dejado que el inspector Barber echara un vistazo a mi casa, habría descubierto esta sangre, y seguramente yo estaría en la cárcel ahora mismo. Menos mal que Brady supo pararle los pies.

¿Por eso está aquí esta sangre, porque alguien la ha derramado en mi sótano para incriminarme? ¿Es la sangre de Amber Swanson o Shelby Gillis?

¿O es que sucedió algo espantoso en este sótano desde la última vez que estuve aquí?

Si ocurrió algo, fue hace poco. La sangre aún no se ha secado.

Miro a la gata, que sigue bebiendo a lametones. Le propino un manotazo.

—¡Apártate de ahí!

Esta vez me hace caso. Se aleja corriendo del charco y oigo sus pisadas por la escalera. Genial, seguro que me deja huellas sanguinolentas por todo el suelo.

No sé qué hacer. No, sí que lo sé. Debería llamar al inspector y contárselo todo. Aún tengo su tarjeta y estoy segura de que atendería mi llamada. Pero también sé que esto causaría muy mala impresión. ¿Se supone que debo decirle que un charco de sangre ha aparecido por arte de magia en el sótano de mi casa? ¿Existe la más remota posibilidad de que me crea, sabiendo quién es mi padre?

No, si le hablo de esto, me convertiré en la sospechosa número uno, si es que no lo soy ya. Seguramente acabaría saliendo esposada por la puerta.

Lo mejor que puedo hacer es limpiar esto antes de que alguien más lo vea. Mañana, después de mandar mi coche al taller y terminar de hablar con el inspector, pediré que me instalen un sistema de alarma en casa. Nadie volverá a entrar aquí sin mi permiso. Ni siquiera un gato.

28

Veintiséis años antes

El cazador y la presa? —Marjorie me lanza una mirada escéptica—. No me suena. ¿Qué clase de juego es?

Suelto un suspiro.

—Ay, Marjorie, ¿es que no sabes nada de nada?

Frunce el ceño.

—Creo que nunca he oído hablar de ese juego.

Dirijo la vista hacia el oscuro sendero que se adentra en el bosque y miro de nuevo a Marjorie.

—Verás, se juega así: una de nosotras es el cazador y la otra es la presa. Como nunca has jugado antes, tú serás la presa y yo intentaré cazarte. En pocas palabras, lo que tienes que hacer es evitar que te pille.

—Vale...

—Es muy divertido —le aseguro.

Marjorie no parece por completo convencida. Y, para ser sincera, seguramente tiene toda la razón. No será divertido. Para ella.

—Además, tienes que quitarte los zapatos —añado.

Baja la mirada hacia sus deportivas desgastadas y pone los ojos como platos.

—¿Quitarme los zapatos?

Suelto otro suspiro.

—¿Crees que los animales salvajes del bosque llevan zapatillas? Es obvio que tienes que quitártelas. Las dejaremos aquí mismo.

Estudio la cara de Marjorie, preguntándome si se prestará a esto o no. Le tiembla el labio de abajo.

—Nora, ¿no podríamos jugar a otra cosa?

—¿A qué? ¿Quieres jugar con muñecas Barbie? —Pongo los ojos en blanco—. No me interesan los juguetes para bebés. Todos los chicos juegan a esto cuando se juntan. —La miro a los ojos—. Pero, si no te animas, no pasa nada. Me iré a casa sola.

Es el momento de la verdad. ¿Hasta dónde llegan las ganas de Marjorie de tener una amiga?

—Está bien —dice—. Supongo que podemos probar a ver qué tal.

Le sonrío.

—Genial. No te arrepentirás.

Observo a Marjorie mientras se sienta en el suelo y se quita las zapatillas. Sus calcetines huelen a rayos, y tiene un tomate en el izquierdo.

—Los calcetines también —le indico.

Parece a punto de protestar, pero no lo hace.

Cuando por fin está descalza del todo, se pone de pie frente a mí, con las piernas un poco temblorosas. No se la ve muy contenta. Parece como si quisiera echarse para atrás, pero ya es demasiado tarde.

—Te daré una ventaja de sesenta segundos —digo— y entonces iré a por ti.

—Nora...

Sin hacer caso de sus protestas, consulto mi reloj.

—Tus sesenta segundos empiezan... ¡ya! ¡Venga!

Supongo que hay algo en mi tono de voz que hace que Marjorie, con los ojos desorbitados, eche a correr.

Resulta patético. Como dice Tiffany, Marjorie se bambolea. Y, como va descalza, no sabe dónde pisar. El suelo está cubierto de ramitas y piedras que seguramente se le clavan en la blanda y blancuzca planta de los pies. A pesar de la ventaja de un minuto que le voy a dar, solo tardaré unos quince segundos en alcanzarla, como siga a este paso.

Jolín, así el juego no tiene ninguna dificultad. A lo mejor le doy sesenta segundos más para que sea más emocionante.

Mientras espero, hurgo en mi mochila, apartando todos los bolis y lápices hasta que encuentro lo que busco.

La navaja que me regaló mi padre.

La saco y examino la hoja. Cuando toco la punta con el índice, aparece una gota de sangre. Está muy afilada. Me echo la mochila a la espalda, conservando la navaja en la mano.

Después de todo, voy de caza. Necesito un arma.

29

Ahora

Me siento curiosamente espabilada esta mañana. Es raro, considerando lo poco que he dormido. Me pasé casi una hora limpiando la sangre del suelo, y aun así ha quedado una mancha carmesí bien visible. Como alguien registre el sótano, estoy perdida. Tengo que comprar productos de limpieza que sirvan específicamente para eliminar las manchas de sangre.

También intenté cambiar la bombilla, pero resultó que no estaba fundida, sino solo mal enroscada. Cuando terminé lo que tenía que hacer ahí abajo, encontré en el llavero la llave correspondiente a la puerta del sótano y la cerré bien.

Me costó mucho conciliar el sueño anoche. No dejaba de imaginar que Barber conseguía una orden de registro y descubría el charco de sangre en el suelo. Como ocurra eso de verdad…, en fin, no quiero ni pensar qué pasará.

Pero cuando he llegado al hospital, a las cinco y media, me he bebido dos cafés, uno detrás de otro, y ahora voy como una moto. Al terminar mi primera intervención de la mañana, he llamado a la abogada que me recomendó Philip, Patricia Holstein. Al principio parecía muy ocupada, pero, cuando le he revelado mi verdadera identidad, ha conseguido milagrosamente hacerme un hueco en su agenda. Hemos quedado delante de la comisaría diez minutos antes de la hora a la que me han citado.

Espero no necesitar un abogado, pero, después de lo que he visto en el sótano de mi casa, temo que solo sea cuestión de tiempo.

He estado revisando las noticias de forma obsesiva en mi teléfono, pero aún no he visto nada sobre mí. Había supuesto que, a estas alturas, ya todo el mundo sabría quién soy. Sin embargo, aunque el nombre de Aaron Nierling se menciona en los medios, el de Nora Nierling no. Mi vida secreta sigue a salvo.

Por el momento.

Mientras estoy sentada en la sala de descanso de cirugía, tomando sorbos de mi tercer café de la mañana, recibo un mensaje de emergencia en el busca. Cojo el teléfono más cercano y los llamo.

—Doctora Davis, cirugía traumatológica.

—Doctora Davis —dice una voz jadeante al otro lado de la línea—. Soy la doctora Danfield, de urgencias. Tenemos a una mujer de veintisiete años, Kayla Ramírez, que ha sufrido una colisión frontal. Cuando la hemos introducido en el TAC, ha perdido el conocimiento. Resulta imposible tomarle la presión arterial. Le hemos colocado dos vías intravenosas de gran calibre y acabamos de intubarla. En el TAC se observa lo que parece una laceración esplénica.

Me he puesto de pie incluso antes de que ella termine la descripción de la paciente.

—Prepárenla y llévenla al quirófano ahora mismo. Voy para allá. Y soliciten pruebas cruzadas y de grupo sanguíneo para dos unidades.

Me alegro de haberme bebido el tercer café, porque ahora voy a mil por hora. Me encamino directa al quirófano, porque, como no identifique el origen de la hemorragia de esta mujer cuanto antes, se morirá.

La paciente sale del ascensor justo en el momento en que llego a quirófano. Doy instrucciones de que la lleven a la primera sala disponible y la preparen, mientras yo me desinfecto las manos. Recuerdo que, cuando estudiaba, Philip se metía conmigo por lo mucho que tardaba. A los estudiantes de medicina les enseñan a frotarse diez veces los lados de cada dedo. Supongo que lo hacen para torturarlos. Nunca he visto a un profesional lavarse así.

Cuando entro en el quirófano número seis, Kayla Ramírez está tendida en la mesa de operaciones, con el abdomen preparado y cubierto con paños quirúrgicos. No se oye ningún ruido más que un tenue pero tenso murmullo de preocupación por la situación inestable de la paciente. Hay cirujanos que escuchan música mientras operan, pero yo prefiero prescindir de ella a menos que el anestesiólogo la pida. Me gusta trabajar en silencio. Quiero poner toda mi concentración en lo que tengo delante.

La enfermera instrumentista ya tiene listas la bata y los guantes. En cuanto introduzco las manos en los guantes azules, siento un estremecimiento de emoción que conozco bien. Incluso después de tantos años, me sigue subiendo la adrenalina cada vez que estoy a punto de abrir a alguien.

Supongo que es lo mismo que sentía mi padre. Pero la situación es totalmente distinta. Él les quitaba la vida a esas chicas. Yo voy a salvar la de esta.

Al menos, eso espero.

—Escalpelo —digo, abriendo la mano derecha.

La instrumentista me lo entrega. Bajo la vista al abdomen de Kayla Ramírez, amarillo a causa del Betadine. Tiene una piel tersa y perfecta, sin cicatrices quirúrgicas hasta donde alcanzo a ver, ni siquiera la marca que queda tras una apendicectomía. Voy a ser la primera en practicarle una incisión en el abdomen. Esas son las mejores. Cortar tejido cicatricial no resulta tan agradable.

Deslizo el escalpelo de forma longitudinal a lo largo de su abdomen. La hoja se hunde en la piel como en mantequilla. Al principio, solo sangra un poco, pero, una vez que atravieso la línea alba, me encuentro ante una cavidad abdominal llena de sangre. La instrumentista se apresura a aspirarla, pero vuelve a llenarse casi de inmediato.

—Mierda —mascullo.

La interpretación del TAC abdominal era correcta. La paciente presenta laceración del bazo, y se le ha seccionado algún vaso sanguíneo. Como no localice la fuente de la hemorragia y la ocluya, la paciente no sobrevivirá a la intervención.

—Pinza vascular —pido.

Exploro la cavidad a tientas. Conozco muy bien la anatomía abdominal. Siempre digo que podría navegar por ella con los ojos cerrados, y ahora me toca demostrarlo. Tengo que interrumpir la irrigación del bazo a ciegas debido a la sangre que inunda el vientre.

—¿Quiere que vuelva a aspirar? —me pregunta la instrumentista.

Niego con un gesto. La presión de la sangre en el interior de su vientre es probablemente lo único que impide que la hemorragia sea más profusa. Todos los presentes me observan, conteniendo la respiración. ¿Dónde están esas dos unidades de sangre que he pedido, maldita sea? La chica las necesitará.

Por fin encuentro el vaso sanguíneo que buscaba. Lo ocluyo con la pinza vascular, cruzando los dedos mentalmente. Alzo los ojos hacia la enfermera instrumentista.

—Aspirador —digo.

Mientras ella le aspira el interior del vientre, yo me muerdo el labio inferior con fuerza suficiente para hacerlo sangrar un poco, pero nadie se da cuenta porque llevo puesta la mascarilla. Observo cómo se drena el líquido carmesí del abdomen de Kayla Ramírez y...

Lo he logrado. He detenido la hemorragia.

La sala prorrumpe en aplausos. He conseguido salvarle la vida a esta joven.

El resto de la esplenectomía resulta relativamente sencilla después de esto. Cierro la herida del vientre de Kayla, dejándole un rastro de grapas que afean su piel, antes tan impecable. Todos me dan palmaditas en la espalda. «Muy buen trabajo, doctora Davis».

Me pregunto qué dirían si supieran lo de las dos chicas muertas.

30

Después de entregarle a Philip el busca de traumatología a las nueve, tengo que coger un Uber para ir a comisaría porque mi coche sigue en el aparcamiento del consultorio, con los neumáticos rajados. Me acuerdo de aquella noche en que conduje hasta el mismo edificio de la policía para eludir a Henry Callahan. Eso fue antes de que se pasara de la raya y yo…

Bueno, en realidad no le hice nada. El accidente lo causó su propia estupidez.

Me pregunto cómo se encuentra…

Patricia Holstein me espera en el aparcamiento de la comisaría, tal como me prometió. La reconozco de inmediato por la fotografía que aparece en su página web, con su corte bob rubio platino y sus ojos penetrantes sobre una telaraña de arrugas. Aunque tiene solo unos diez años más que yo, parece que lleve un siglo dedicándose a este trabajo. Me pregunto de qué la conoce Philip.

—¿Doctora Davis? —pregunta al fijarse en mi pijama quirúrgico azul. No he tenido ni un minuto para cambiarme después de la operación de Kayla Ramírez. Ya es mucho haber podido venir.

—Sí. —Cambio de postura en el asiento—. Patricia Holstein, ¿verdad?

Asiente con un gesto enérgico.

—Llámeme Patricia. Podemos hablar un rato en mi coche antes de entrar.

Tiene un BMW que parece reflejar su nivel de éxito. Me subo al asiento del pasajero, tapizado en una piel suave como la mantequilla, y me siento cada vez más incómoda con mi uniforme, que contrasta con su caro atuendo. Lleva uno de esos trajes cuya tela da ganas de alargar la mano para tocar.

Una vez que estamos las dos en el interior del vehículo, Patricia se vuelve hacia mí. Fija los ojos en una pernera de mi pantalón y, al seguir la dirección de su mirada, veo una mancha de sangre. Es un recuerdo de Kayla Ramírez, que se encontraba estable cuando me he marchado del hospital. Se recuperará.

—Acabo de salir del quirófano —le explico.

—No es la indumentaria más adecuada para presentarse a un interrogatorio sobre un asesinato.

Me encojo de hombros en un gesto de impotencia.

—Ha sido una operación bastante complicada.

—No pasa nada. Tampoco podemos hacer gran cosa al respecto. —Dirige la vista hacia la comisaría antes de posarla de nuevo en mí—. No acabo de entender por qué se empeñan en ir a por usted. Es una cirujana respetada, no guardaba una relación personal con esas chicas y no hay motivo para que la consideren sospechosa.

—Exacto. —Siento una chispa de esperanza—. Es de locos.

—A menos que haya algo más que no sepamos. —Sus ojos penetrantes me escudriñan el rostro—. O que yo no sepa.

—No..., no lo creo. —No puedo contarle lo de la sangre en el sótano. Cada vez que las palabras están a punto de salir de mis labios, oigo cómo suenan en mi cabeza. Suenan como una autoacusación. La sangre no aparece por sí sola en los sitios. Además, Barber no sabe nada de eso. Ni lo sabrá, mientras yo pueda evitarlo.

—Escúcheme bien, doctora Davis —dice Patricia sin el menor asomo de sonrisa—. Haya hecho lo que haya hecho, mi trabajo es defenderla. Pero, si no me cuenta todo lo que necesito saber, no puedo cumplir con mi trabajo. Así que dígame: ¿hay algo que debería saber?

Trago saliva.

—No. Nada.

Se queda mirándome un momento largo. No tengo claro si me cree o no, pero al final desbloquea las puertas del coche.

—Vamos allá.

La comisaría es un edificio de ladrillo marrón de dos plantas, con cerca de media docena de coches de policía aparcados delante. Patricia avanza con paso decidido hacia la entrada como si hubiera estado aquí decenas de veces, cosa que no sería de extrañar. Yo, por mi parte, no estoy precisamente en mi elemento. Me siento segura de mí misma en el quirófano, pero aquí no.

En el mostrador de la entrada, Patricia toma la iniciativa y anuncia a la recepcionista que estoy aquí y que el inspector Barber nos espera. La recepcionista nos indica que tomemos asiento, y yo consulto mi reloj de inmediato. No tengo tiempo para esto. ¿Es que no saben que soy cirujana? Le he salvado la vida a una mujer esta mañana, y esta gente...

Bueno, supongo que también salvan vidas de vez en cuando. Pero eso no es excusa.

Cuando llevo veinte minutos tirándome de los pelos, el inspector Barber sale a recibirnos. Me tiemblan tanto las piernas que necesito dos intentos para ponerme de pie. Patricia, en cambio, se levanta de un salto y le tiende la mano al hombre. Tengo que agradecerle a Philip que me pusiera en contacto con ella. Me da la impresión de que es una profesional muy competente.

—Gracias por venir, doctora Davis —dice Barber en tono cordial, aunque sus ojos oscuros me escrutan como a través de un microscopio. Me estremezco bajo su mirada—. Síganme por aquí, si son tan amables.

Barber nos guía por un pasillo largo hasta una habitación mal iluminada en la que hay dispuestas una mesa y unas sillas plegables. Debe de ser una sala de interrogatorios. Madre mía, estoy en una sala de interrogatorios. Eso no es bueno.

Me pregunto si mi padre estuvo alguna vez en un cuarto como este, o si lo encerraron directamente en una celda. ¿Qué protocolo se sigue cuando se descubre un cadáver y un arcón repleto de huesos en el sótano de un hombre? Creo que prefiero no saberlo.

—Se estará preguntando por qué la he hecho venir —me dice Barber.

—Sí —contesta Patricia—. Nos lo estamos preguntando.

La arruga entre las pobladas y grises cejas del inspector se hace más profunda cuando centra su atención en mí.

—Solo quería formarme una idea más clara de su relación con Shelby Gillis.

Trago saliva.

—Era mi paciente. ¿Qué más quiere saber?

—¿Trató con ella fuera del entorno hospitalario?

Miro de reojo a Patricia, que asiente de forma casi imperceptible.

—La atendí de forma ambulatoria en mi consultorio, en una visita postoperatoria.

—¿Y en alguna otra ocasión?

Arrugo el entrecejo.

—No...

—¿Está segura?

Patricia se inclina hacia delante.

—Ya le ha dicho que no —dice con aspereza.

—Entiendo. —Barber se frota las manos—. Pero ocurre lo siguiente: en la encimera de la cocina de Shelby Gillis encontramos una taza con sus huellas. Y un vecino de ella afirma haber visto un Camry verde aparcado delante de su casa la noche que desapareció. Su coche encaja en esa descripción, ¿verdad, Nora?

No se me escapa el detalle de que me ha llamado Nora en vez de doctora Davis. En circunstancias normales, le habría llamado la atención por ello, pero ahora mismo estoy sin habla. Que hubiera un Camry verde frente a la casa de Shelby no significa nada. Circulan millones de coches como el mío. Pero... ¿mis huellas en su cocina? ¿Cómo demonios llegaron ahí?

—De modo que se lo voy a preguntar otra vez —añade—. ¿Qué relación tiene con Shelby Gillis?

Miro a Patricia en busca de ayuda.

—Aunque la doctora Davis hubiera estado en el piso de la víctima, eso no la convertiría en sospechosa de asesinato —dice ella—. Esto es absurdo. Solo está acosando a mi cliente por ser hija de quien es.

Me gustaría mostrar mi conformidad con ella, pero no me atrevo a hablar. Espero que esto sea lo único que tienen contra mí: un par de huellas dactilares en una taza y un coche verde aparcado en las inmediaciones de la casa de Shelby Gillis.

—Díganos, ¿disponen de alguna prueba más sólida, o solo le está haciendo perder el tiempo a mi clienta? —pregunta Patricia.

Observo el semblante de Barber. No tengo ni idea de qué información manejan sobre mí. Me viene a la memoria la mirada asesina que me lanzó la madre de Amber Swanson. Parecía convencida de que yo tenía algo que ver con la muerte de su hija. ¿Era solo porque sabía quién era mi padre, o había algo más? ¿Cuenta Barber con algún vídeo en el que se me ve entrar en casa de Shelby, o con algún testigo que me vio cortarle las manos? ¿Qué indicios tiene contra mí?

—Eso es todo —dice al fin.

Patricia sacude la cabeza, indignada.

—En ese caso, nos vamos. Doctora Davis, espero que esto no le haya supuesto una molestia excesiva.

Siguiendo el ejemplo de mi abogada, me levanto de la silla plegable. Aún me tiemblan las piernas, pero menos que cuando he entrado. La policía no dispone de ninguna prueba que me incrimine. Solo está dando palos de ciego para intentar intimidarme. No tengo por qué preocuparme.

Pero entonces me vuelvo hacia el inspector Barber. Quizá no tenga nada concluyente contra mí, pero veo en su mirada que cree que yo maté a esas chicas. Y, mientras lo crea, seguirá escarbando hasta que salga a la luz el verdadero asesino.

31

Me paso el resto del día en el hospital. Tengo operaciones programadas para toda la tarde, aunque, por fortuna, el busca de traumatología permanece en silencio. Por si fuera poco, cuando haya terminado con las intervenciones, tengo que encontrar un lugar tranquilo donde dictar los informes operatorios. Ha sido una jornada muy intensa; estoy ampliando mi ventaja en la competición con Philip.

Una vez concluido por fin el trabajo del día, me dirijo hacia el estacionamiento del hospital, cuando de pronto me acuerdo de que mi coche sigue inutilizado en el aparcamiento del consultorio. ¿Cómo se me puede haber olvidado? Debería haber telefoneado a Harper para que se encargara de ello. Mañana llamo a la grúa, pero ahora mismo no puedo lidiar con ese problema.

Acabo pidiendo otro Uber para que me lleve a casa y me quedo dormida en el asiento de atrás. El conductor tiene que decir en voz alta mi nombre —posiblemente varias veces— para despertarme. Ha sido un día largo.

Cuando por fin cruzo la puerta principal, siento como si hubieran transcurrido cinco días desde que me levanté esta mañana. Estoy deseando disfrutar de una cena tranquila y meterme en la cama. Le doy al interruptor y el salón se inunda de claridad.

—¡Cariño, ya estoy en casa! —grito.

Sin embargo, en vez del silencio habitual, me responde un fuerte maullido.

Ah, sí. La gata.

Tengo a la gata negra a mis pies, contemplándome desde el suelo. Al final va a ser verdad eso de que las buenas acciones nunca quedan impunes. Yo solo quería ser buena persona y dar de comer a un animal hambriento, y ahora tengo una inquilina no deseada. Necesito echarla de mi casa cuanto antes.

Pero al menos esta situación parece manejable. Para empezar, tengo que desembarazarme de la gata. Luego, tengo que arreglar mi coche. Después, tengo que llamar a una empresa para que me instale alarmas en todas las puertas. Y cámaras. De hecho, tal vez eso debería ser lo primero. Sin embargo, desembarazarme de la gata es algo que puedo hacer ahora mismo, sin tener que esperar al horario de oficina.

—Vale —le digo—. Ya va siendo hora de que te vayas.

Ella simplemente se queda mirándome. Mierda.

Estoy intentando pensar cómo convencerla de que salga de mi casa cuando suena el timbre. ¿Quién puede ser a estas horas?

Ay, Dios, ¿será otra vez la policía? ¿Habrán descubierto otro indicio que me relaciona con los asesinatos? Tengo que asignarle a Patricia un número de marcación rápida.

Me acerco a la puerta a paso veloz y echo un vistazo por la mirilla. Retrocedo cuando veo quién está al otro lado. Es Brady. ¿De qué va? Estaba convencida de que jamás volvería a verlo. Quito el pestillo y entreabro la puerta.

—Hola, Nora. —Sus ojos castaños de mirada tierna se posan en mí unos instantes antes de desviarse—. ¿Cómo te va?

—He estado mejor. —Me tiro del cuello de la blusa del uniforme, lamentando no llevar algo más sexy—. ¿Qué haces aquí?

Me muestra una llave.

—He llevado a arreglar tu coche.

—¿En serio? —Echo una ojeada por encima de su hombro y, en efecto, ahí está el Camry, aparcado en la calle. Me dan ganas de besarle los pies—. Muchísimas gracias. No tenías que molestarte...

Se encoge de hombros.

—Tranquila. Como hoy tenía tiempo, he aprovechado para...

Espero que me sonría y me pida permiso para entrar, pero lo noto extrañamente apagado.

—¿Cuánto te debo?

—Setecientos cincuenta dólares —dice sin vacilar.

—Voy a por el talonario. —Me detengo un momento con la mano en la puerta—. ¿Te apetece entrar o...?

Desplaza su peso de una zapatilla a otra.

—Creo que... mejor espero aquí fuera.

—Claro. Como quieras.

Después de la manera en que se había estado comportando conmigo, me sienta como una bofetada en toda la cara, pero intento disimular. Entiendo cómo debe de sentirse. Por eso nunca me había atrevido a revelar mi identidad a nadie. Si hubiera mantenido una relación larga con alguien, al final habría tenido que decirle la verdad. Y entonces esa persona empezaría a mirarme con la misma cara con que Brady me está mirando ahora.

Cojo mi talonario y le extiendo un cheque. Mientras garabateo mi firma, se me ocurre que es muy posible que sea la última vez que lo vea. Nunca volveré a Christopher's, y algo me dice qué él tampoco volverá a venir aquí. Solo de pensarlo… me pongo más triste de lo que habría imaginado. Ojalá…

Bueno, no habría podido hacer las cosas de otra manera. Mi vida es la que es, aunque a veces me gustaría que fuera distinta. Que me hubieran tocado otros padres. Que yo fuera un tipo de persona diferente, alguien que hubiera podido pasarse años acurrucada en el sofá con Brady, viendo pelis de terror porque es divertido y no porque soy una sociópata que necesita terapia. Ojalá fuera una persona capaz de quedarme a dormir en su casa, aunque solo fuera una puñetera vez.

Regreso a la puerta y le tiendo el cheque.

—Aquí tienes. Gracias de nuevo.

Cuando coge el papel, me roza ligeramente la yema de los dedos con los suyos. Su contacto me produce un hormigueo. Nos quedamos ahí un momento, mirándonos. Brady y yo tenemos una química especial. Él lo sabe tan bien como yo. No quiero que esta sea la última vez que nos veamos. No lo quiero en absoluto.

—Nora… —Se le quiebra ligeramente la voz—. Oye, no puedo seguir con esto. No puedo estar con alguien que… Por mi hija, ¿sabes?

—Tranquilo, no pasa nada.

—Lo siento…

—Que no pasa nada, te digo.

Pero no es verdad. No sé por qué este rechazo me duele tanto. Yo lo rechacé primero. Me marché corriendo de su piso dos veces.

Me aclaro la garganta.

—¿Quieres que te lleve? Bueno, lo digo porque supongo que has venido en mi coche.

—Ya he llamado para que vengan a buscarme. —Señala con la cabeza un SUV blanco que acaba de detenerse junto al bordillo—. Así que me voy.

—Muy bien. —Aprieto los puños—. Buenas noches, Brady.

—Buenas noches, Nora.

Pero lo que en realidad quiere decir es adiós.

Cierro la puerta antes incluso de que él llegue al final del sendero del jardín. Con la respiración entrecortada, destierro de mi mente todos los pensamientos sobre Brady Mitchell. Es mejor así. Sí, era buena persona y una fiera en la cama, pero estar con él solo me complicaría la vida, y es lo último que necesito ahora mismo.

En serio.

Ahora que Brady se ha marchado, la gata parece querer reafirmar su posición dominante. Se me restriega contra la pierna entre sonoros maullidos. Tiene hambre. Por fortuna, tengo comida para gatos en cantidades industriales. Por lo menos a ella puedo hacerla feliz.

Cuando cojo la lata de comida, caigo en la cuenta de que esta es una oportunidad ideal para librarme de ella. Basta con que deje el bol fuera y cierre la puerta rápidamente. Dudo mucho que la gata resista la tentación de salir a comer, pese a sus (inexplicables) deseos de quedarse en esta casa. No entiendo por qué se empeña tanto en estar aquí. Nadie más parece muy interesado en mi compañía.

Me encamino hacia la puerta de atrás con la comida y la abro de un tirón. Dejo el plato en el suelo, al otro lado del umbral, y vacío la lata en él. La gata me contempla desde dentro con sus ojos amarillos.

—¡Vamos, gata! —la incito para que salga.

No se mueve. Gata estúpida.

Me inclino sobre ella, acercando tanto la cara a la suya que percibo el olor a comida para gato en su aliento.

—Oye —le digo—, te prometo que seguiré dándote de comer, pero no puedes quedarte aquí.

Por toda respuesta, suelta un maullido. Es lo que merezco por intentar razonar con un animal.

Desde mi posición agachada, descubro un sobre blanco en el suelo. No lo había visto antes porque está pegado a la pared. Alargo el brazo hacia él y noto una sensación angustiosa en el estómago al fijarme en el nombre del remitente.

Aaron Nierling.

Esta carta tampoco lleva matasellos. No voy a engañarme pensando que ha acabado ahí en el suelo como consecuencia de otra serie de casualidades. La única explicación posible es que alguien la ha deslizado por debajo de la puerta. O, peor aún, que la ha dejado ahí después de derramar sangre en mi sótano.

Ojalá las empresas instaladoras de alarmas estuvieran abiertas a esta hora. Necesito sensores en cada puerta y ventana de esta casa. Mañana, a primera hora, me ocuparé de ello.

Me levanto con las piernas vacilantes. He hecho trizas cada una de las cartas que me ha enviado mi padre, pero hasta ahora todas me llegaban por correo y no por debajo de la puerta de atrás.

Tengo que ver qué dice.

Me desplomo en una silla frente a la mesa de la cocina. Contemplo las palabras en el sobre. Después de recibir estas cartas semanales a lo largo de los años, he llegado a familiarizarme con la letra de mi padre. Si esta no es la suya, se trata de una falsificación impecable. Pero creo que procede de su mano.

Rasgo el borde del sobre con dedos temblorosos.

Dentro hay una sola hoja de papel, doblada en tres. La despliego con cuidado y me quedo mirando la única frase escrita en ella.

«Ven a verme, Nora».

Me dan ganas de hacer lo mismo que con todas las otras cartas que me ha mandado: romperla en pedazos. Sin embargo, no sé si puedo seguir dándole la espalda. Si quiero averiguar quién mató a esas chicas, solo hay una manera.

Voy a visitar a mi padre por primera vez en veintiséis años.

32

Cuando era niña, tras la detención y posterior condena de mi padre, quise visitarlo en la cárcel. Para entonces, mi madre se había suicidado y él era el único progenitor que me quedaba. Estaba desesperada por verlo.

—Ni lo sueñes —decía mi abuela cada vez que sacaba el tema.

—¿Por qué no? —protestaba yo—. No me va a hacer daño ni nada.

—Porque es un hombre malo y no quiero que te acerques a él.

—Pero es mi padre.

—No es el padre de nadie —reponía—. Ese hombre es el demonio, y nada bueno puede resultar de hablar con el demonio.

—Pero, abuela…

—Que no, y punto. —Y entonces se daba la vuelta para indicar que la conversación había terminado. Mi abuela no era una persona afectuosa, sobre todo en comparación con mi madre. A veces me pregunto si hubiera tratado con más cariño a una nieta que no fuera hija del asesino en serie más famoso de Oregón—. Nora, cuando cumplas los dieciocho, podrás ir y ser su mejor amiga, si quieres, pero, mientras vivas bajo mi techo, no verás a ese hombre.

Sin embargo, para cuando cumplí los dieciocho, había espabilado mucho. Sabía lo que implicaba ser hija de Aaron Nierling. Comprendía plenamente las repercusiones de lo que había hecho. Y era consciente de que, por mi propio bien, más valía que me mantuviera alejada de él. Mi abuela tenía razón. Hablar con ese hombre no podía traer nada bueno.

Y ahora, después de todos estos años, él ha encontrado la manera de convencerme de que vaya a verlo.

Reservo un asiento para volar del aeropuerto de San Francisco a Portland a primera hora de la mañana. Después de aterrizar, tendré que alquilar un coche para llegar a Salem, donde se encuentra la cárcel. El vuelo durará cerca de hora y media, y el trayecto en coche, una hora más. En total, el viaje debería llevarme alrededor de tres horas.

Y entonces veré a mi padre.

Llamo antes de salir para asegurarme de que no me estoy tomando tantas molestias para nada. Una parte de mí espera que surja un obstáculo insalvable para mi visita, pero el personal de la Penitenciaría del Estado de Oregón me informa de que mi nombre figura en la lista de visitantes autorizados. Aun así, a la mujer con la que hablo por teléfono no parecen causarle muy buena impresión mis intenciones de visitar a ese preso en particular.

—¿Aaron Nierling? —dice con una voz que apenas disimula su repugnancia—. ¿De verdad quieres verlo, cielo?

Estas palabras me provocan un estremecimiento. Me imagino a alguien en el futuro preguntando exactamente lo mismo sobre mí. Aunque Brady ha salido pitando, así que, si me mandaran a prisión, no se me ocurre una sola persona que deseara visitarme.

—Solo quiero hacerle unas preguntas —le digo—. Esto..., ¿recibe muchas visitas?

Se le escapa un resoplido.

—Me han dicho que, cuando acababa de llegar aquí, venían toda clase de bichos raros para pedir que los dejaran verlo. Y periodistas, por descontado. Pero él se negaba a recibirlos. Y ahora... Bueno, el revuelo ha pasado. —Hace una pausa, pensativa—. Aunque le ha salido un imitador, ¿no?

Después de eso, cuelgo lo más rápidamente posible.

A continuación, hago algo sin precedentes. Durante todos mis años como cirujana, nunca había llamado al trabajo para decir que estoy enferma. Por lo general, prefiero ir arrastrándome al hospital o el consultorio antes que faltar un día por enfermedad. Philip es de la misma opinión. Pero hoy me tomo un día de baja. Menos mal que no hay operaciones programadas. Harper puede reorganizar mi agenda en parte, pero voy a tener que llamar directamente a Philip.

Le mando un mensaje de texto pidiéndole que me llame enseguida. Antes de que pasen cinco minutos, me suena el teléfono.

—Nora, ¿estás bien? —dice—. ¿Qué sucede?

Ya le pedí que me sustituyera esta mañana. Detesto tener que pedírselo de nuevo, pero no me queda otra: alguien ha estado intentando colgarme el asesinato de dos personas, y tengo que saber por qué.

—Hoy no estoy muy allá. Me he pasado la mañana vomitando. ¿Podrías atender a algunos de mis pacientes? Le pediré a Harper que reprograme todas las citas posibles.

Se produce una pausa prolongada al otro lado de la línea.

—¿Te encuentras mal de verdad o es solo una excusa?

—Me encuentro mal —digo entre dientes.

—Porque el otro día me pediste que te recomendara un abogado penalista...

—¿Vas a sustituirme o no?

—Por supuesto. —Tras unos instantes, añade—: ¿Debería preocuparme por ti, Nora?

—No te preocupes. Debe de ser uno de esos virus de veinticuatro horas. Mañana volveré al trabajo.

—Ya —farfulla—. Lo que tú digas.

Al parecer no me cree, pero me da igual. Lo que voy a hacer hoy no le incumbe. Más vale que no lo sepa.

No llevo más equipaje que el bolso, porque no pasaré la noche fuera. Visitaré a mi padre y, en cuanto haya hablado con él de lo que me ha estado ocurriendo, me vuelvo directa a casa. Ni loca me quedo a dormir en Oregón. Ya he comprado el billete de regreso.

Tres horas después del despegue de mi avión, voy conduciendo hacia la Penitenciaría del Estado de Oregón. Nunca había pisado una cárcel, y mucho menos una de alta seguridad. El edificio es de un amarillo pálido que le confiere aspecto de colegio más que de prisión. Justo delante de la entrada hay una siniestra señal de stop que me advierte de que no siga adelante antes de recibir autorización.

Sentada en el coche de alquiler, aferro el volante con tanta fuerza que se me ponen blancos los nudillos. Estaba demasiado nerviosa para oír música durante el viaje. He conducido en un silencio interrumpido solo por la voz del GPS dándome indicaciones con acento británico. Por centésima vez hoy, me pregunto si no estaré cometiendo un error.

«Nada bueno puede resultar de hablar con el demonio».

Ojalá mi abuela siguiera viva. Después de mi cambio de apellido y de nuestra mudanza, ella era la única persona que conocía mi secreto. La única que habría podido darme consejo.

Aun así, intuyo lo que me habría dicho si viviera. Habría intentado convencerme de que no viniera. Es justo lo que él quiere, y estoy cayendo en su juego.

—¿Puedo ayudarla, señora?

Despego los ojos del volante al oír estas palabras. Levanto la vista hacia un hombre que está de pie junto a mi coche, con un uniforme de vigilante que incluye una camisa gris con las palabras «Penitenciaría del Estado de Oregón» bordadas en la pechera. Las mangas son lo bastante cortas para dejar a la vista unos bíceps tremendos.

—Hola —digo, intentando dominar el temblor de mi voz—. Vengo a visitar a un interno.

El vigilante entorna los párpados. Tras unos segundos, asiente y me da instrucciones para aparcar. A medida que me aproximo a la cárcel, el malestar en mi estómago se intensifica.

«Esto es un error».

«Da media vuelta ahora que estás a tiempo».

Me alegra comprobar que se toman muy en serio la seguridad en la penitenciaría. No solo me obligan a pasar por un detector de metales, sino que me cachean. Incluso me piden que me quite los zapatos. Cuando por fin se convencen de que no llevo un pistolón, el celador me da luz verde para pasar.

—Lo verá a través del vidrio —me explica—. Debe coger el auricular de su lado, él cogerá el del suyo, y así podrán comunicarse.

—Vale —digo.

El celador clava los ojos en mí.

—¿Para qué quiere ver a esa basura humana?

No puedo decirle la verdad. ¿Qué pensarían de mí si les revelara que soy la hija de ese monstruo? Aunque creía que a estas alturas mi identidad ya se habría difundido por todas las redes, por alguna razón sigue siendo secreta.

—Quiero hacerle unas preguntas. Por... un tema personal.

El celador suelta un gruñido, pero no me interroga más.

Me guía hasta una habitación reducida y estrecha, con una hilera de bancos colocados frente a unas mamparas de cristal numeradas. Hay un telefonillo en cada una. Un celador apostado en la sala vigila todas las interacciones. Me incomoda que seguramente vaya a oír todo lo que diga. Tendré que medir mucho mis palabras.

Me asignan el locutorio número cuatro. Me siento y tamborileo con los dedos sobre la mesa que tengo delante. Me cuesta creer que esté a punto de ver a mi padre después de veintiséis años. Me produce una sensación de irrealidad.

Todavía puedo girar en redondo y marcharme. Esto no es inevitable.

Pero sé que me voy a quedar.

Antes de emprender este viaje, busqué fotos recientes de mi padre en internet. No encontré ninguna de hace menos de veinte años, así que no tengo ni idea de cuál será su aspecto actual. La última vez que lo vi, era un hombretón de cabello negro como el mío, rostro apuesto pero insulso y ojos de mirada penetrante.

Doy por sentado que su aspecto habrá cambiado. Aunque no se hubiera pasado todos estos años entre rejas, aparentaría veintiséis años más que cuando yo era una cría. Supongo que seguirá teniendo unas facciones agradables, pero con más arrugas; el pelo entrecano, tal vez; la misma constitución robusta y las mismas manos poderosas de antes. Esta es la imagen que me viene a la mente cuando intento formarme una idea de su apariencia actual.

Por fin entra en la sala, custodiado por un celador.

Boquiabierta, me quedo contemplando unos segundos al hombre en que se ha convertido mi padre. Aunque está en la sesentena, me sorprende comprobar que su cabellera, antes espesa y negra, ha encanecido por completo, clarea en lo alto de la cabeza y tiene una calva en la parte de atrás. Además, parece haberse encogido. Lo recuerdo de siempre como una persona de estatura imponente, pero ahora va encorvado y arrastra los pies al caminar, aunque es probable que esto se deba a los grilletes que lleva en los tobillos. No se le ve como alguien capaz de matar a treinta mujeres. Parece un anciano decrépito. Si me dijeran que tiene ochenta años, me lo creería.

El vigilante que tiene al lado le señala dónde me encuentro, pero es un gesto innecesario. Sus ojos se clavan en mí al instante. Es algo que no ha cambiado en absoluto: sus ojos oscuros, del mismo color que los míos. No han envejecido un solo día.

No despega la mirada de mí ni por un instante. Su rostro está surcado de profundas arrugas; una vieja cicatriz discurre por el lado derecho de la mandíbula y otra le parte la ceja izquierda por la mitad. Dicen que quienes han cometido crímenes atroces reciben palizas brutales en la cárcel. Me pregunto cuántas vejaciones habrá sufrido a lo largo de los años. En cualquier caso, las heridas cicatrizaron hace mucho tiempo. Ya nadie vapulea a este viejo.

Agarra el telefonillo de su lado, y yo el del mío. Una sombra de sonrisa le asoma a los labios cuando se inclina hacia delante.

—Hola, Nora.

Su voz suena distinta, más áspera que antes, pero sigue resultándome dolorosamente familiar. Aún conserva aquel tono tranquilo e impasible. Nunca perdía los nervios conmigo. Mi madre a veces se ponía histérica cuando yo hacía algo malo, pero él no. Jamás parecía alterarse, y eso me gustaba de él.

—Hola —digo con una tos.

Respira hondo mientras me recorre con la vista como si me esnifara.

—Ha pasado mucho tiempo, ¿no?

—Sí…

—Estás preciosa, Nora.

No sé qué responder a eso.

—Gracias —farfullo.

—Me han contado que te formaste como cirujana —añade—. Me impresionas. Siempre supe que llegarías lejos.

A pesar de todo lo que ha ocurrido en los últimos días, esto me produce una inesperada satisfacción. «Mi padre está orgulloso de mí». Sé que es un monstruo y que no debería importarme una mierda lo que piense, pero todo el mundo quiere ganarse el orgullo de sus padres, incluso si uno de ellos ha asesinado a treinta personas.

Y él lo sabe. Me está manipulando, como hacía con las chicas que mataba. No puedo caer en su trampa o acabaré en prisión como él.

—Qué alegría que por fin te hayas animado a visitarme —dice—. Tenía muchas ganas de verte. Creía que te habías olvidado de tu viejo padre.

—Imposible olvidarme. —Casi toco el auricular con los labios. No quiero que el celador me oiga—. He leído tu carta.

—Ah, ¿sí? —dice con expresión divertida—. Solo han hecho falta quinientas.

Inspiro con brusquedad.

—¿Quién deslizó esa carta por debajo de mi puerta, Aaron?

—¿«Aaron»? —Se ríe. Había olvidado cómo sonaba su risa. Apenas me fijaba en ella cuando era niña, pero en este momento me resulta un sonido frío y sin alma—. ¿Ahora me llamas así? Antes me llamabas papá.

Noto que me palpita una vena en la sien derecha.

—¿Quién pasó esa carta por debajo de la puerta?

—El cartero, ¿quién si no?

—Fue por la puerta de atrás. Y no llevaba matasellos.

—Por favor, no me hagas responsable de las chiquilladas de tu cartero, Nora.

Realizo una inspiración profunda y temblorosa, intentando contener la ira. Aunque Aaron Nierling ha envejecido, sigue siendo el mismo de siempre. Si algún día lo dejan salir de aquí, volverá a las andadas. Sigue siendo la maldad en persona..., un monstruo.

Lo miro fijamente a los ojos, resistiéndome a parpadear.

—¿Quién ha matado a esas chicas, Aaron?

—¿Sabes, Nora? —Juguetea con el auricular que sostiene en la mano—. Es muy triste que no me hayas visitado ni una vez en todos estos años. No dejo de ser tu padre. Si no fuera por mí, ni siquiera habrías nacido. ¿Y así me lo agradeces?

—¿Quién mató a esas chicas?

—Puedo entender que, cuando eras niña, no vinieras porque la arpía de mi suegra no te dejaba. —Le tiembla el ojo izquierdo—. Pero, después, no te habría costado nada acercarte, aunque solo fuera una vez, por respeto al hombre que te dio la vida.

Mi mano derecha —la que no sujeta el telefonillo— se cierra en un puño. Podría atravesar el cristal de un puñetazo y romperle la cara.

—¿Quién mató a esas chicas? Dímelo.

Sus ojos oscuros me observan, parpadeantes.

—Fuiste tú. Tú las mataste. —Arquea las cejas—. ¿No?

33

Veintiséis años antes

Consulto de nuevo mi reloj: dos minutos. El tiempo de espera ha terminado.

«Prepárate, Marjorie, que allá voy».

Empuñando la navaja en la mano derecha, avanzo por el sendero por el que Marjorie se ha alejado hace un rato. Aún oigo sus pisadas por delante de mí. Pum, pum, pum. Parecen estar acompasadas con los latidos de mi corazón.

Esto sería más divertido de noche, con una linterna, o con gafas de visión nocturna. Ojalá tuviera unas. Pero no me queda más remedio que apañármelas con lo que hay. Tendré que conformarme con esto.

Sigo el sonido de sus pasos durante un par de minutos más, pero entonces se detienen de repente con un golpe sordo.

Hum.

Camino a toda velocidad hacia donde se ha oído el batacazo, haciendo crujir ramitas y hojas bajo mis zapatillas. El corazón me va a cien. Unos segundos después, la encuentro.

Marjorie está en el suelo, agarrándose el tobillo izquierdo.

Tiene las perneras del pantalón y las manos sucias de tierra, seguramente por la caída. Su cara de pan está roja como un tomate y sus ojos están inundados de lágrimas que le corren por las mejillas.

—Me he torcido el tobillo —solloza.

La presa está herida. Vaya, me lo ha puesto casi en bandeja.

Aferrando la navaja con más fuerza, me aproximo a Marjorie hasta proyectar mi sombra sobre ella. Está llorando, pero, en cuanto ve la navaja en mi mano, el llanto cesa de golpe. Se queda mirándome, con un tembleque en la barbilla.

—Nora... —dice—, ¿por qué tienes una navaja?

Cuando doy otro paso hacia ella, su expresión de dolor se transforma en una de miedo. Se lo noto en los ojos. Sabe lo que está a punto de pasar.

Me acuerdo del ojo azul que asomaba bajo aquella sábana en el taller del sótano de mi padre. Su mirada era idéntica.

—Nora... —dice con voz trémula—, ¿qué haces?

Mis dedos aprietan tanto la empuñadura que empiezo a sentir un hormigueo. Marjorie no puede ni moverse. Si intentara huir, no sería capaz de hacerlo. Esto va a ser fácil. Muy fácil. Demasiado.

—Nora... —susurra.

Me quedo mirándola desde arriba, con el corazón latiéndome con tanta fuerza que me estoy mareando. Este es el momento que imaginé anoche, cuando no podía dormir: la expresión de su cara, el peso de la navaja en la mano... Parece muy asustada. Sin embargo, ahora que estoy aquí, contemplando el temor en sus ojos...

No puedo.

Dejo caer la navaja a un lado.

—Has perdido —digo.

—Ah. —Marjorie suelta una carcajada nerviosa—. Me habías asustado. Pensaba que ibas a...

—No seas tonta —mascullo. Me fijo en su tobillo—. ¿Puedes andar?

Intenta levantarse y aguantar parte de su peso sobre el pie izquierdo, pero se le escapa un gemido.

—¡Me duele mucho!

Me guardo la navaja en el fondo del bolsillo.

—Ven, apóyate en mí para caminar.

Regresamos por el sendero por donde hemos venido, con ella reclinándose en mí. En cuanto llegamos a la carretera, me invade una oleada de alivio. La ayudo a llegar a su casa y a subir los escalones de la puerta principal. En cuanto cruza el umbral, me falta tiempo para largarme de allí.

No decimos una palabra sobre volver a quedar después de clase.

Regreso andando a casa, arrastrando los pies. Durante todo el camino, noto el estómago revuelto. Hay algo que tengo que hacer, aunque me asusta. Por otro lado, es hora de que pierda el miedo.

Solo espero que no sea demasiado tarde.

34

Ahora

Las palabras de mi padre me sientan como una bofetada. No es solo lo que dice, sino cómo lo dice. Parece estar hablando en serio.

«Fuiste tú. Tú las mataste».

Vuelvo la mirada hacia el celador que tengo detrás. Es imposible que haya oído las palabras de mi padre, pero aun así noto un malestar en la boca del estómago.

—No fui yo —digo por lo bajo—. Yo jamás haría...

—Ah, ¿no? —La sonrisa socarrona vuelve a sus labios—. Eres mi hija, y siempre me has recordado mucho a mí mismo. ¿O te has olvidado de lo que hacías cuando eras niña? Tu madre no paraba de encontrarse animales muertos. —Se ríe de nuevo—. Me insistía en que te lleváramos al psicólogo. ¿No lo sabías?

Aprieto los dientes. Había bloqueado el recuerdo de esas conversaciones que mis padres mantenían sobre mí en su dormitorio, donde pensaban que no los oía. Es verdad que mi madre creía que yo era una niña con problemas.

—Sí —murmuro.

—¡Y mira con quién estaba casada! —Se ríe—. Eso sí que es vivir en la inopia. Con razón acabó por matarse.

Me arde el rostro. Siempre le he guardado rencor a mi madre por suicidarse. Habría podido esperar al juicio y, si la hubieran declarado inocente y la hubieran dejado libre, habría podido estar a mi lado. Pero, en vez de eso, se ahorcó en su celda, lo que me hace sospechar que no era tan inocente como aparentaba, o que tal vez yo no le importaba lo suficiente. La necesitaba, y ella me dejó sola en el mundo.

—No soy como tú —afirmo.

—Ah, ¿no? —Me enseña los dientes. Antes los tenía blancos y perfectos, pero se le han puesto amarillos y se le está pudriendo un incisivo—. Entonces ¿por qué te hiciste cirujana? ¿No es porque te gusta abrir a la gente en canal? ¿No te produce placer arrancarles las tripas? ¿Nunca fantaseas con...?

Antes de que pueda decir una palabra más, cuelgo el auricular con violencia. No puedo seguir escuchando esto. Se equivoca. No soy como él. Para nada.

A ver, sí. He heredado algunos rasgos de su personalidad. Además de cierto parecido físico, claro. Pero eso es todo. Por lo demás, soy muy diferente. Yo no sería capaz de...

Mi padre da unos golpecitos en el cristal con los nudillos y señala el telefonillo. Muevo la cabeza de un lado a otro. No pienso seguir jugando a este juego. No debería haber venido. Mi intuición inicial era acertada.

«Nora». Veo que articula mi nombre con los labios. El nombre que eligió para mí. Es lo único que conservo de mi vida anterior.

Sacudo la cabeza otra vez. «No».

Me largo. Y no pienso volver jamás.

Unas cuatro horas después, aterrizo en el aeropuerto de San Francisco. Nunca me había alegrado tanto de regresar a casa. Tengo ganas de besar el suelo, aunque está sucio y pegajoso.

Son casi las once de la noche y llevo levantada desde las cinco de la mañana, pero no me siento cansada en absoluto. Estoy sobreexcitada por la adrenalina; podría seguir despierta veinticuatro horas más. Sin embargo, mi parte realista sabe que tengo que irme a casa y dormir un poco.

Voy a buscar mi coche al aparcamiento del aeropuerto. No es sino hasta que me siento al volante que el agotamiento se apodera de mí. Fantaseo con que estoy en mi cama, confortable y calentita, con lo agradable que sería yacer entre las sábanas. Pero pronto llegaré a casa. Bueno, dentro de una hora, o tal vez un poco menos. En cualquier caso, pronto.

Cuando accedo a la autovía, empiezo a imaginar una vida distinta, en la que Aaron Nierling no es mi padre, yo soy capaz de mantener una relación durante más de tres meses, tal vez incluso casarme, y mi esposo está esperándome en la cama ahora mismo.

Curiosamente, al imaginar ese universo paralelo, el hombre que me espera en la cama es Brady. En el mundo real, lo más probable es que ni siquiera quiera volver a dirigirme la palabra. Ya lo tengo asumido. Es del todo comprensible, dadas las circunstancias.

No reparo en el olor hasta que llevo un buen rato conduciendo.

No consigo identificarlo. Parece una mezcla entre huevos podridos y col pasada. Me pregunto si habré dejado comestibles en el coche la última vez que fui a hacer la compra. A lo mejor un huevo salió rodando de la bolsa y ahora está apestándome el maletero. Tendré que tirarlo en cuanto llegue a casa y dejar las ventanillas abiertas para que se airee el coche.

Diez minutos más tarde, tengo que bajar todos los cristales, los delanteros y los de atrás. No aguanto el hedor ni un minuto más. Tengo que salir de la autovía.

Hay una gasolinera justo después de la salida. No hay nadie, pero las luces de la tienda están encendidas. Es uno de esos minisupermercados que abren las veinticuatro horas. Me detengo delante de uno de los surtidores de gasolina. Ya que estoy aquí, voy a aprovechar para llenar el depósito.

Un dependiente sale de la tienda, limpiándose las manos en los vaqueros. Es un veinteañero con el cabello teñido de verde. Mueve la mano a modo de saludo.

—¿Qué se le ofrece, señora?

Como si el día no hubiera sido ya bastante malo, ahora tengo que aguantar que me llamen «señora».

—¿Me llenas el depósito, por favor?

Le entrego mi tarjeta de crédito al chico y abro el tapón. Mientras él empieza a poner gasolina, me apresuro a salir del coche. Fuera, el olor que se escapa por las ventanas abiertas resulta más soportable, aunque sigue siendo bastante desagradable. Dentro, el ambiente es irrespirable. El huevo debe de haberse echado a perder hoy en algún momento y se ha transformado en un ser mutante.

—¿Necesita algo más? —pregunta el dependiente.

—Ahora que lo dices —respondo—, hay un olor raro en mi coche. Supongo que se me habrá caído algo de comer. Un huevo o quizá algo de fiambre.

El chico se inclina sobre la ventanilla. Olfatea y de inmediato arruga la nariz.

—Uf, joder, sí. Ahí detrás huele a muerto.

—Sí, ¿verdad? Debo de haber… —Mi voz se apaga a media frase cuando el impacto de sus palabras me sacude. «Ahí detrás huele a muerto».

No. Por Dios, no.

Tras mirar al dependiente para asegurarme de que está ocupado llenándome el depósito, desbloqueo el maletero, rezando por que dentro no haya nada más que un huevo en descomposición. En cuanto abro la puerta, la pestilencia aumenta de forma exponencial. Sea lo que sea lo que huele a podrido, está dentro del maletero.

Y además percibo otro olor.

A lavanda.

—¡Hala! —El chico agita la mano frente a su cara—. Pero ¿qué lleva ahí detrás, señora?

Suelto una risa ahogada.

—Lo que imaginaba: me había dejado unos comestibles ahí dentro. Qué descuido tan tonto.

Señala con la cabeza un contenedor situado a un lado de la tienda.

—Puede tirarlo ahí, si quiere.

Cierro el maletero de golpe. Ni loca voy a revolver ahí dentro en busca del origen del olor mientras este tío esté pendiente de todo lo que hago.

—No hace falta. Ya me ocuparé de ello cuando llegue a casa.

Levanta las cejas.

—¿Seguro? Echa una peste que tira de espaldas. Yo no querría ir respirando eso mientras conduzco.

Fuerzo una sonrisa.

—No es tan terrible. Además, no vivo lejos.

Solo como a media hora de aquí. Tendré que mantener los cristales bajados y respirar por la boca.

35

El olor es más que nauseabundo, pero no me atrevo a hacer otro alto antes de llegar a casa. Aunque pase por un sitio que parezca seguro y tranquilo, no puedo correr ese riesgo. Como alguien me vea, estoy perdida. No me atrevo a bajar del coche y abrir el maletero hasta que estoy dentro del garaje y la puerta se ha cerrado detrás de mí.

La pestilencia no ha hecho más que empeorar en la última media hora. Es tan repulsiva que me tapo la boca y contengo una arcada. He leído que el olfato está muy unido al centro de la memoria del cerebro, y este hedor mezclado con la fragancia a lavanda me recuerda otro olor muy familiar, uno que no podré olvidar en la vida.

Aunque Dios sabe que lo he intentado.

Por desgracia, el maletero es un auténtico cajón de sastre. Contiene por lo menos seis uniformes sanitarios, dos forros polares, unos cuantos documentos impresos sobre pacientes que debería destruir y varios envases de aceite de motor y líquido limpiaparabrisas. Tengo la manía de echar en el maletero todo lo que no sé dónde meter o lo que quiero guardar para después.

Ya veo manchas de sangre en la tela de mis uniformes. Soy vagamente consciente de que debería ponerme unos guantes para registrar mi maletero, pero son una de las pocas cosas que no llevo aquí, y no puedo perder tiempo yendo a buscar un par. Así que sigo hurgando entre mis pertenencias, en busca de la fuente de la fetidez.

Un minuto después, la encuentro.

Me aparto del coche, presa de un mareo repentino. Me vuelvo hacia un lado y vomito hasta que me lloran los ojos. No. No. No puede ser. Es imposible.

Es una mano cortada.

No sé si es de Shelby Gillis o de Amber Swanson, pero estoy convencida de que un análisis de la policía científica me sacaría de dudas. No tengo más que llamar a las autoridades, y ellos me dirán a quién perteneció esta mano, justo después de ponerme las esposas y encerrarme para que cumpla dos cadenas perpetuas.

Nadie debe enterarse de esto.

Por supuesto, la pregunta más inquietante es cómo ha llegado esto a mi maletero. Es obvio que alguien lo ha dejado ahí hoy, mientras mi coche estaba en el aparcamiento del aeropuerto de San Francisco, del mismo modo que alguien se coló en mi casa y derramó la sangre en mi sótano.

Ya he hecho bastante el tonto. A partir de mañana, me aseguraré de que mi hogar esté protegido como una fortaleza.

Mientras tanto, tengo que pensar qué hacer con esta prueba incriminatoria. Dejarla en el maletero no es una opción. Respirando por la boca, cojo la mano envolviéndola en un uniforme ensangrentado e inservible. A continuación, entro en la casa.

Lo primero que hago es encender la luz. Todo está tranquilo..., casi demasiado tranquilo.

—Cariño, ya estoy en casa —susurro.

Me quedo ahí de pie un momento, escuchando. Si esa persona ha conseguido abrir mi coche, nada le impediría estar aquí ahora mismo. De pronto, oigo algo. ¿Son pasos? No lo sé, pero no estoy imaginándomelo.

Y entonces suena un maullido lastimero.

Menos mal, solo es la gata.

Un segundo después, aparece en el recibidor trotando con pisadas silenciosas. Le he construido un arenero improvisado con cajas de cereales y cinta adhesiva, con la esperanza de que no se mee y cague por toda la casa. Echarla queda descartado, así que al parecer me ha salido una inquilina permanente. Qué remedio. No tengo tiempo para ocuparme de eso.

Se restriega contra mi pierna, ronroneando con suavidad. Luego alza la vista hacia mí e intenta olisquear el uniforme ensangrentado que me cuelga de la mano derecha. Le da golpecitos con la pata.

—Basta, gata —murmuro—. No es para ti.

Voy a la cocina y saco una de las bolsas de plástico que guardo bajo el fregadero. Meto el uniforme dentro, le hago un nudo y la introduzco en otra bolsa, que luego meto en otra más. Ahora la mano está oculta bajo tres capas de plástico y una de tela. Sin embargo, si la policía registra mi casa, tardarán dos segundos en encontrarla, a pesar de todo.

Pero ¿qué puedo hacer?

No puedo tirarla a la basura. Mañana es viernes, y no pasarán a recogerla hasta el lunes. No quiero tener una mano descomponiéndose en mi cubo de basura todo el fin de semana, y menos con ese inspector husmeando por aquí. Y menos aún cuando el uniforme está cubierto por mis huellas. Como Barber consiga una orden de registro, estoy apañada.

Supongo que podría encender la chimenea para incinerarla, pero nunca la he usado en el tiempo que llevo viviendo aquí. Si por algún motivo acaban viniendo los bomberos, me meteré en un lío gordo, y a saber cuánto tiempo durarían los rastros de huesos en la chimenea.

Contemplo la bolsa de plástico que está sobre la encimera de la cocina. Empiezo a pensar que habría sido mejor que llamara al inspector desde el principio. Habría podido contárselo todo, hablarle de las cartas de mi padre y plantearle mis sospechas de que alguien intenta incriminarme. Si Barber descubre las pruebas en mi casa, me resultará mucho más difícil explicárselo todo que si se las hubiera entregado yo.

Pero no acabo de fiarme de él. Cada vez que me mira, veo el recelo en sus ojos. Soy la hija de un hombre que asesinó a innumerables mujeres. Soy una cirujana que abre a sus pacientes todos los días. Mi conexión con las dos chicas muertas parece cada vez más incuestionable. No quiero darle un motivo para arrestarme, y, si le confieso que fregué la sangre que había en el suelo del sótano, me detendrá casi con toda seguridad. Aunque se desestimaran los cargos contra mí, mi reputación profesional podría quedar dañada de forma irreparable.

No, seguir mi primer impulso es lo más indicado. Tengo que deshacerme de esta mano cuanto antes.

Me pongo la cazadora de nuevo y entro en el garaje con la bolsa de plástico. El coche aún huele que apesta y tengo que mantener todas las ventanillas entreabiertas cuando salgo a la calle, aunque el viento me golpea el rostro. Circulo hacia el sur por El Camino Real sin saber muy bien adónde me dirijo. Tengo que encontrar un contenedor en algún sitio que no guarde ninguna relación conmigo.

Después de conducir durante unos veinte minutos, veo una

hamburguesería Carl's Jr. a un lado de la carretera. No recuerdo qué es lo último que he comido, pero solo de imaginarme una de esas hamburguesas grasientas y chorreantes de una salsa espesa se me revuelve el estómago. Al estirar el cuello, advierto que el interior del restaurante de comida rápida está a oscuras. Cerrado.

Entro en el aparcamiento, que está vacío. Da la impresión de que los empleados se han marchado hace un buen rato. Los clientes también. Estoy segura de que habrá un contenedor detrás del restaurante y de que no encontraré a nadie más por ahí.

Me quedo unos minutos sentada en el coche, reuniendo el valor necesario para apearme. Me pregunto si es así como se sentía mi padre cuando tenía que deshacerse de una de sus víctimas. ¿Alguna vez tuvo miedo? ¿Le preocupaba que lo pillaran, o solo se dejaba invadir por la emoción del momento?

Esto no me parece emocionante. Ni pizca.

Apretando el volante con las manos, intento infundirme ánimos con un discurso motivacional. Todo saldrá bien. Nadie me verá. Aquí no hay ni un alma. Estoy sola.

No hay peligro.

Salgo del coche aferrando con fuerza la bolsa de plástico. Quisiera esconderla bajo la cazadora, pero la idea de llevar esa cosa pegada al cuerpo me repugna demasiado. Vislumbro el contenedor detrás del restaurante; el recipiente de metal verde está lleno casi hasta los topes de bolsas de basura, lo que significa que seguramente lo vaciarán mañana. Entonces la mano acabará sepultada bajo un montón de residuos en el vertedero, donde nadie la encontrará ni la relacionará conmigo.

Me encamino a paso veloz hacia el contenedor. El olor a grasa y basura se entremezclan a medida que me acerco. Prefiero eso a la lavanda. La tapa está levantada y, a pesar de las bolsas apretujadas en el interior, queda algo de espacio para mi pequeño paquete. Lo encajo en un hueco estrecho entre dos bolsas más grandes.

Retrocedo un paso para examinar el contenedor. A primera vista, no se alcanza a ver la bolsa. Ha quedado oculta bajo el resto de la basura maloliente. Y mañana ya no estará aquí, sino de camino al vertedero local. Con un suspiro de alivio, me dispongo a marcharme cuando oigo una voz cortante detrás de mí:

—¿Qué haces?

36

Casi me fallan las rodillas.

Creía que estaba sola, que todos se habían marchado a casa. Me equivocaba. Y ahora…

Me vuelvo hacia la voz. Es un hombre —en realidad un muchacho, aunque más alto que yo— que lleva una camiseta de color rojo brillante con una estrella amarilla. Sus brazos casi lampiños están cruzados sobre su pecho, y es tan delgaducho que podría rodearle por completo los bíceps con los dedos. Es un empleado que seguramente está preparándolo todo para echar la llave al restaurante. No sé por qué no tiene su coche en el aparcamiento, pero da igual. El caso es que está aquí.

La pregunta es: ¿cuánto sabe? ¿Me ha visto tirar la bolsa, o solo se ha fijado en que estaba aquí parada?

Alzo la vista hacia su rostro, sin una sola arruga pero salpicado de acné en las mejillas y la frente. Me mira con más curiosidad que suspicacia.

Enderezo la espalda. Aaron Nierling era un embustero consumado que supo ocultar sus crímenes a los ojos de todos sus conocidos, incluidas las personas que convivíamos con él. Y yo soy su hija. Si no soy capaz ni de engañar a un adolescente escuálido que trabaja en un establecimiento de comida rápida, sería una vergüenza.

—He comido aquí hace un rato y he perdido mis gafas de sol —le explico—, así que he regresado a buscarlas.

Las cejas del chico se elevan hasta donde le nace el cabello.

—¿En el contenedor?

—Por si acaso. ¿Sabes si alguien ha encontrado por ahí unas gafas?

Niega con un gesto, pensativo.

—No. Llevo aquí toda la tarde y no las he visto.

—Vaya por Dios —suspiro con tristeza—. Parece que no las voy a recuperar.

Conteniendo la respiración, observo en su rostro cómo giran los engranajes de su cabeza. ¿Me creerá? Está pensándoselo. Lo noto en el modo en que sus ojos miran hacia arriba y hacia un lado.

—¿Sabes qué creo? —dice.

Trago saliva.

—¿Qué?

Se inclina hacia mí, de manera que, incluso a la luz de la luna, vislumbro los poros grasientos de su piel.

—Que alguien te las ha mangado.

Meto las manos en los bolsillos para que no las vea temblar.

—¿Tú crees?

Asiente.

—Sí. Si eran unas gafas de sol chulas, seguro que alguien se las ha guardado en el bolsillo y se ha largado como si nada.

—Seguramente... es justo lo que ha pasado.

Me lanza una mirada compasiva.

—¿Quieres que guarde tu número, por si aparecen?

Me planteo la posibilidad de darle un número falso, pero me preocupa que intente llamarme y descubra que le he mentido.

—No hace falta. Es posible que se me cayeran del bolsillo cuando le he puesto gasolina al coche hace un rato. Voy a preguntar en la gasolinera.

El muchacho me desea buena suerte y yo regreso a mi coche a toda prisa. Una vez dentro, arranco el motor lo más rápidamente posible y salgo disparada. No quiero que al chico le dé por ponerse a buscar mis gafas de sol o por tomar nota de mi matrícula por si las encuentra.

Me zumban los oídos durante todo el trayecto de vuelta a casa. La cosa podría haber ido peor, pero también mucho, mucho mejor. Me ha parecido que el muchacho se ha tragado el cuento que le he soltado, pero nunca se sabe. ¿Y si ahora que me he marchado se pone a hurgar en la basura para encontrar mis gafas de sol y hacerse el héroe? Entonces descubrirá la bolsa de plástico y...

No, eso no ocurrirá. El chaval cobra el salario mínimo. No va a escarbar en la inmundicia para ayudar a una clienta.

Casi me da miedo volver a casa. A saber qué nuevo horror me aguarda allí. ¿Un cadáver en mi cuarto? ¿Sangre chorreando por las paredes? A estas alturas, ya nada me sorprendería. Sin embargo, cuando entro por la puerta, no veo nada fuera de lugar. Y no percibo otro sonido que los maullidos de la gata hambrienta.

Por lo menos a ella puedo darle gusto.

Mientras saco una lata de comida para mascotas del armario de la cocina, se me ocurre que tal vez yo también debería cenar algo. Creo que llevo por lo menos diez horas sin probar bocado. Mi estómago suelta un sonoro gruñido, lo que no es de extrañar. Aunque no tengo nada de apetito, quizá me convenga alimentarme para mantener el organismo en buen funcionamiento.

Después de hurgar en la nevera, saco medio sándwich de pollo que me traje del hospital. No estoy muy segura de cuándo lo compré, pero al olisquearlo no me da la impresión de que esté echado a perder. Lo meto en el microondas y contemplo cómo ese amasijo de comida tan poco apetecible gira en círculos mientras se recalienta.

Lo pongo en un plato, pero no quiero llevármelo a la boca. El hedor de la mano en descomposición aún me impregna la ropa. No soy capaz de oler otra cosa, ni de pensar en nada más.

Y eso no es lo peor. Lo peor es la nota de lavanda que se percibe debajo. Cada vez que me llega el tufillo, me dan arcadas.

Aparto de mí el sándwich y cojo el teléfono. Necesito comer algo, pero otra cosa que necesito es buscar sistemas de seguridad domésticos. Hay alarmas antirrobo autoinstalables, pero la triste realidad es que no me veo capaz de montar una ni aunque mi vida dependiera de ello. Quiero que un profesional venga a hacer de mi hogar un lugar seguro, y que venga lo antes posible. Mañana mismo.

Mientras mordisqueo el sándwich, llamo a unas cuantas empresas. Todas están cerradas a esta hora, claro. Dejo mensajes en el contestador de tres de ellas, con la esperanza de que al menos una pueda mandar a alguien mañana. No estoy dispuesta a esperar ni un día más.

Justo cuando estoy dejando el último mensaje, suena el timbre de la puerta.

Consulto mi reloj. ¿Quién habrá venido tan tarde? ¿Será Brady?

El corazón me da un vuelco solo de pensarlo. Anoche me dio la impresión de que no quería volver a saber nada de mí. Intento asumirlo, pero la verdad es que ahora mismo daría lo que fuera por estar con él. Ha sido uno de los peores días de mi vida, y lo que más deseo es abandonarme en sus brazos y olvidarme de todo. Tal vez sea la única persona del mundo capaz de hacer que me sienta mejor en estos momentos.

De verdad espero que sea él.

Tiro mi teléfono sobre la mesa de la cocina y cruzo el salón. Cuando me dirijo hacia la entrada principal, una sensación nauseabunda se apodera de mí. No, no es Brady quien está al otro lado de la puerta; me juego la cabeza a que no. Un vistazo por la mirilla confirma mis peores temores: es el inspector Barber.

Me quedo paralizada, sin saber qué hacer. Patricia me ha asegurado que no tiene pruebas contra mí. Pero entonces ¿qué hace aquí?

Dios mío, ¿me habrá visto en la hamburguesería? ¿Es posible? En ese caso, ¿por qué no me ha abordado ahí mismo?

A no ser que...

Tal vez me espiaba desde un sitio oculto. Quizá, cuando me he ido, se ha acercado al contenedor, ha escarbado en la basura y, tras descubrir lo que he tirado ahí, ha venido para llevarme esposada.

No quiero abrir la puerta.

Sus nudillos la golpean de nuevo, esta vez con más fuerza.

—Doctora Davis.

Respirando hondo, quito el pestillo. No puedo fingir que no estoy en casa. Seguramente me está viendo a través de las ventanas. Abro la puerta de golpe e invoco el carisma de mi padre.

«Por favor, que no haya encontrado la mano...».

—¿Qué tal, inspector? —digo.

—Doctora Davis. —Se levanta un sombrero invisible a modo de saludo—. Siento molestarla a estas horas...

—¿Puedo ayudarle en algo?

Fijo la vista en él, esperando que saque las esposas. «Nora

Davis, queda usted detenida». Sin embargo, en vez de eso, me sonríe, y se le forman arrugas alrededor de los ojos.

—En realidad, ahora que su abogada no está presente, quería disculparme.

Se me corta la respiración.

—¿Disculparse?

¿Será una trampa? Pero no, si hubiera estado acechándome cuando he ido al Carl's Jr. no le haría falta tenderme una trampa, porque ya dispondría de la información necesaria para llevarme presa.

Se rasca el cabello cano cortado al rape.

—Sí. Verá, soy un apasionado de mi trabajo. Supongo que una cirujana como usted lo entenderá, doctora Davis. Solo quiero atrapar al hijo de puta que asesinó a esas chicas. No sé si me explico.

Hago un gesto afirmativo.

—En fin —prosigue—. Me equivoqué al juzgarla basándome en el pasado de su padre. Ha sido injusto por mi parte. Así que quería decirle que lo siento. No debí hacerlo, pero mi intención era buena.

—Ya... —Me invade un alivio tan grande que casi me fallan las piernas—. Acepto sus disculpas. Y también espero que encuentre al responsable de esas atrocidades.

No se imagina cuánto lo espero.

—Sí... —Me sonríe de nuevo—. Le pido perdón de nuevo por molestarla tan tarde. Me he pasado por el consultorio, pero me han dicho que no había ido a trabajar porque se encontraba mal. Pero entonces he venido y tampoco la he encontrado aquí.

—Supongo que estaba arriba, durmiendo —digo.

—Ya, pero su coche no se encontraba en el garaje. He visto por la ventana lateral que estaba vacío.

Arrugo el entrecejo. Este inspector es más falso que Judas. No ha venido a disculparse, sino a averiguar dónde narices he estado todo el día. Y no sería buena idea contarle que he ido a ver a mi padre. No le va a costar mucho averiguar lo de mi vuelo. Pero no pienso ponérselo en bandeja.

Al menos no me ha visto delante del contenedor.

—He salido a por un caldo de pollo —digo al fin.

Cada vez me resulta más fácil mentir.

—Ah. —Asiente—. Bueno, eso tiene sentido. ¿Se encuentra mejor, doctora?

—Mucho mejor, gracias.

Nos quedamos mirándonos en silencio. Volvemos a competir para ver quién parpadea primero. A estas alturas, ya debería saber que a eso no me va a ganar.

—Bueno... —Barber da un golpecito con el puño en el marco de la puerta—. Ya le he dicho lo que tenía que decir, así que voy a dejarla descansar. Que se mejore.

—Gracias.

Lo sigo con la mirada mientras baja los escalones de la entrada principal, se encamina hacia su vehículo sin distintivos policiales, sube y arranca. Incluso entonces me siguen temblando las rodillas. Aunque se ha marchado, volverá. Más vale que esté preparada.

No sé quién está matando a esas chicas, ni por qué está empeñado en arruinarme la vida, pero no pienso dejar que se salga con la suya.

37

Afortunadamente, a la mañana siguiente tengo programadas varias operaciones, lo que mantendrá mi mente ocupada. Planeaba pasarme la tarde en el hospital haciendo tranquilamente mi ronda y terminando los informes que me faltan, pero, en vez de ello, tengo que salir pitando hacia el consultorio para atender a los pacientes cuya cita Harper cambió para hoy. Va a ser un día ajetreado, pero lo prefiero así.

Después de mi primera intervención de la mañana, estoy dictando mi informe operatorio en la sala de descanso de cirugía cuando recibo una llamada de una de las empresas de alarmas.

—¡Hola, Nora! —dice una alegre voz femenina—. ¡La llamo para hablarle de las distintas opciones de sistemas de seguridad domésticos!

—Genial —jadeo. Desplazo la vista por la sala, en la que por suerte no hay nadie más—. Quisiera que me instalaran uno lo antes posible.

—¡Faltaría más!

La mujer me hace preguntas sobre el número de puertas y

ventanas que tengo en la planta baja, así como sobre la superficie aproximada.

—Nuestro sistema es muy sencillo de usar —dice—. Para desactivar la alarma, solo tendrá que introducir la clave en el teclado numérico, y puede monitorear las cámaras desde dondequiera que esté a través de su teléfono móvil.

—¿Cuándo me lo pueden instalar? —pregunto.

—¿El lunes por la mañana le viene bien?

Demasiado tarde. La idea de pasar todo el fin de semana sin protección en casa hace que el corazón me dé un vuelco.

—¿Podría ser hoy?

—Lo siento mucho, pero hoy tenemos todos los horarios ocupados.

Agarro el teléfono con más fuerza.

—¿Hay alguna manera de que pueda venir alguien esta noche, fuera de horas?

—Lo siento, pero nosotros no...

—Estoy dispuesta a pagar un plus. Lo que me pidan.

Se produce un largo silencio al otro lado de la línea.

—No cuelgue. Voy a consultarlo un momento.

La mujer me pone en espera y me quedo sentada, escuchando una música de ascensor machacona. Mientras aguardo, Philip entra en la sala de descanso, aún con el gorro quirúrgico puesto. Al verme, despliega una gran sonrisa y se quita el gorro, que le deja una marca horizontal en la frente.

—¿Ya recuperada del virus intestinal? —me pregunta, con un ligero deje de sarcasmo—. Todos estamos contigo. Creo que Harper te ha preparado un poco de sopa.

Agito la mano con la que sostengo el teléfono.

—Me han puesto en espera.

—Ah, ¿sí? ¿Quién?

Por toda respuesta, le lanzo una mirada hostil.

—¿Es tu abogada? —me presiona.

Cuando me dispongo a decirle que se meta en sus malditos asuntos, la mujer vuelve a ponerse al teléfono.

—Hay un técnico que puede pasarse esta tarde a las ocho —me informa—. Se le aplicará un recargo de doscientos dólares. ¿Le parece bien?

En este momento, pagaría un millón de pavos con tal de que fueran a mi casa hoy, así que doscientos dólares me parecen una ganga.

—Estupendo. ¿Y podrán instalarme la alarma, el panel de control y todo lo demás esta misma noche?

—Así es.

Suelto el aire, aliviada.

—Muchas gracias.

Philip se sienta junto a mí y me observa con curiosidad mientras facilito mis datos a la mujer. A saber qué estará pensando. Aunque, a estas alturas, creo que ni siquiera me importa.

—¿Qué narices te pasa, Nora? —me pregunta cuando cuelgo por fin—. No te lo tomes a mal, pero te estás comportando de un modo muy extraño últimamente.

—¿Faltar un día al trabajo por enfermedad es un comportamiento extraño?

—En tu caso sí, extrañísimo. —Señala mi móvil con la cabeza—. ¿Y a qué ha venido eso? ¿Por qué quieres llenar tu casa de alarmas y cámaras? Vives en un barrio ridículamente seguro y aburrido.

—Más vale prevenir que curar.

Frunce el ceño.

—¿Quieres hacer el favor de explicarme qué está ocurriendo? Oye, ya sé que a veces crees que soy un capullo, pero puedes confiar en mí. Nos conocemos desde hace mucho tiempo.

Escruto el atractivo rostro de Philip. Cuando lo conocí, me pareció un cirujano arrogante como tantos otros, pero a lo largo de los años he llegado a respetarlo. Es un profesional extraordinario, puede que incluso mejor que yo, para ser sincera, aunque lleva más tiempo dedicándose a esto. Sin embargo, también opino que es un ser humano decente, cosa que su exesposa negaría con vehemencia.

Pero esto no es cuestión de confianza. Si le revelo quién es mi padre, empezará a verme de otra manera, como me sucedió con Brady. Y, si le cuento lo de la sangre en el sótano o la mano medio podrida en mi maletero..., bueno, hay una posibilidad considerable de que llame a la policía. No puedo correr ese riesgo.

—Estoy bien —contesto al fin—. Te lo aseguro.

—O sea que no vas a decírmelo —señala.

Me encojo de hombros.

Soltando un sonoro suspiro, cruza los musculosos brazos.

—Está bien, no te voy a obligar. Pero te recuerdo que, si te apetece hablar, aquí me tienes. O alguna otra cursilada por el estilo.

Dicho esto, se levanta y sale de la sala, presumiblemente para preparar su siguiente intervención. Me muerdo el labio, preguntándome si debería haberle confesado la verdad. Pero no. He guardado el secreto durante veintiséis años y ahora no pienso desvelárselo a nadie más.

38

Lo único que he conseguido ingerir esta mañana son dos tazas de café, así que, a las diez, aprovechando un hueco entre dos operaciones, me dirijo al puesto de comida que está delante de urgencias para comprarme un pastel danés. Por lo general me preocuparían las calorías, pero, al paso que voy, acabaré desnutrida antes de final de mes. Ahora mismo un bollo no me vendría nada mal.

Menos mal que la gastroneta de la mañana no vende nada que lleve carne. Creo que en estos momentos no soportaría el olor a salchicha o beicon. Tal vez tenga que volverme vegetariana en un futuro próximo.

Hoy hace un día estupendo. El sol californiano brilla con todo su esplendor y la temperatura es lo bastante templada para que me sienta a gusto con la blusa de manga corta del uniforme. Es una lástima que tenga que pasarme la mañana en el quirófano y la tarde en el consultorio. Claro que, de no ser así, no tendría con quién disfrutar el día. En fin, al menos estoy tomando un poco el fresco.

Mientras espero pacientemente a que la clienta que está delante de mí decida qué tipo de pastel quiere para desayunar, me asalta la sensación familiar de que alguien me mira, un hormigueo en la nuca que me hace desear que la mujer elija de una vez.

Y entonces oigo una voz conocida a mi espalda y se me forma un nudo en el estómago.

—¿Doctora Davis?

Me vuelvo lentamente. Se me corta la respiración cuando veo quién está detrás de mí.

Es Henry Callahan, el hombre que me acosó aquella noche en el bar. El que me siguió dos noches seguidas en su Dodge azul. El que se estrelló contra un árbol cuando lo dirigí hacia una curva peligrosa.

Suponía que aún estaba en el hospital, en cuidados intensivos. Y, en cambio, lo tengo delante ahora mismo, al parecer totalmente recuperado.

—Señor Callahan —consigo responder, retrocediendo un paso con los puños apretados. No puede hacerme nada; hay testigos. Aunque tal vez eso no sea algo bueno—. ¿Qué hace aquí? —pregunto con brusquedad.

—He..., he venido a recoger a un amigo que está en urgencias, y la he visto en la cola. —Me mira parpadeando, sin el menor rastro de la rabia que crispaba sus facciones durante el incidente del bar. De hecho, parece casi avergonzado—. Solo quería decirle...

Me aclaro la garganta.

—No creo que sea...

—Quería pedirle disculpas.

—¿Perdón?

—Quiero disculparme por lo de la otra noche. —Agacha la cabeza—. Entiendo que le pidiera a su asistente que me llamara para decirme que no volviera a su consulta. Me porté como un idiota. Había bebido demasiado y estuve de lo más grosero. Es usted una cirujana magnífica, una auténtica profesional, y no se lo merecía. Me siento fatal.

«Entonces ¿por qué me seguiste dos noches consecutivas?».

—Ah —murmuro.

—En fin, como le decía, solo quería pedirle disculpas. —Se mete las manos regordetas en los bolsillos de sus vaqueros gastados—. Le prometo que no volveré a molestarla. Voy..., voy a buscar a mi amigo.

A diferencia de la disculpa del inspector Barber, la suya me ha parecido sincera. Aun así, me cuesta creer que no estuviera fingiendo; debe de guardarme un rencor terrible. Su coche quedó destrozado por mi culpa. ¿Cómo no va a estar enfadado por eso?

—Siento lo de su accidente —digo al fin.

Arruga el entrecejo.

—¿Qué accidente?

—El que sufrió en su coche. —Contemplo su semblante, estudiando su reacción—. Por lo visto está entero.

—Hum..., sí. —Su rostro refleja una gran confusión—. Estoy entero, pero no he tenido un accidente de coche desde hace años. Ni siquiera un golpecito. Soy muy buen conductor —añade, orgulloso.

Puede que mi padre fuera un embustero consumado, pero dudo mucho que Henry Callahan lo sea también. Da la impresión de estar diciendo la verdad. Además, su aspecto dista mucho de ser el de alguien que se encontraba en estado crítico hace solo una semana; se le ve totalmente ileso, sin siquiera un arañazo.

—Me..., me pareció leer la noticia en el periódico. Su coche es un Dodge azul, ¿verdad?

Arquea una ceja.

—No, es un Ford azul. A lo mejor la noticia era sobre otro Henry Callahan.

Solo que el artículo no mencionaba nombres. Había supuesto que se trataba de él porque me había parecido verlo subir al Dodge azul que más tarde me siguió. Pero yo estaba dentro del bar, así que no alcancé a ver bien el coche. A lo mejor el Dodge azul pertenecía a otra persona.

Pero, si no fue él, ¿quién demonios me siguió la semana pasada?

—¿Va todo bien, Doc? —Me mira entornando los ojos—. Se la ve un poco desmejorada. —Se ríe de su propio comentario—. Aunque, si estuviera enferma, lo sabría mejor que yo, claro.

—Disculpe —logro tartamudear.

Me abro paso entre la gente de la cola, dejando atrás a Callahan con expresión de perplejidad. Se me ha quitado el poco apetito que tenía.

Me voy directa a la sala de descanso de cirugía e inicio sesión en uno de los dos ordenadores que hay. Mientras espero a que se cargue mi perfil de usuario, no dejo de dar vueltas a lo que acaba de decirme Henry Callahan. Él no conducía el Dodge azul. No era él quien me seguía, sino otra persona.

Una persona que chocó contra un árbol y fue trasladada a este hospital en estado crítico.

En cuanto accedo al sistema de historiales médicos electrónicos, lo primero que hago es consultar el de Henry Callahan. No me sorprende en absoluto comprobar que la información concuerda con lo que me ha contado. La última vez que ingresó en el hospital fue para someterse a una reparación de hernia, operación que la doctora Nora Davis llevó a cabo con éxito.

Me quedo mirando la pantalla del ordenador mientras me mordisqueo la uña del pulgar. Alguien iba al volante del coche que me seguía. Alguien fue hospitalizado después del accidente. Lo decía el periódico.

Abro el registro de la UCI quirúrgica. Una persona en estado crítico a causa de un accidente de tráfico probablemente acabaría ahí. Repaso la lista de nombres para ver si alguno me resulta conocido, pero no.

Así que consulto una cosa más: los ingresos efectuados la noche del accidente.

Solo consta uno.

William Bennett Junior, de treinta y cinco años, fue ingresado con politraumatismo la misma noche que se estrelló el Dodge azul. Está en la cama doce de la UCI quirúrgica.

El nombre no me suena de nada. Aunque esto va contra toda ética, hago clic en su ficha clínica. Mis ojos recorren la página a toda velocidad mientras leo su historial y los resultados de la exploración física. El hombre se vio implicado en un accidente automovilístico en el que un turismo colisionó contra un árbol. Dio negativo en la prueba de alcoholemia. Presentaba fractura del húmero derecho, la clavícula derecha, el fémur izquierdo y la tibia y el peroné izquierdos, fractura craneal con un hematoma subdural pequeño, múltiples costillas rotas y un neumotórax que requirió la colocación de un tubo torácico y provocó insuficiencia respiratoria, complicada ahora con una neumonía asociada a la ventilación asistida. El tipo está hecho polvo. Sigue intubado. Es posible que no sobreviva.

Echo un vistazo a mi reloj. Aún me quedan diez minutos antes de volver al quirófano.

Tengo que ir a verlo.

39

La UCI quirúrgica de nuestro hospital cuenta con veinte camas, pero por lo general solo están ocupadas cerca de la mitad. Aunque hay algunas habitaciones privadas, la mayor parte de las camas están separadas únicamente por cortinas, casi todas descorridas. Cuando entro en la sala, reina el silencio salvo por el pitido de los monitores y el zumbido de los respiradores.

Cuando me detengo un momento cerca de la entrada, una enfermera veinteañera con uniforme, gorro quirúrgico verde y demasiado rímel se me acerca con paso apresurado. La reconozco, pero, como de costumbre, el nombre no me viene a la memoria de inmediato. Me fijo en su tarjeta de identificación, que, por suerte, está del derecho. «Meagan».

—¡Hola, doctora Davis! —gorjea—. ¿A quién ha venido a ver?

Aunque varios de mis pacientes han estado ingresados en la UCI quirúrgica, ahora mismo no hay ninguno, por lo que en realidad no tengo un pretexto para encontrarme aquí. Y, como es lógico, no puedo contarle la verdad a Meagan.

«Quiero echarle una ojeada a William Bennett para ver si su cara me suena».

No, eso no le causaría muy buena impresión. Por fortuna, se me ha ocurrido una excusa mientras subía hacia aquí. Y no hay ningún motivo para que Meagan no se la crea.

—El doctor Corey me ha pedido que visite a los pacientes que tiene aquí —le explico. Ella sabe que Philip es mi socio y que nos cubrimos el uno al otro en el trabajo—. Pero, como no podía ser de otra manera, se ha olvidado de decirme quiénes son.

La miro con complicidad. «Qué típico del doctor Corey, eso de pedirle a alguien que vea a sus pacientes sin proporcionarle la información necesaria, ¿no?». Esboza una sonrisa comprensiva; sin duda ha tenido bastante trato con Philip.

—¿Podrías consultar el registro en el ordenador y decirme quiénes son sus pacientes?

Meagan asiente, ansiosa por colaborar. Como es una enfermera joven, está dispuesta a hacer lo que le pida sin señalar que no me costaría nada abrir sesión en un ordenador y obtener esa información por mí misma.

Mientras ella inicia sesión en su cubículo de trabajo, desplazo la vista por los números de las camas que cuelgan de los pieceros. Nueve, diez, once...

Doce.

Alcanzo a verlo desde donde me encuentro. Vuelvo la mirada hacia Meagan, que sigue frente al ordenador. No está pendiente de mí y, aunque lo estuviera, no tiene motivos para recelar. Me alejo lentamente del puesto de enfermeras en dirección a la cama número doce.

El hombre que yace en ella se encuentra en un estado bastante lastimoso. Tiene los dos ojos amoratados, y un tubo endotraqueal asegurado a la boca con cinta le insufla aire en los pulmones para mantenerlo con vida. Lleva el tobillo izquierdo escayolado y el brazo derecho en cabestrillo. Aunque tiene los párpados entreabiertos, salta a la vista que está bajo los efectos de una sedación intensa. Me fijo en su cabello negro y grasiento y en la curva de su mandíbula, cubierta de una oscura barba incipiente.

Me resulta familiar. Yo he visto a este hombre en alguna parte.

Pero no tengo ni idea de dónde.

—Doctora Davis...

Me alejo de la cama número doce, apartando la mirada para que Meagan no se huela lo que estaba haciendo. Se encuentra detrás de mí, observándome con curiosidad.

—Ah —me apresuro a decir—. Creía..., creía que era un paciente del doctor Corey. Me resulta conocido.

Meagan me lanza una mirada extraña.

—He consultado el ordenador y ahora mismo no hay pacientes del doctor Corey ingresados en esta unidad.

Trago saliva.

—Ah, ¿no?

Sacude la cabeza.

—No. No ha tenido pacientes aquí desde hace dos semanas.

—Cómo no. —Exhalo lo que espero que suene como un suspiro de exasperación y bajo la vista hacia mi reloj—. Bueno, mejor. Tenía que estar en el quirófano hace cinco minutos.

Le sonrío a Meagan, pero ella no me devuelve la sonrisa. Me da igual lo que piense. Ella es el menor de mis problemas. El hombre acostado en la cama doce me siguió dos noches consecutivas, e ignoro por completo la razón.

Ya no puede hacerme daño; a duras penas sigue con vida.

Pero no actuaba solo.

40

La peste a carne podrida aún impregna mi coche mientras me dirijo del hospital al consultorio. Llevo todos los cristales bajados, pero no sirve de nada; el olor sigue siendo asfixiante. Tengo que contener las ganas de vomitar durante todo el trayecto. Hoy no me apetece nada comerme un burrito en el coche.

El resto de la mañana ha sido caótico tras mi visita a la UCI quirúrgica. He llegado diez minutos tarde al quirófano para la operación, que luego encima se ha alargado. Hasta el final de mi jornada matinal me he esforzado al máximo para recuperar el tiempo, pero me resultaba imposible concentrarme como siempre.

Alguien me siguió. Alguien derramó sangre en el sótano de mi casa. Alguien dejó una mano cercenada en mi coche.

Y no tengo ni idea de por qué.

Cuando estaciono el vehículo en el aparcamiento situado frente al edificio, me planteo la posibilidad de dejar las ventanillas abiertas, pero entonces recuerdo que la última vez que aparqué aquí, me rajaron las ruedas. No quiero facilitarle aún más las cosas a quien pretenda acceder a mi coche, así que no me queda más remedio que subir los cristales. Ya seguiré ventilando la cabina esta noche.

Cuando llego arriba y entro en la sala de espera, una mujer me aborda antes de que pueda acercarme siquiera a la recepción. Me resulta familiar, pero tardo unos segundos en identificarla.

—Señora Kellogg —digo—, ¿cómo le va?

La mujer mayor me sonríe. El moretón de debajo del ojo izquierdo casi ha desaparecido desde la última vez que la vi, cuando le pasé con disimulo la nota en la que le preguntaba si necesitaba ayuda. Tiene el aspecto de alguien que se ha quitado un gran peso de encima.

—Muy bien, doctora Davis —dice—. He venido porque quería que supiera que..., bueno, Arnold ha fallecido.

De pronto, se me seca la boca. No es el tipo de noticia que necesito oír ahora mismo.

—¿Qué me dice?

—A principios de esta semana —declara con voz suave—. Murió plácidamente mientras dormía. De un ataque al corazón.

Relajo la postura. Un ataque al corazón. Un apacible ataque al corazón, en la cama. Nadie lo ha asesinado ni le ha cortado las manos. No cabe imaginar una muerte más tranquila.

—Lo siento mucho.

—Ya. —Suspira—. En fin, solo quería darle las gracias por los excelentes cuidados que le dispensó. Obviamente, el infarto no ha tenido nada que ver con la operación. Son solo cosas que pasan, ¿sabe?

—Sí —murmuro, aunque, con todo lo que está sucediendo en mi vida, no puedo evitar pensar que perder a un paciente, aunque sea por una causa no relacionada conmigo o con su operación, no es algo bueno.

La señora Kellogg me estrecha la mano y luego, en el último momento, me atrae hacia sí para abrazarme. Aunque lo negó cuando se lo pregunté, nunca me creí que su marido no fuera el responsable del ojo morado. Apuesto a que se alegra de que él se haya esfumado.

Me encamino hacia la recepción, donde Harper está inmersa en una conversación telefónica. En cuanto me ve, levanta los ojos y me lanza una mirada de preocupación. Nada más colgar el teléfono, se pone de pie.

—Doctora Davis, ¿se encuentra bien?

Le dirijo una sonrisa forzada.

—Sí, mucho mejor. No ha sido más que un virus de veinticuatro horas.

Juntando las cejas, me muestra un táper lleno de un líquido ambarino y finos hilos de pasta.

—Le he preparado una sopa de fideos…

—Gracias, pero ya estoy bien. De verdad. —Me debato unos instantes entre preguntarle algo o no—. Oye, Harper, ¿puedes realizar búsquedas en la lista de pacientes?

—Claro.

—¿Con qué parámetros?

Coge el ratón y hace clic para abrir la lista.

—Los que quiera: nombre, número de historial médico…

—¿Puedes buscar por edad?

Frunce los labios.

—¿Por edad?

—A ver… —Me limpio las manos, de pronto sudorosas, en el pantalón del uniforme—. ¿Podrías centrar la búsqueda en pacientes mujeres de menos de treinta años, por decir algo?

—Sí. —Harper me mira con curiosidad—. Creo que sí. ¿Por qué?

Porque dos de mis pacientes mujeres de menos de treinta años han sido asesinadas en las últimas dos semanas, y me preocupa que la cosa no acabe ahí.

Casi todos mis pacientes son mayores. La lista de mis pacientes femeninas jóvenes no puede ser muy larga. Si las telefoneara a todas y de alguna manera... No sé. Supongo que me tomarían por una demente si les advirtiera de que quizá su vida corre peligro. Es el tipo de conducta que podría costarme la licencia. Me planteo entregarle la lista al inspector Barber, pero eso supondría romper la confidencialidad médico-paciente. Así que, en realidad, obtener esa lista no me serviría de mucho.

—Olvídalo —mascullo.

—¿Seguro que va todo bien, doctora Davis?

—Sí. Todo va a las mil maravillas.

Me alejo a toda prisa tras aceptar de mala gana la sopa de Harper y la guardo en la nevera, solo para complacerla. Cuando estoy a punto de llegar a la sala de reconocimiento, Sheila me intercepta en el pasillo. Enlaza el brazo con el mío y me dirige una mirada severa.

—Nora, ¿te encuentras bien? —dice.

—Por Dios —gruño—. No ha sido más que un virus intestinal de nada. Estoy bien.

Clava los ojos en mí.

—Philip dice que estás metida en líos legales.

Aprieto el puño derecho.

—¿Eso te ha dicho?

Ella asiente.

—Está preocupado por ti.

—Pero no tiene por qué contárselo a todo el mundo. —Me arden las mejillas—. Además, no es verdad.

Sheila arquea una ceja.

—¡En serio, no lo es! —O, por lo menos, no tendré problemas con la ley hasta que alguien descubra los restos de sangre en el suelo de mi sótano. Entonces sí me habré metido en un pequeño lío—. Créeme. Todo está en orden. Ha sido una semana complicada, eso es todo.

—Está bien —dice Sheila—. Pero quería advertirte de otra cosa. Desde que Sonny pasó a la historia, Harper y Philip se han vuelto uña y carne.

Tuerzo el gesto.

—Genial.

—Cuando le he sacado el tema, él se ha hecho el inocente, pero no me lo trago.

No puedo ocuparme de esto ahora mismo. Si Philip se empeña en ser un viejo verde que le tira los tejos a su recepcionista de veinticinco años, no seré yo quien se lo impida.

41

Pese a que Harper hizo todo lo posible por cambiar mis citas para la semana que viene, tengo la sensación de que hoy me toca atender a un millón de pacientes. Son casi las siete cuando el último de ellos sale de la sala de reconocimiento.

Aunque me hace sentir culpable, Harper insiste en quedarse para echarme una mano. Sin embargo, después de despedir al último paciente, salgo para decirle que se vaya a casa de inmediato. Por lo que tengo entendido, debe preparar un examen importante este fin de semana. No quiero que mi drama personal sea la causa de que no acceda a la facultad de Medicina.

Cuando llego frente a su mesa, la encuentro recogiendo sus cosas. Me sonríe al verme.

—Ya me iba, a menos que necesite alguna cosa más.

—Dios, no. Vete a casa, por favor.

—Gracias.

Observo a Harper unos instantes, fijándome, no por primera vez, en lo guapa que es, con esa cabellera larga y oscura. Y, cuando alza los ojos hacia mí, me llama la atención lo azules que los tiene.

Como Shelby Gillis y Amber Swanson.

Y como Mandy Johansson.

Tragando saliva, consulto mi reloj.

—Fuera está muy oscuro. ¿Quieres que llame a seguridad para que alguien te acompañe hasta tu coche?

—No, no hace falta.

—De verdad, no creo que debas salir sola. Es peligroso.

Harper se mordisquea la uña del pulgar.

—En realidad, no voy a salir sola.

—Ah, ¿no?

—Philip se ha quedado para esperarme.

Se me cae el alma a los pies. Lo ha llamado «Philip». Maravilloso.

Justo en ese momento, el aludido se acerca desde el fondo del consultorio. Se ha cambiado el pijama sanitario por una bonita camisa de vestir y un pantalón informal, y está guapísimo. Cuando Harper lo ve, noto que se queda un poco embobada.

Perfecto.

—Harper y yo solo vamos a tomar una copa rápida. —Philip me sonríe de oreja a oreja—. Puedes venir con nosotros, Nora, si ya te has recuperado del virus intestinal.

No me gusta el tono sarcástico de su voz cuando dice «virus intestinal».

Me siento tentada de acompañarlos, aunque no sea más que para hacer de carabina, pero tengo demasiado trabajo atrasado y he quedado con el técnico de la empresa de seguridad dentro de solo una hora en mi casa, así que niego con un gesto.

—Pasadlo bien —farfullo.

Philip me guiña el ojo.

—Eso haremos.

Aunque me cabrea que Philip vaya a salir con Harper, pese a

mis repetidas advertencias de que no lo hiciera, al menos sé que ella estará a salvo. Philip a veces se porta como un auténtico cretino, pero no dejará que le ocurra nada malo. Al menos, mientras esté con él, Harper no vagará sola por las calles durante toda la noche. Seguro que la dejará delante de la misma puerta de su casa.

Regreso a mi despacho para encargarme de la parte que menos me gusta de mi profesión: el trabajo de oficina. Me espera una montaña de papeleo. Estoy segura de que, hace cincuenta años, los cirujanos no tenían que perder el tiempo con estas chorradas; solo abrían a la gente, arreglaban el problema, garabateaban una nota que decía algo así como «le he sacado el apéndice» y a otra cosa. Ahora estamos obligados a documentarlo todo, lo que supone un trabajo en sí mismo.

Mientras redacto informes, tengo la cabeza en otra parte. Pienso sobre todo en la casa vacía a la que voy a regresar. Me da miedo, incluso sabiendo que me instalarán un sistema de seguridad. Por una vez en mi vida, no quiero estar sola.

Y quizá no sea solo porque tengo miedo.

Saco mi móvil y busco el contacto de Brady. No lo he llamado nunca porque había decidido evitar que tuviera mi teléfono. Eso solo habría creado más problemas. Pero, de todas maneras, ha estado prácticamente desaparecido desde que le solté el bombazo. No pierdo nada con enviarle un mensaje de texto corto. Lo más probable es que no me conteste, pero nunca se sabe.

Abro el cuadro de texto y escribo: «Hola».

Tras vacilar por una fracción de segundo, pulso enviar.

¿Por qué estoy haciendo esto? ¿Por qué lo molesto un viernes por la noche, cuando me ha dejado bastante claro que ya no quiere saber nada de mí? ¿Por qué, cada vez que me siento mal, mi primer impulso es acudir a él?

No responde, lo que no debería sorprenderme. Bueno, pues ya está.

De pronto, aparece un mensaje en la pantalla: «¿Nora?».

Ah, claro, no sabe quién soy porque no tiene mi número, pero no le ha costado mucho deducirlo.

«Sí, soy yo».

Estoy bastante segura de que ya no me dirá nada más, pero entonces veo los puntos suspensivos que indican que está escribiendo algo y, después de lo que se me antoja una eternidad, me responde: «¿Va todo bien?».

«Sí». No es verdad, claro. Nada va bien. Aun así, siento la necesidad de explicarme: «Solo quiero que sepas que no soy como mi padre. Espero que no pienses eso de mí. Él es un monstruo».

Ayer, cuando miré a mi padre a los ojos, del mismo color que los míos, me di cuenta de la diferencia entre nosotros. Él es un asesino despiadado. No ha cambiado después de todos los años que ha pasado en prisión. Yo no soy así, por más que él afirme lo contrario.

Se produce una larga espera mientras Brady me contesta. Contengo la respiración, preguntándome qué va a escribir. Al fin, su respuesta aparece en la pantalla: «Lo sé».

Echo un vistazo a mi reloj. Tengo que irme a casa para recibir al instalador de alarmas. En vez de chatear con Brady, debería haber terminado mi trabajo aquí, pero se ha hecho demasiado tarde. Ya lo remataré esta noche, seguramente en la cocina, mientras me como una cena precocinada.

Llego a casa a las ocho pasadas. Esperaba encontrarme al tipo de la empresa de seguridad aguardándome, pero la calle está desierta.

Me quedo en el coche. No quiero ni cruzar el umbral de mi

puerta hasta que la alarma esté instalada. Solo Dios sabe qué voy a encontrar hoy ahí dentro.

Pasan quince minutos y no hay señales del hombre que supuestamente va a instalarme el sistema de seguridad. Me han mandado un correo de confirmación hace unas horas, así que abro mi buzón para ver si me he equivocado de hora. Pero entonces advierto que he recibido otro mensaje de la empresa.

> ¡Sentimos que haya tenido que posponer su cita! Este mensaje es para confirmar que el técnico acudirá a su domicilio el lunes a las 8.00 horas.

La cabeza me da vueltas mientras me quedo contemplando el correo. ¿Me están gastando una broma? ¡Yo no he pospuesto la cita! ¿Por qué iba a hacerlo si estaba desesperada por que me mandaran a alguien hoy mismo?

Marco el número de la empresa, pero ya ha pasado la hora de cierre, así que, como es lógico, nadie me contesta. Grandioso.

Vuelvo la mirada hacia mi casa, hacia las ventanas oscuras. No quiero entrar ahí sola.

Así que abro de nuevo la aplicación de mensajes de texto y le escribo uno a Brady: «¿Te parece bien si me paso por tu casa ahora?».

Su respuesta me llega casi al instante.

«Claro».

42

Voy conduciendo hacia la casa de Brady sin saber muy bien qué esperar cuando llegue allí. Solo sé que no quiero estar sola en este momento, sabiendo que el asesino de esas chicas puede colarse en mi casa. A lo mejor Brady me deja pasar la noche con él. Luego, me alojaré en un hotel durante el resto del fin de semana.

No es solo que quiera estar con alguien; quiero estar con él. No me hace mucha ilusión visitar de nuevo aquel apartamento minúsculo, pero cada vez que pienso en meterme en su cama y pasar la noche entre sus brazos, me invade una sensación cálida, incluso más agradable que la que me proporciona un old fashioned.

Es posible que el tío me guste de verdad. Lo nuestro no llegará muy lejos, claro, pero por el momento puedo disfrutarlo.

Cuando paro el coche frente al edificio viejo y ruinoso en el que Brady tiene alquilado el primer piso, su casera, la señora Chelmsford, está en el porche como siempre, con un largo camisón blanco. Sin embargo, esta vez no está sola, sino hablando con la mujer de mediana edad que la acompañaba en el supermercado, su sobrina. La anciana, de pie, llora y grita algo que no alcanzo a entender debido a su estado de extrema agitación. Incluso desde donde me encuentro, veo las gotitas de saliva que le salen disparadas de la boca.

Nada me apetece menos que enredarme en este asunto, pero, cuando me dispongo a escabullirme hacia el piso de Brady por la parte de atrás, la sobrina baja corriendo los escalones y se dirige hacia mí. Retrocedo un paso, deseando poder subir a mi coche, marcharme y regresar luego. Pero es demasiado tarde.

—Hola. —La sobrina de la señora Chelmsford me dedica una sonrisa incómoda—. Siento mucho que hayas tenido que presenciar esto. Eres la amiga de Brady, ¿verdad?

—Sí —digo, rígida.

—¿Lo ves, tía Ruth? —le grita a su anciana tía—. ¡Es la amiga de Brady, y está bien! ¡Él no le está haciendo daño a nadie ahí dentro!

Pero la señora Chelmsford no atiende a razones. Erguida en el porche, aprieta sus puños esqueléticos.

—¡Sé lo que he oído!

Contengo el aliento.

—¿Qué?

La sobrina suelta un bufido.

—Te ruego que disculpes a mi tía. Se le ha metido en la cabeza una idea disparatada sobre Brady. Insiste en que oye gritos que salen de su piso. Creo que sufre alucinaciones por la noche. Es algo que les pasa a las personas mayores.

Se me tensa la mandíbula.

—A lo mejor ya no debería vivir sola...

—Quizá tengas razón. —Sacude la cabeza—. Esto no había pasado antes. Con el inquilino anterior nunca se ponía así. Supongo que su demencia ha empeorado.

—¡Oigo gritos toda la noche! —exclama la señora Chelmsford desde el porche, con el cabello cano alborotado—. ¡Está torturando a alguien ahí dentro, a alguna pobre chica!

De pronto, me tiemblan las rodillas, aunque no sé por qué. La señora Chelmsford está discapacitada. He tratado a pacientes con demencia, y se les ocurren fantasías de lo más estrambóticas. Nada de lo que diga es fiable. Y su sobrina tampoco parece creerla.

—A lo mejor oye a la hija de Brady —aventuro.

La sobrina ladea la cabeza.

—¿Cómo?

—Me refiero a que, cuando la hija de Brady está de visita, a lo mejor hace mucho ruido y a tu tía le parece que está gritando —explico.

Me mira con extrañeza.

—Brady no tiene una hija.

Que Brady... ¿qué?

—En fin —dice la sobrina—. Lamento el alboroto. Llevaré a mi tía dentro y me quedaré con ella hasta que se tranquilice. Tú no te preocupes, no volverá a molestarte.

Mientras observo cómo sube de nuevo los escalones y convence a la señora Chelmsford de que entre en la casa, noto un nudo en el estómago. «Brady no tiene una hija».

De pronto me vienen varios pensamientos a la cabeza.

Brady reapareció en mi vida justo en el mismo momento en que empezaron los asesinatos. Fue una casualidad..., o eso creía. Estaba trabajando como barman, a pesar de que, dados su título y su experiencia como informático, parece poco creíble que no consiguiera trabajo en Silicon Valley.

Cuando estábamos en la universidad, devoraba películas de terror. Recuerdo la cara de fascinación con que veía cómo despedazaban a esas chicas en la pantalla. Le gustaba tanto como a mí. Admiraba tanto a mi padre que guardaba en su armario una máscara de Aaron Nierling.

El hombre que conducía detrás de mí cuando salí del bar, el que sufrió un terrible accidente... Sin duda Brady lo conocía y, cuando llegué, le avisó y le indicó que me siguiera para averiguar dónde vivía.

En cuanto a la taza con mis huellas dactilares que encontraron en el piso de Shelby..., ¿qué le hubiera costado a Brady conseguir un vaso con las marcas de mis dedos después de todas las copas que me sirvió?

He estado devanándome los sesos, intentando dilucidar cómo se las arregló alguien para abrirme el coche y dejar esa mano descompuesta en mi maletero, pero la cosa no tiene mayor misterio. Yo misma le entregué la llave de mi coche a Brady. Una vez que la tuvo en su poder, ¿qué le impedía dejar la mano cercenada en el portaequipajes?

Por lo que se refiere a la habitación de su «hija»..., estaba cerrada con llave la primera noche que fui a su casa. ¿Era una trampa también, para hacerme creer que es buena persona y padre de una niña, cuando en realidad usa ese cuarto como un calabozo? Se había inventado una explicación muy convincente sobre por qué no llevaba una silla infantil en su coche. Y, ahora que lo estoy viendo, compruebo que sigue sin haber una silla infantil dentro.

«Brady no tiene una hija».

Ay, Dios. Brady me la ha jugado. Y aquí estoy, a punto de caer en sus redes, que es justo lo que él quiere.

Tengo que largarme.

—Nora.

El corazón me da un vuelco al oír la voz de Brady. El miedo

se pinta en el rostro de su casera, que se apresura a entrar en su casa, seguida de cerca por su sobrina, y la puerta se cierra de golpe. Brady se acerca desde la parte de atrás de la vivienda, con los pies enfundados en unas zapatillas, sin calcetines, y la chaqueta abierta sobre una camiseta.

Y estoy sola en una calle desierta.

—Ah, hola. —Doy un paso hacia atrás—. Estás ahí.

Enarca las cejas.

—¿Va todo bien? Creía que llamarías al timbre. Se entra en mi casa por detrás..., ya lo sabes.

—Ya. —Retrocedo un poco más hasta chocar con el capó de mi coche—. En realidad, creo que he cambiado de idea sobre lo de quedarme.

Brady cambia de expresión y se acerca.

—¿Y eso?

—Es que... creo que mejor me voy a casa.

—Vaya, qué pena. —Ladea la cabeza—. ¿Seguro que va todo bien? Te noto rara.

—Estoy..., estoy bien —tartamudeo.

Avanza otro paso hacia mí, y el corazón me late con fuerza en el pecho.

—¿No quieres subir, aunque solo sea un momento? Te daré un vaso de agua.

Ahora lo tengo muy cerca. Si intento rodear mi coche corriendo para entrar en él, Brady podría agarrarme con facilidad. Espero que, si se da el caso, la entrometida de su casera o algún vecino llame a la policía, pero no las tengo todas conmigo. De lo que sí estoy segura es de que, como me toque, me pondré a chillar a pleno pulmón. No pienso rendirme sin luchar.

—Nora. —Me posa las manos en los hombros—. Vamos, sube conmigo. Solo un rato.

«Está torturando a alguien ahí dentro, a alguna pobre chica».

Cuento hasta tres mentalmente y luego lo empujo con todas mis fuerzas para apartarlo de mí. Se tambalea hacia atrás, con los ojos castaños abiertos de par en par.

—¿Qué narices te ocurre?

—¡No te acerques o llamo a la policía! —grito.

—¿A la policía? Pero ¿qué dices? ¡Eres tú la que me ha pedido si podías venir!

Pulso el botón de mi llavero para desbloquear la puerta. Brady, que se ha recuperado del empujón, está dando la vuelta al vehículo. Debería haberle pegado un rodillazo en la entrepierna. Bueno, aún estoy a tiempo.

—¡Nora! —ruge—. ¡Por Dios santo, Nora! ¿Qué coño te pasa?

Abro la puerta del coche de un tirón. Él intenta agarrarme del brazo, pero me zafo con una sacudida brusca. Cierro de un portazo y bloqueo las puertas. Solo entonces vuelvo a respirar.

—¡Nora! —Aporrea la ventana con el puño—. ¡Venga ya!

Cuando pongo en marcha el motor, se da cuenta de que voy en serio. Se aparta del coche y arranco, dejándolo atrás en medio de una nube de polvo.

43

Fue Brady. Brady fue quien me reencontró después de todos estos años, quien mató a esas chicas e intentó cargarme la culpa para burlarse de mí. De algún modo, averiguó por su cuenta quién soy y se puso en contacto con mi padre.

Aaron siempre quiso un aprendiz y le decepcionaba que yo no me prestara a ello. Al parecer, por fin ha encontrado a alguien.

Mientras conduzco de vuelta a casa, intento decidir mis siguientes pasos. Debería llamar al inspector Barber, contarle lo que sé. Tal vez omitiría la parte sobre los restos humanos que encontré en mi coche. Lo malo es que, sin eso, mis pruebas son muy endebles. ¿Me creería siquiera? Como mucho, interrogaría a Brady, que por supuesto se haría el inocente. Se le da de maravilla mentir.

Ay, Señor. ¿Qué voy a hacer?

No dejo de lanzar miradas al retrovisor durante todo el trayecto de regreso para asegurarme de que Brady no me está siguiendo. Aunque, claro, no le hace falta seguirme; sabe exactamente dónde vivo. Lo sabía incluso antes de que yo se lo dijera. Recuerdo que fingió no conocer mi dirección el día que me llevó a casa después de rajarme los neumáticos. Qué oportuno que apareciera justo en el momento adecuado.

Guau, con qué meticulosidad lo planeó todo. Me parece casi admirable. Me tenía completamente engañada.

Hasta llegó a hacerme creer que yo le importaba.

Sea como sea, no puedo quedarme en mi casa, al menos mientras no tenga instalado un sistema de seguridad; sería una presa demasiado fácil. Me pasaré un momento por ahí para hacer la maleta y me alojaré en un hotel durante el fin de semana. En cuanto me encuentre a salvo, telefonearé al inspector e intentaré encontrar una manera de convencerlo de que lo que le digo es cierto. Es hora de contárselo todo. Tengo que limpiar mi nombre y asegurarme de que el monstruo responsable del asesinato de esas chicas acabe entre rejas.

No me atrevo a entrar por el garaje oscuro, así que aparco en la calle y accedo por la puerta principal. Una vez dentro, lo primero que hago es echar el pestillo y luego apoyo una silla bajo el pomo de la puerta de atrás. No sé si bastará para impedir que entre, pero tendré que apañarme con eso. No estaré mucho rato aquí y, en cuanto oiga algún ruido sospechoso, llamaré a la policía. Si intenta colarse por la fuerza, me hará un favor.

Me rugen las tripas. ¿Cuándo ha sido la última vez que he comido? Me muero de hambre y la nevera está casi vacía. Lo único que tengo es la triste sopita que me preparó Harper y que llevo en el bolso. Milagrosamente, no se ha derramado ni una gota del táper, así que lo meto en el microondas, lo caliento durante dos minutos y empiezo a tomarme la sopa. No es la cena más sustanciosa del mundo, pero es mejor que nada.

Cuando me he llevado a la boca unas cuantas cucharadas, me llega al móvil un mensaje de Brady: «¿Por qué estás tan alterada? ¿Va todo bien?».

Echo un vistazo a la silla encajada bajo el pomo de la puerta trasera. Espero que así esté bien asegurada. Ojalá hubiera venido el instalador de alarmas. Ahora estaría a salvo aquí encerrada. Pero obviamente Brady canceló la cita.

Lo que no entiendo es cómo se enteró de que la había concertado. ¿Cómo sabía adónde tenía que llamar para cancelarla? La única persona que estaba al tanto de que la empresa de seguridad iba a mandarme a alguien era...

Philip.

Trago otra cucharada de sopa, con una sensación de malestar en mi estómago vacío. Nadie más que Philip sabía que tenía una cita. Y tenía acceso a otra información que no estaba al alcance de Brady: mi lista de pacientes. Con solo unos clics, podía averiguar el nombre de todas mis pacientes mujeres comprendidas en el rango de edades adecuado.

De pronto, me asalta otro pensamiento.

Mi taza, la que desapareció en el consultorio..., ¿es la misma que encontraron en el piso de Shelby Gillis?

Aparto a un lado el táper de sopa, ya sin el menor apetito. Philip. Cielo santo, ¿será posible? Lo conozco desde hace muchos años. Lo respeto. Él no sería capaz de...

¿O sí?

Cuando terminé la residencia, él me contactó. Me localizó después de todos esos años e hizo lo posible por convencerme de que me incorporara a su consultorio. Parecía dispuesto a ofrecerme lo que fuera. Me sentí halagada, sobre todo porque ni siquiera pensaba que se acordaría de mi existencia. Aseguró que había oído hablar muy bien de mí, pero tal vez no era por eso por lo que me quería como socia.

Cierro los ojos con fuerza y me viene a la mente la imagen de Philip mirando fijamente a Harper mientras salían de la oficina.

Harper, con su larga cabellera negra y sus ojos azules. Creía que estaría a salvo con él, que la protegería.

Dios, no.

Siento que me ahogo. Harper tiene que estar bien. Philip no le haría daño. No puedo creer que sea capaz de algo así. Me resulta impensable. Lo conozco.

Alargo el brazo para alcanzar el teléfono y pulso en el número de móvil de Harper. Me salta el contestador. Acto seguido, pruebo con el número de Philip.

«Por favor, contesta. Por favor».

Otra vez el buzón de voz. Ninguno de los dos coge el teléfono. Hay miles de explicaciones posibles, claro. Podrían estar en un bar abarrotado donde no oyen el timbre de sus móviles. Podrían estar echando un polvo. Espero de verdad que estén echando un polvo ahora mismo.

Es Brady quien asesinó a esas mujeres, quien ha estado atormentándome. Estoy segura. Tiene sentido que sea él.

Cojo el teléfono de nuevo y busco «Brady Mitchell». Me aparece de nuevo su cuenta de Facebook, pero esta vez tengo una solicitud de amistad suya. Cuando hago clic para aceptarla, se abre su perfil y...

Cielo santo.

Estaba equivocada. Completamente equivocada. Resulta evidente que Brady no es un psicópata solitario que ha estado acechándome. Y no cabe la menor duda de que tiene una hija. Veo varias fotos de él con la misma niña adorable que me mostró en su teléfono, fotos de él sonriéndole a la cámara con sus padres y la chiquilla en algún parque; una fiesta de quinto cumpleaños con una decena de críos. Es imposible que todas sean imágenes retocadas. Su casera está mal de la cabeza, como ya me advirtió él.

Brady no me ha mentido. La habitación cerrada con llave era realmente el dormitorio de su hija, no una cámara de tortura. Lo que significa que...

Cierro Facebook y marco de nuevo el número de Harper. No sé qué le voy a decir exactamente cuando la localice. «El tipo con el que estás saliendo podría ser un psicópata. Tal vez te convendría regresar a casa pronto». Pensará que me falta un tornillo, pero tengo que intentarlo. Por lo menos quiero oír su voz y confirmar que está bien.

Pero nadie coge el teléfono.

A la mierda. Me voy al piso de Harper para asegurarme de que no le ha pasado nada. Si no la encuentro ahí, me apostaré frente a la casa de Philip.

Me levanto y cojo el bolso. Quito el pestillo de la puerta principal y, cuando estoy a punto de salir, oigo un golpe sordo procedente del sótano.

La gata.

La he dejado encerrada ahí abajo esta mañana, junto con el arenero que improvisé y su bol con comida. No parece dispuesta a abandonar mi casa, pero no tiene inconveniente en estar en el sótano. Si quiere vivir ahí, por mí no hay problema. Podemos coexistir en esta casa.

En cualquier caso, debería darle de comer antes de irme, y tal vez dejarle algo más de comida para el fin de semana, ya que voy a estar fuera. No sé cuál es el protocolo para dejar solo a un animal durante unos días. No quiero que la pobre muera de inanición. Tal vez debería investigar en Google qué es lo que hay que hacer.

Me lleno los bolsillos de latas de alimento para gatos que saco del armario de la cocina. Le daré una ahora y luego abriré un par más. Me preocupa que lo deje todo perdido ahí abajo, pero poco puedo hacer para evitarlo. Ya me encargaré de ello el lunes; es el menor de mis problemas.

Cuando giro el pomo de la puerta del sótano, se me paralizan los dedos. Creía haberla cerrado con llave después de dejar a la gata allí abajo. Estaba segura. Pero ahora el pomo cede con facilidad bajo mi mano.

Quizá no llegué a cerrar... No es imposible que se me olvidara, tengo muchas cosas en la cabeza.

Acabo de girar el pomo y empujo la puerta. Al parecer, no solo me he olvidado de cerrarla con llave, sino que he dejado encendida la luz. La bombilla solitaria que cuelga del techo arroja una claridad titilante que a duras penas ilumina el espacio. El brillo es desde luego demasiado débil como para vislumbrar a una gata negra oculta entre las sombras.

Empiezo a bajar los escalones, que crujen bajo mi peso.

—Gata.

Seguramente debería ponerle nombre. A lo mejor más adelante.

—Gata —la llamo de nuevo.

No es sino hasta que llego al peldaño inferior que oigo un ruido. Me esperaba un maullido, pero se trata de algo distinto. Es un sonido de origen humano. Un gemido quedo y escalofriante.

Dirijo la mirada a mi izquierda, tras las escaleras, y, en la oscuridad, alcanzo a distinguir un cuerpo atado a una silla de madera. Está cubierto de sangre, que ha goteado en torno a la silla hasta formar un charco considerable en el suelo. Me llevo la mano a la boca, con las rodillas temblorosas, incapaz de comprender lo que estoy viendo. Solo soy vagamente consciente del arma que me apunta al pecho.

Debería haber llamado a la policía cuando aún estaba a tiempo. Ahora es demasiado tarde.

44

Veintiséis años antes

En la cafetería, Marjorie está sentada de espaldas a nosotras. A estas alturas, ya tendría que haber aprendido que eso no es buena idea.

Hoy no hemos intercambiado palabra. Esta mañana ni siquiera me ha mirado cuando ha entrado en clase, como si se le hubiera borrado de la memoria lo que pasó ayer. Seguramente es mejor así.

—Qué asco de pelo tiene —dice Tiffany—. A saber si se lo lava alguna vez.

Esto da lugar a una discusión sobre si Marjorie se lava el pelo o no. A mí me pareció que lo tenía bastante limpio cuando caminábamos juntas.

Tiffany saca la pajita de su vaso y comienza a formar una bola con un trozo de servilleta.

—Me juego lo que queráis a que, si le lanzo una bolita al pelo, se le quedará pegada durante toda la tarde —dice—. ¡Quizá incluso toda la semana!

Veo cómo se lleva el trocito de servilleta a la boca para humedecerlo con saliva.

—Oye —digo.

Me sonríe de oreja a oreja.

—¿Quieres hacer los honores, Nora?

No le devuelvo la sonrisa.

—Creo que deberías dejar en paz a Marjorie. Ya está bien.

—¿En serio? —Tiffany pone los ojos en blanco—. Marjorie se lo ha ganado a pulso. Da mucha grima.

—No se lo merece. —Cruzo los brazos sobre el pecho—. Lo que haces es muy cruel. Tienes que dejar de meterte con ella.

—Ah, ¿sí? —Tiffany clava en mí sus bonitos ojos verdes desde el otro lado de la mesa—. ¿Y, si no, qué?

—Si no, lo lamentarás —digo en voz baja.

Nos quedamos mirándonos en silencio durante un minuto largo. Es la competición definitiva para ver quién parpadea primero. Pierde ella.

—Está bien. —Tira con brusquedad la pajita en su bandeja—. Tú ganas. De todos modos, meterse con Marjorie ya no tiene gracia. Es demasiado fácil.

Espero que esto haya puesto fin al acoso. Espero que, a partir de hoy, estas chicas dejen de molestarla. Pero nunca lo sabré, porque, en este momento, se oye una voz por megafonía.

«¡Nora Nierling, acuda al despacho de la directora de inmediato!».

Las demás estallan en risitas y exclamaciones como «huy». Yo cojo mi bandeja y me acerco al cubo de basura para tirar lo que queda de mi almuerzo. Sé que no voy a volver.

Al llegar al despacho de la directora, me quedo unos segundos parada frente a la puerta. En cuanto entre ahí, mi vida entera va a cambiar. No puedo hacer nada al respecto, pero quiero retrasar el momento, aferrarme a mi vida anterior solo un poquito más.

Cuando entro en el despacho, la señora O'Leary está sentada a su mesa. Es la directora desde hace tropecientos años, pero apostaría a que nunca había tenido que enfrentarse a una situación como esta. Además, hay un policía junto a ella. Los dos tienen la misma expresión ceñuda, la típica cara que ponen los adultos cuando están a punto de comunicar una muy mala noticia.

«Nora, tus padres han muerto en un terrible accidente de coche».

«Nora, tu casa ha quedado reducida a cenizas».

«Nora, un meteorito se dirige hacia la Tierra, y no nos queda más que una hora de vida a todos».

—Nora —dice la señora O'Leary—, el agente Varallo quiere hablar un momento contigo. Toma asiento, por favor.

Me acomodo en la sillita de madera colocada frente a la mesa de la directora. Es la primera vez que me siento aquí. Desde que estoy en primaria, nunca me he metido en un lío gordo.

Miro al policía, que lleva un uniforme azul con una placa en el pecho. A diferencia de la directora, parece muy joven, más joven que mis padres o cualquiera de mis profesores. Supongo que le ha tocado el marrón de venir a hablar conmigo.

—Nora —dice—, me temo que tus padres tienen problemas.

—¿Qué problemas? —pregunto.

—Han... —Se rasca el cuello—. Hemos tenido que llevarlos a los dos a la cárcel, por desgracia. Y es posible que tarden un poco en salir.

—Tu abuela vendrá a recogerte —se apresura a intervenir la señora O'Leary.

Bajo la vista hacia mis manos. Tengo las uñas roídas casi hasta la raíz. Ni siquiera recuerdo habérmelas mordido. Siempre he tenido unas uñas bonitas.

—Nora —dice la señora O'Leary—, ¿estás bien, cielo?

—Sí —respondo.

Me mira de forma extraña. Probablemente cree que debería estar más afectada de lo que estoy, o preguntando por qué han metido a mis padres en la cárcel. ¿Una niña normal no estaría haciendo preguntas? Lo que significa que seguramente no soy una niña normal. Ya me está psicoanalizando. «La hija de ese monstruo también es una desalmada. ¡Ni siquiera ha derramado una lágrima al enterarse de lo ocurrido! Simplemente se ha quedado ahí sentada, como si le diera igual».

No es culpa mía no ser como los demás, pero eso no quiere decir que sea como él.

—¿Seguro que estás bien, Nora? —me insiste.

Me aclaro la garganta, intentando reunir el valor suficiente para plantear la pregunta que lleva rondándome toda la mañana. Tengo que preguntárselo. No logro borrar de mi mente la imagen de ese ojo azul muerto de miedo mirándome fijamente. Tengo que saberlo.

—¿Sigue viva Mandy Johansson? —suelto al fin.

Mi pregunta parece descolocar al agente Varallo. Seguramente es lo último que esperaba que le preguntara. Se rasca otra vez el cuello, agachando la mirada.

—No —dice.

Está muerta. He llegado tarde.

Y entonces rompo a llorar.

45

Ahora

Nora...

La voz suena muy lejana. No puedo concentrarme más que en el cuerpo de Philip, atado a la silla con una cuerda. Está encorvado hacia delante, inconsciente. O muerto. Pero no, lo he oído gemir. Sin duda está vivo.

Además, le han cortado la mano izquierda.

—Nora...

De alguna manera consigo arrancar la vista de lo que tengo delante. Me vuelvo, y ahí está ella. No yace muerta en algún sitio. No está atada, ni sangrando. Está bien; mejor que bien. Empuña una pistola en la mano derecha y me apunta con ella.

—Harper —digo. Me falta el aire—. ¿Qué estás haciendo?

Ella se ríe.

Aunque tiene los ojos de un azul intenso, en este momento se le ven muy oscuros.

—¿A ti qué te parece? Es bastante obvio, ¿no?

—Pero... —La cabeza me da vueltas. Tengo una sensación de mareo y, por un momento, temo que me van a fallar las piernas.

Necesito todas mis fuerzas para mantenerme en pie—. Creía que Philip te gustaba...

—¿Que me gustaba? —Me mira con desprecio—. Por favor. Philip es un capullo prepotente. El único hombre que me importa, el único que me ha importado en mi vida, es Sonny. Y tú lo quitaste de en medio, ¿verdad?

—¿Que lo quité de...? —Sacudo la cabeza, lo que hace que me maree aún más—. Pero ¿de qué hablas? Casi ni lo conozco.

Sacude la pistola sin dejar de apuntarme.

—Sonny está en la UCI gracias a ti. ¿Por qué crees que estaba llorando yo ese día? Él nunca habría roto conmigo. Solo intentaba ayudarme. Le pedí que te distrajera para que yo pudiera entrar en tu casa.

Entonces me acuerdo de un pequeño detalle que Harper mencionó sobre su novio: le pusieron el nombre de su padre, así que, para evitar confusiones, todo el mundo se refería a él usando su apodo, Sonny.

El hombre ingresado en la UCI se llama William Bennett Junior.

La miro parpadeando, mientras mis ojos se adaptan a la oscuridad.

—Pero... no lo entiendo. ¿Por qué?

—¿Por qué? —repite ella con sorna—. ¿De verdad no sabes por qué?

Abro la boca, pero de ella no sale sonido alguno.

—Si te soy sincera —dice—, no contaba con que bajaras aquí. Mi plan era rematar a este... —Le propina una patada en la pierna con su bota de tacón alto y Philip suelta un quejido bajo desde su estado de conciencia alterada—. Y luego darle el soplo a la policía sobre lo que había en tu sótano. ¿No fue eso lo que le hiciste a tu querido padre?

Se me forma un nudo en la garganta que me dificulta respirar.

—¿Cómo sabes eso?

La policía me aseguró que nadie se enteraría; que declararían que habían recibido una denuncia anónima. No quería que mi padre supiera que había delatado lo de su pequeño taller del sótano. Mi intención era salvar a Mandy Johansson, pero reaccioné demasiado tarde. Cuando la policía se presentó, ya estaba muerta.

Mis esfuerzos no habían servido de nada.

—Me lo dijo él —sisea Harper—. ¿Crees que no sabía lo que hiciste? Él confiaba en ti, y tú lo traicionaste. Él lo sabía y nunca lo olvidará.

Busco algo donde agarrarme para no desplomarme, pero mi mano se cierra en el aire.

—¿Quién lo sabía? ¿Quién te lo dijo?

Pestañea, sin apartar la vista de mí.

—Nuestro padre.

—Nuestro... —Sacudo la cabeza. Gran error: de pronto me mareo tanto que caigo de rodillas—. Dios santo.

Harper se inclina sobre mí, sonriente. Baja un poco el arma, seguramente porque no me considera una amenaza.

—Veo que te has tomado la sopa que te preparé. No estaba segura de si lo harías. Eso me facilitará mucho las cosas.

La sopa. Seguro que le ha echado algo. Con razón me siento tan aturdida de repente. Por algún motivo, saber eso, que la sensación de mareo tiene una causa, me consuela un poco. Reuniendo hasta la última gota de energía que me queda, consigo levantarme de nuevo.

—¿De qué hablas, Harper? —pregunto—. ¿Por qué llamas a ese hombre «nuestro padre»?

—Porque lo es —dice con expresión irónica—. Es nuestro padre. Tuyo y mío.

—Yo no..., no tengo una hermana. —Mi padre no puede haber dejado a nadie embarazada estando en la cárcel, ¿no?

—Ya lo creo que la tienes. —Me sonríe—. Me imagino que nadie te ha contado que nuestra madre estaba embarazada de cinco meses cuando llamaste a la policía para delatar a papá. Por eso se suicidó, ¿sabes? Cuando se enteró de la verdad, no quiso traer al mundo a otra criatura engendrada por él. Por desgracia para ella, yo sobreviví, y ella no.

Se me corta la respiración. Mi madre siempre tuvo sobrepeso. ¿Se la veía más hinchada en aquella época? No me acuerdo. Es posible. Sí que recuerdo con claridad que vomitó cuando me pilló viendo el reportaje sobre Mandy Johansson. ¿Eran náuseas matinales?

Pero, si estaba embarazada, ¿por qué no me lo dijo? Yo tenía once años. Era lo bastante mayor para entender esas cosas.

¿Me lo ocultaba porque me tenía miedo?

—Nuestra abuela se negó a acogerme como a ti —dice con un gesto desdeñoso—. No quería ni reconocer mi existencia, así que me dio en adopción. Fue una adopción cerrada, lo que significaba que, en teoría, jamás conocería la identidad de mis padres biológicos. Pero la averigüé. —Me guiña el ojo—. Soy una chica espabilada.

«No te vengas abajo de nuevo. Mantente en pie, Nora. Es tu única oportunidad».

—Y así fue como conocí a nuestro padre —continúa—. Fui a verlo a la cárcel y me lo contó todo. Conectamos muy bien. Fue como encontrar la pieza que faltaba en el rompecabezas. Y, la verdad sea dicha, soy mucho mejor hija que tú. Jamás habría hecho lo que tú hiciste. Eres una traidora. Me dijo que te escribía todas las semanas y que tú nunca lo visitaste.

—¡Porque es una persona perversa! —salto—. ¡Asesinó como a treinta mujeres! ¡Las ató y les hizo cosas espantosas!

—Sí. —La sonrisa inquietante no desaparece de sus labios—. Es verdad. Me ha enseñado muchas cosas. Por ejemplo, ¿sabías que con un cuchillo Kukri se puede cortar hueso? —Inclina la cabeza en dirección al brazo izquierdo de Philip, que cuelga sin vida a un lado de la silla—. No se pondrá muy contento cuando despierte.

Me tapo la boca para tragarme otra acometida de náuseas.

—No hace falta que sigas con esto hasta el final.

—No, pero quiero hacerlo. —Fija los ojos azules en los míos—. Todo conduce a este momento. Te localicé y conseguí un trabajo en tu consultorio para poder verte todos los días. La tía importante, la gran cirujana que salva vidas, aunque sé lo que en el fondo te gustaría hacerle a esa gente. Por lo menos papá y yo somos fieles a nosotros mismos.

—Estás enferma —consigo decir.

Esboza una sonrisita.

—Tiene gracia, porque eso es justo lo que dirán de ti cuando encuentren todo esto. —Señala el espacio que nos rodea agitando la mano libre—. La mazmorra que te has montado, como la de tu padre, donde la policía descubrirá que mantuviste encerradas tanto a Amber como a Shelby antes de matarlas. Y me lo has puesto todo tan fácil... Las copias de las llaves de tu casa y tu coche estaban nada menos que en el cajón del escritorio, en tu despacho. También he tenido suerte de que Philip se fuera de la lengua sobre la empresa de seguridad a la que habías llamado para que mandaran a alguien esta noche. Eso seguramente habría dado al traste con mis planes.

Harper es perversa, tanto como nuestro padre. Parece mentira que, hace solo quince minutos, yo temiera por su vida. Estaba aterrorizada. Como tiene los ojos azules y el cabello oscuro, me preocupaba que el asesino la eligiera como presa.

Pero ahora todo cobra sentido. Harper tiene los ojos azules y el cabello oscuro porque son rasgos que le encantan a mi padre..., y ella los heredó de nuestra madre. No me había fijado, pero se parece mucho a ella de joven. Tiene hasta los mismos hoyuelos.

Siempre le había guardado rencor a mi madre por suicidarse y abandonarme, pero ahora comprendo por qué sintió la necesidad de hacerlo.

—¿Sabes qué es lo más triste? —dice Harper—. Que, durante toda tu vida, has reprimido tus instintos naturales. Te lo noto en los ojos. Y ahora vas a acabar en la cárcel de todos modos. Qué ironía, ¿no?

Respiro de forma lenta y controlada para vencer el mareo.

—¿Qué te hace pensar que siempre he reprimido mis instintos naturales?

Suelta un resoplido.

—Por favor. Eres una santurrona incapaz de romper un plato.

—Ya. Eso es lo que todo el mundo cree, ¿no? —Hago un gesto en dirección al otro extremo del sótano—. No has explorado a fondo este sitio, ¿verdad?

Me mira entornando los párpados.

—¿De qué hablas?

—No has visto lo que guardo en esa caja de ahí. —Señalo con la cabeza el cajón de madera arrimado a un rincón, detrás de ella—. De lo contrario, no dirías esas cosas de mí.

Clavo la mirada en sus ojos azules, en otro desafío para ver quién parpadea primero; mi especialidad. Harper pierde, pues desvía la vista para posarla en la caja.

—¿Qué hay ahí dentro?

—¿Por qué no echas un vistazo?

Le rechinan los dientes.

—¿Y por qué mejor no me lo dices tú?

—Restos —digo.

Una sonrisa de curiosidad se le dibuja en los labios.

—¿Restos?

Me encojo de hombros con modestia.

—Creo que he conseguido conservarlos bastante bien. He intentado seguir el ejemplo de mi padre. Nuestro padre. —Arqueo las cejas—. Qué pena que no me hayas dicho quién eras antes. Habríamos podido divertirnos juntas.

Harper está contemplando la caja. Empieza a picarle la curiosidad. Retrocede un paso, aún sin bajar del todo la pistola.

—Mi sistema no es perfecto, claro —prosigo—. Los huesos se han vuelto un poco quebradizos a lo largo de los años.

—¿Qué productos usas? —pregunta.

—Ácido para desprender la piel, lejía para conservar los huesos.

Asiente en señal de aprobación. Da otro paso hacia atrás hasta apoyar la mano izquierda en la tapa de la caja. Comienza a levantarla para abrirla. Sé que solo me quedan unos segundos antes de que se dé cuenta de que dentro no hay más que cincuenta rollos de papel higiénico extrasuave. Esta es la mía.

Me abalanzo sobre ella.

Se cae de espaldas y oigo un satisfactorio crujido cuando se golpea la cabeza contra la parte de atrás de la caja. Puede que yo esté narcotizada, pero Harper no posee la fuerza física de mi padre. Tengo una oportunidad para dejarla fuera de combate. Por lo menos debo intentarlo.

Sin embargo, aunque no es tan corpulenta como papá, es muy fuerte. Sorprendentemente fuerte. Aunque yo parto con ventaja, ella se resiste como una fiera. Tal vez hubiera podido con ella, a pesar de todo, de no ser por esta sustancia que me corre por las venas y me dificulta pelear. Me invaden oleadas de vértigo, y empiezo a sentir como si tuviera las extremidades sumergidas en melaza. Tras un minuto de forcejeo, ella me inmoviliza en el suelo, con la rodilla sobre el pecho. No me parece humanamente posible levantarme de nuevo.

—Buen intento —dice, mofándose de mí—. Tienes más valor de lo que imaginaba. Menos mal que dentro de unos minutos te caerás redonda.

No tengo ni idea de qué habrá puesto en la sopa, pero empiezo a sentir de lleno sus efectos. A pesar de la descarga de adrenalina, me cuesta permanecer consciente. Se acabó. Me ha vencido. No pude salvar a Mandy Johansson de mi padre y ahora no puedo salvarme a mí misma de Harper.

Es el fin.

Pero entonces oigo un siseo. Un segundo después, Harper pega un grito y la presión sobre mi cuerpo se reduce. Por un momento, no sé qué está pasando, hasta que vislumbro una bola de pelo negra y borrosa. Es la gata. La gata ha atacado a Harper.

Es mi última oportunidad. Me levanto ayudándome con los brazos y me arrojo encima de ella. Esta vez, mientras yo apoyo todo mi peso sobre Harper, la pistola se le cae de la mano derecha y se desliza por el suelo del sótano. Encajo la rodilla debajo de su cuello y le sujeto las muñecas con las manos. Gorgotea, pugnando por respirar.

Veo que, poco a poco, la cara se le pone lívida, pero no aflojo un ápice.

—¿Qué coño pasa aquí?

No me muevo ni un milímetro de encima de ella, a pesar de la distracción. Como cirujana, poseo una gran capacidad de concentración. Sin embargo, con todo lo que estaba pasando, no me había percatado de que otra persona había entrado en el sótano. Parpadeo en la penumbra y, al cabo de un segundo, la figura de Brady cobra nitidez ante mis ojos.

Tarda unos instantes en comprender qué está ocurriendo. En cuanto ve a Philip en la silla, con la mano izquierda cercenada, su rostro adquiere un tono verdoso. Puede que le gustaran las películas gore, pero la vida real es otra cosa. Yo lo tenía claro, pero, al parecer, él no.

—Dios —jadea. Respira hondo un par de veces, en un intento evidente de no devolver el almuerzo.

—Brady... —De pronto, caigo en la cuenta de lo que debe de estar pensando. La escena se presta a interpretarse tal y como Harper quería. En mi sótano hay un hombre atado a una silla y al que le falta una mano, y yo estoy asfixiando a una chica en el suelo.

En cuanto ve la pistola en el suelo, se agacha para recogerla. Por la torpeza con que la empuña, deduzco que nunca ha manejado un arma, pero supongo que, si decide disparar, será capaz de hacerlo.

Y ahora me está apuntando a mí.

—Levántate —me ordena.

Obedezco, pero estoy muy tocada por la droga que me ha dado Harper. Siento que las piernas no soportarán del todo mi peso. No consigo ponerme de pie hasta el tercer intento.

—¡Menos mal que has venido! —Harper, tosiendo y sollozando, se lleva las manos al cuello—. ¡Está loca! ¡Iba a matarnos a los dos!

Su actuación resulta de lo más creíble. Brady, que ya dudaba de mí, pensará que tenía a Harper y a Philip aquí encerrados. Es lo que le dirá a la policía cuando llegue.

—Brady —digo en un murmullo tembloroso y creo que arrastrando las palabras, aunque a estas alturas no soy capaz de notar la diferencia—. Ha sido ella. Ella lo ha atado aquí abajo y... me ha drogado. —Se me quiebra la voz—. Tienes que creerme. Tú me conoces, sabes que yo nunca...

Percibo la indecisión en su cara. Me gustaría decirle muchas cosas más, pero no sé si hay alguna posibilidad de que me crea. Y siento que tengo el cerebro hecho papilla. Aunque quisiera seguir luchando, no sé si podré.

Pero, de pronto, Brady gira el arma para encañonar a Harper.

—Túmbate en el suelo otra vez.

—¿Yo? —chilla ella—. Pero si es Nora la que...

—Al suelo, te digo. —Agita la pistola, y ella se pone pálida—. Ya he llamado a la policía, llegará en cualquier momento.

Harper baja el cuerpo hacia el suelo, y yo también, porque me fallan las piernas. Me apoyo en las manos y las rodillas, mientras la vista va y viene.

—Brady —murmuro.

Y, antes de que pueda articular una palabra más, pierdo el conocimiento.

46

Cuando vuelvo en mí, estoy sola, en una habitación de hospital de un blanco deslumbrante.

Siento un martilleo en la cabeza y tengo la boca como si hubiera estado lamiendo papel de lija. Entreabrir los párpados me supone un esfuerzo considerable. Advierto que me han puesto una vía intravenosa en el brazo izquierdo por la que gotea el contenido de una bolsa de solución salina normal.

También advierto que no estoy esposada, ni tengo el tobillo sujeto con un grillete a la cama. Lo interpreto como una señal positiva.

Busco en torno a la cama algún botón de llamada. Quiero saber qué está pasando. ¿Qué sucedió después de que me desmayara en el sótano? ¿Dónde está Harper?

Alzo la vista hacia el reloj de la pared. Marca las dos. Como fuera está oscuro, me imagino que son las dos de la madrugada.

Después de apoyar el pulgar con firmeza sobre el botón, aguardo a que venga una enfermera. Trato de incorporarme en la cama, pero el martilleo en mi cabeza se intensifica. Madre mía, me encuentro fatal.

Al cabo de unos minutos, una mujer que lleva un pijama sanitario con estampado de flores entra en mi habitación. Le cuelga del cuello una tarjeta de identificación con el nombre de Paula impreso en grandes letras negras. Esboza una sonrisa.

—Así que por fin se ha despertado, ¿no, doctora Davis?

Aunque agradezco la cortesía profesional, ahora mismo no me apetece ser la doctora Davis.

—Nora —la corrijo.

—Nora —repite ella.

—¿Estoy...? —Trago saliva, aunque me duele—. ¿Estoy detenida?

—No, yo diría que no. ¿Debería estarlo?

—Pues... —Sacudo la cabeza, lo que hace que me duela aún más—. No consigo recordar lo que ocurrió. ¿Cómo llegué aquí?

—Bueno —dice Paula—, tengo entendido que le dieron una droga bastante potente y una ambulancia la trajo a urgencias, donde le administraron un medicamento para los efectos del sedante que le detectaron en la sangre. Pero sin duda su amigo estará mejor informado que yo.

—¿Mi amigo?

Arquea una ceja.

—¿O es su novio? No lo hemos dejado entrar, pero, si quiere verlo, iré a buscarlo. Ha dicho que se llama Brady. Estoy segura de que se sentirá aliviado de saber que usted se encuentra bien.

Me paso la lengua por los labios, resecos y agrietados.

—¿Está esperando fuera?

—Desde que la han traído, hará unas tres horas.

Hago un gesto de asentimiento, lo que me provoca otra punzada.

—Dile que pase.

Pese a mi dolor de cabeza y a que prefiero estar sola, estoy desesperada por ver a Brady. Solo cuando Paula se marcha empiezo a preocuparme por mi apariencia. Si se corresponde mínimamente con cómo me siento, no sé si tengo muchas ganas de que me vea. Aunque, si lleva más de tres horas esperando aquí, sería una maldad no dejarlo entrar.

Unos pocos minutos después, la puerta de mi habitación se abre unos centímetros. Le digo que pase y, tras unos instantes, aparece Brady, con aire cohibido. Su aspecto es justo el que me imaginaba que tendría después de pasarse tres horas en una sala de espera. Tiene el cabello castaño alborotado y bolsas bajo los ojos. Aun así, consigue sonreír.

—Estás bien —dice.

—Gracias a ti —señalo.

Suelta una risita.

—Me dio la impresión de que te estabas apañando bien tú sola.

Me viene a la memoria el momento en que conseguí reducir a Harper en el suelo y obligarla a soltar la pistola. Me pareció que la tenía dominada, pero estaba acusando los efectos del fármaco acumulado en mi organismo. No sé cuánto tiempo habría podido aguantar así. Si Brady no se hubiera presentado…

—¿Cómo se te ocurrió bajar ahí? —pregunto.

Se frota los ojos, ligeramente inyectados en sangre.

—Te vi tan fuera de ti que me quedé preocupado, así que me acerqué a tu casa, y la puerta no estaba cerrada con llave.

Cierto. Estaba a punto de salir cuando oí el ruido procedente del sótano.

—Tenía la sensación de que algo no iba bien —murmura—, pero, por Dios, nunca me habría imaginado…

—Ya —digo con un jadeo—. Siento..., siento haber perdido los papeles en tu casa. Como la sobrina de la señora Chelmsford me dijo que no tenías una hija, pensé que...

Agacha la cabeza.

—Ah... Ya... Para qué te voy a mentir: no me va bien económicamente y, si le hubiera dicho que Ruby se alojaría conmigo, me habría subido el alquiler, así que no fui del todo sincero con ella.

Claro, eso tiene sentido. Ojalá le hubiera dado la oportunidad de explicarse, pero estaba demasiado asustada.

De pronto, me asalta una duda.

—Philip. ¿Se encuentra bien? El que estaba atado a la silla...

Brady se queda callado tanto rato que temo que la respuesta sea negativa.

—Está vivo —contesta al fin—, pero, por lo que dicen, se encuentra bastante grave. Por suerte para ti, ha recobrado la conciencia el tiempo suficiente para contarle a la policía que no fuiste tú quien le hizo eso.

Cierro el puño sobre la manta. Pobre Philip. Tiene que recuperarse. Lo que le ha pasado ha sido todo culpa mía.

Pero al menos tiene una posibilidad de salir adelante. Si no hubiera bajado al sótano, Harper sin duda lo habría matado.

—¿Y Harper? —pregunto.

—La tienen detenida —responde—. En cuanto tu socio la acusó, lo confesó todo, incluido el asesinato de las dos mujeres. He oído parte de su confesión. Me dio la impresión de que estaba orgullosa de lo que había hecho.

No me cabe la menor duda. Sin embargo, si las circunstancias fueran otras, no habría tenido el menor reparo en que yo cargara con las culpas de todas sus atrocidades. Brady me contempla con expresión inescrutable. De pronto me inunda una oleada de ternura.

—Gracias —digo de golpe.

Arruga la frente.

—¿Por qué?

—Por… —Recuerdo cuando apareció en el sótano y recogió el arma. Estaba convencida de que pensaría que yo era la asesina, pero, en cambio, apuntó a Harper con la pistola—. Por creerme cuando te dije que no había sido yo.

Se sienta en el borde de la cama.

—He pensado mucho en ello los últimos días. Te conozco. Eres buena persona, Nora. Me da igual quién sea tu padre. Sabía que eras incapaz de hacer algo así.

Lo tomo de la mano. Me he pasado los últimos veintiséis años aterrada por lo que la gente podría pensar de mí si descubriera mi secreto. Pero él lo sabe y, aun así, me respeta. A pesar de todo, le gusto.

—Gracias.

—Además… —Me da un apretón en la mano—. Harper llevaba un cuchillo grande sujeto a la pantorrilla, en una funda, como si fuera un pirata o un samurái.

—Ah. —¿Cómo no me fijé en eso? Bueno, el sótano estaba oscuro—. Te lo agradezco de todos modos.

Se queda ahí sentado, en el borde de la cama, sin soltarme la mano. Cuando lo conocí en la universidad, me pareció un buen tipo, alguien a quien podía llegar a apreciar de verdad. Sin embargo, me daba miedo llegar a conocerlo mejor y meterme en una relación, porque pensaba que no conduciría a nada bueno.

Tal vez, después de veintiséis años, es hora de que deje de tener miedo.

EPÍLOGO

Un año después

Así que esto es un mercado de productores —digo—. Hum.

Es una bonita mañana de sábado en el área de la bahía de San Francisco, y Brady me ha traído a rastras al mercado de productores locales. Nunca había estado en uno. Por lo que veo, consiste en una serie de puestos que ofrecen productos cinco veces más caros que los que compro en el supermercado.

—Lo que encontrarás aquí es de mucha mejor calidad que lo que hay en el supermercado —dice—. Te lo aseguro.

—Hum —digo de nuevo—. Entonces esta gente que vende verduras ¿son agricultores de verdad o…?

Brady me da un golpecito en el brazo.

—¿Por qué no disfrutas un poco del aire fresco, para variar?

Qué raro es Brady. Le gustan cosas como el aire fresco, y más ahora, que ha conseguido otro empleo en Silicon Valley y vuelve a pasarse todo el día sentado frente al ordenador. Cuando llega el fin de semana, quiere salir y hacer cosas. Al aire libre, nada menos. A este paso, van a sobrar esas inyecciones de vitamina D que me pongo.

Pero había una razón muy concreta por la que hoy quería venir al mercado de productores. Ayer, al repasar la lista de vendedores, un nombre me llamó la atención.

—¡Mira! —exclamo—. ¡Esa mujer vende títeres de guante! A Ruby le encantarían.

—Hum —dice Brady.

Cuando llevábamos saliendo unos tres meses, me presentó a su hija. Era tan mona que daban ganas de comérsela, y más aún porque le faltaban los dos incisivos y silbaba al hablar. (Ya le han vuelto a crecer, pero sigue siendo muy mona).

Hasta he dejado que le ponga nombre a mi gata. Empezaba a cansarme de llamarla Gata sin más, sobre todo ahora que duerme todas las noches en mi cama, y a veces en mi cara. En ocasiones también en la cara de Brady. Como me salvó la vida, he decidido que se ha ganado el derecho a hacer lo que le dé la gana. Pero, gracias a Ruby, tiene que cargar con el nombre de Miausi. Me sabe mal por ella, pero no podía decirle que no a Ruby. En cualquier caso, la gata no vive nada mal.

Y he descubierto que no odio a los niños.

—Tienes que dejar de hacerle tantos regalos a Ruby —dice Brady—. En serio. La estás malcriando.

—Vale —gruño—. Vayamos a comprar unos nabos o lo que sea para el almuerzo.

Brady entrelaza los dedos con los míos y me da un apretón en la mano. Se lo devuelvo, sonriéndole de oreja a oreja. Hace un día precioso. En días como este, no me cuesta olvidar todo lo que sucedió hace un año. Siento que por fin lo he superado.

Harper, como nuestro padre, se declaró culpable del asesinato de las dos chicas. Fue condenada por homicidio en primer grado. Cumplirá dos cadenas perpetuas, mientras que su novio, William «Sonny» Bennet Junior, que se ha recuperado de sus lesiones, ha sido condenado a una pena de veinte años en prisión por su participación en los crímenes. No estuve presente cuando se dictó la sentencia contra Harper. Tampoco he respondido a ninguna de las cartas que me ha enviado a lo largo del último año. Rompo una cada semana.

Es una pena, porque siempre quise tener una hermana. Fantaseaba mucho con ello cuando era niña. Y, justo después de descubrir que tenía una, la perdí. Para eso, hubiera preferido ser hija única.

Mi madre sabía lo que hacía cuando se suicidó. Ya no la culpo por ello.

Después de lo ocurrido, Philip estuvo bastante mal durante un tiempo. Los cirujanos intentaron reimplantarle la mano izquierda, pero no lo consiguieron. Como ya no podía operar, tuvo que retirarse de la cirugía. Pasó una temporada con el ánimo por los suelos, pero yo intentaba brindarle todo el apoyo posible. Una noche incluso fui a su casa y tiré un montón de botellas de alcohol. Por suerte, ahora está mejor. Ha empezado a impartir clases en la facultad local de Medicina; de anatomía. No es la vida con la que había soñado, pero está bastante contento. Incluso está saliendo con alguien desde hace poco, y me asegura que la cosa va cada vez más en serio. A lo mejor, ahora que ha pasado por una experiencia en la que ha visto de cerca la muerte, sienta la cabeza por fin. Dice que aún tiene pesadillas.

Yo también las tengo. Me despierto por la noche, gritando, y Brady me abraza y me habla con voz suave hasta que me tranquilizo.

—¡Mira! —le señalo—. Sirope de arce. Deberíamos comprar, para que pueda prepararle tortitas a Ruby.

Clava la vista en mí, sorprendido.

—¿Preparar tortitas? ¿Tú?

—¿Qué pasa? ¿Por qué no voy a poder preparar tortitas?

—No es que no puedas, sino que nunca te he visto usar los fogones. Ni siquiera tengo claro que sepas encenderlos.

Le pego un puñetazo en el hombro, aunque en el fondo no le falta razón. De todos modos, creo que seré capaz de descubrir cómo se encienden los fogones. Ni que fuera algo tan complicado como la neurocirugía.

—Pues voy a empezar a cocinar. Prepararé tortitas todos los fines de semana.

Se ríe.

—De acuerdo. Voy a incluir eso en nuestros votos matrimoniales.

Se me escapa una sonrisa. Brady me propuso matrimonio hace un mes, y aún me estoy haciendo a la idea. Mi prometido. Creía que nunca me casaría, pero, cuando me lo pidió, sentí que había llegado el momento. Le pregunté si estaba preparado para echarse de nuevo la soga al cuello solo dos años después de divorciarse, y él me respondió que sí sin dudarlo.

También hemos empezado a buscar vivienda. No podía regresar a mi casa después de lo que pasó ahí, así que la puse en venta y, desde entonces, vivo en un piso de alquiler. Hace unos días, presentamos una oferta por una preciosa casa nueva con un extenso patio trasero y un dormitorio amplio y bonito para Ruby, pero hay una característica que es la que más me gusta: no tiene sótano.

Mientras Brady se aleja para probar un queso, me dirijo hacia el puesto de sirope de arce. Sobre el mostrador hay envases de sirope de todos los tamaños y variedades. De fabricación casera, al parecer. Atiende el puesto una mujer de aspecto agradable con el cabello castaño recogido hacia atrás en un moño y con un delantal de cuadros.

—Hola —saluda—. ¿Le apetece degustar un poco de sirope de arce Baker?

—Claro —digo.

La mujer tararea mientras vierte un poco de sirope en un vasito de papel. La miro con los párpados entrecerrados, intentando reconocer en ella a la niña de once años que encontré sentada en aquella ruta de senderismo próxima a su casa, frotándose el tobillo lesionado.

—¿Marjorie? —digo en voz baja.

Está tan concentrada en su tarea que no me oye. Da igual. Sé quién es.

Marjorie me pasa el vasito lleno del líquido ambarino.

—A ver qué le parece.

Empino el vasito y me trago el contenido. Está buenísimo, con el grado justo de dulzor.

—Muy rico —digo—. ¿Lo hace usted?

Ella asiente.

—Mi marido y yo tenemos una granja con arces. Introducimos unos tubos en el tronco y recogemos la savia en cubos. Todo lo hacemos nosotros mismos. —Suelta una risita—. Hasta mis hijos me ayudan a llenar los frascos.

—Suena bien —murmuro—. Me..., me llevo dos botellas.

—¿Oscuro o claro?

Trago saliva.

—Pues... una de cada.

Saco el dinero de mi cartera mientras Marjorie mete las dos botellas de sirope de arce en una bolsa de papel marrón. Me la tiende y, justo cuando me dispongo a agarrarla, entorna los ojos.

—¿Nos...? —Frunce el ceño—. ¿Nos conocemos?

Me encojo ante su mirada. No quiero que sepa quién soy. No quiero que me identifique como Nora Nierling. En lo que a mí respecta, esa persona está muerta. Solo quería saber si Marjorie era feliz.

No pude salvar a Mandy Johansson, pero al menos la salvé a ella.

—Tengo una cara muy corriente —digo.

Marjorie asiente. No parece sospechar de mí. Y no tiene por qué. No lleva un tipo de vida en el que se materializan cadáveres en su sótano, sino una buena vida, el tipo de vida que quiero para mí y que intentaré construir a partir de ahora.

Así que cojo mi bolsa de papel con las dos botellas de sirope de arce Baker y vuelvo junto a mi prometido.

HARPER

Mi hermana Nora.

Qué vergüenza.

Cuando me enteré de que tenía una hermana, me puse contenta. Durante mi infancia, sabía que yo era distinta de todos los demás, pero no tenía claro por qué. Mis padres adoptivos no me entendían; los aterrorizaba. Cuando cumplí los dieciocho, descubrí quién era en realidad y por fin todo cobró sentido.

La estuve observando durante un tiempo. La admiraba, lo reconozco. Mi hermana era cirujana, nada menos. Me moría de ganas de hablar con ella, pero no me atrevía.

Hasta que conocí a nuestro padre y me contó la verdad. Fue Nora quien lo entregó a la policía hace años. Acudió a ellos y les habló del taller. De no ser por ella, papá sería un hombre libre y yo seguiría con mi familia. «Nora nos traicionó. No es como nosotros».

Pero se equivoca respecto a Nora. No tiene ni idea.

La he visto hacer cosas. Me acuerdo de cuando ese hombre, Arnold Kellogg, fue a su consulta con su esposa después de su operación de hernia. La mujer tenía el ojo morado y resultaba evidente que él era el culpable. La esposa regresó al día siguiente y la oí hablar con Nora en su despacho. La mujer le dijo entre sollozos que no podía dejar al marido porque él la encontraría y la mataría. Estaba desesperada.

Entonces Nora salió del despacho. Vi que sacaba del armario del material un vial de gluconato de calcio y una jeringa. La seguí cuando volvió al despacho y pegué la oreja a la puerta.

«Inyéctele esto mientras duerme. Todo el mundo creerá que fue un ataque al corazón. Ya no se despertará».

Una semana después, la señora Kellogg regresó para informarnos de que su esposo había muerto a causa de un infarto.

Sé lo que hizo Nora. Mató a ese hombre. Como mínimo, es responsable de su muerte. Y no parece afectarla en absoluto. Ni siquiera un poco.

Así que ya lo ves. Es más como nosotros de lo que nadie se imagina.

No le he revelado a la policía lo que sé de Arnold Kellogg. He guardado el secreto de Nora. Al fin y al cabo, es mi hermana.

Y nunca se sabe cuándo puede resultar útil una información como esa.

Agradecimientos

Hace unos meses, mi padre se quejaba de las figuras paternas que aparecen en mis libros.

—¿Cómo es que en tus novelas los progenitores varones solo desempeñan papeles menores? —refunfuñó.

—Ah, pues deja que te diga una cosa —le contesté—. Te alegrará saber que, en mi próxima novela, el padre de la protagonista desempeñará un papel muy importante.

Bueno, tal vez la cosa no salió como él esperaba, pero, solo para evitar sospechas, quiero que conste que el personaje de Aaron Nierling no está basado en mi padre. Por ejemplo, mi padre nunca me compró un ratón. Tampoco es flebotomista. El lector puede estar seguro de que esos detalles son meros productos de mi imaginación.

Bueno, ahora toca lo de dar las gracias a la gente.

Gracias a mi madre por no dejar de leer este libro aunque le daba miedo. Gracias a Jen por su crítica, tan minuciosa como siempre. Gracias a Kate por sus excelentes sugerencias y su implacable detección de errores tipográficos. Rebecca, gracias por tus estupendos consejos. Ken, gracias por tus perspicaces consejos. Gracias a mi grupo de escritura por sus geniales ideas sobre los primeros capítulos. Gracias a Rhona por estar ahí casi siempre cuando necesito una opinión. ¡Gracias a Nelle por su ojo de lince!

Y, como siempre, gracias al resto de mi familia. Sin vuestros ánimos, nada de esto sería posible.